소설 어떻게 읽고 써야 하는가?

소설, 어떻게 읽고 써야 하는가?

초판 1쇄 발행 2018년 4월 6일

지은이   산드라 스코필드
옮긴이   임현택
발행인   안유석
편집장   이상모
편 집   전유진
표지디자인   박무선
펴낸곳   처음북스, 처음북스는 (주)처음네트웍스의 임프린트입니다.

출판등록 2011년 1월 12일 제 2011-000009호
전화 070-7018-8812 팩스 02-6280-3032
이메일 cheombooks@cheom.net

홈페이지 cheombooks.net 페이스북 /cheombooks
트위터 @cheombooks
ISBN   979-11-7022-145-6 03800

소설 어떻게 읽고 써야 하는가?

산드라 스코필드 지음 | 임현택 옮김

볼품 없는 초고를
명작으로 만드는
비법

THE LAST DRAFT:

처음북스

Contents

들어가기

나는 피어나는 생각의 꽃을 사랑한다.
— 버나드 말라무드

당신, 나, 그리고 이 책

소설가는 평범한 사람일까? 아니다. 소설가는 집착 덩어리다. 그렇지 않다면 확실하지도 않은 보상을 기대하면서 그렇게 많은 시간을 소설에 쏟지 않을 것이다. 나는 컴컴한 밤에 작업해 첫 소설 세 권을 썼다. 그때 말고는 시간이 나지 않았다. 슬픔의 더미에 파묻혀 글을 썼고, 차곡차곡 원고를 모아 부엌 찬장에 있는 플라스틱 상자에 담았다. 다시 펼쳐 보지도 않을 것 같았고, 그 습작이 빛을 보리라 기대하지도 않았다. 당연히 출간되지도 않았다. 그런 점이 소설이 내뿜는 마력이기 때문이다. 소설로 자기만의 세계를 만들어 보고 싶지 않은가? 알고 있고, 믿고 있고, 원하는 것으로 이야기를 지어 보고 싶지 않은가? 우연 따위는 제쳐두고, 의미를 찾아보자. 소설 쓰기는 짧지 않은 프로젝트다. 소설이 이미 본인 삶의 일부분이 되어버리면 쓰는 데 몇 년씩 걸려도 소설을 쓰지 않는다는 것은 생각할 수 없다.

나처럼 자신만의 굴 속에서 혼자 글을 쓰고 있다면, 주변 사람들은 당신이 얼마나 썼는지도 알 수 없다. 물론 워크숍이나 대학교 공개강좌의 도움을 받으며 글을 쓸 수도 있다. 하지만 어느 방법이든, 이제 탐구해야 할 또다른 세계가 있음을 깨달았을 것이다.

자신을 있는 그대로 받아들이고, 지금 쓰고 있는 그 소설은 다른 사람이 쓸 수 없는 당신만의 작품임을 잊지 말자.

나는 지금까지 일곱 편의 소설을 썼다. 출간하지 않은 첫 소설은 물론 뺐다. 수 년 동안 쓰고 나서야 마음에 들지 않는다는 걸 깨닫기도 했다(그래도 많은 것을 배웠다). 한 편은 잃어버렸다(옷장에 넣어뒀다고 생각했는데, 다시 찾을 수 없었다). 초본만 작성하고 만 것도 있다. 시작만 하고 끝을 내지 못한 소설도 한 무더기 있다. 소설을 더 이상 쓰지 않겠다고 다짐했을 때도 머릿속으로는 계속 글을 쓰고 있었다(소설이 아니라 다른 걸 한참 쓰고 있었지만, 이 책이 내 머릿속을 혼란스럽게 했다).

지금까지 읽은 소설이 내 책장마다 꽉 차 있다. 읽은 서평만 수백 편이다. 서평을 직접 쓰기도 했다. 비평도 적지 않게 읽었다. 작가의 전기나 자서전도 읽었다. 지금 내가 말하려 하는 주제는 지난 22년 동안 여름 글짓기 축제와 주간 단위 워크숍에서 만난 작가와, 학기 중에 200명이 넘는 유망 작가 지망생에게 멘토링하며 함께 고민한 내용이다. 줄거리를 정하고, 원고를 읽는 데 몰입했다. 작가가 되고 싶다는 학생을 대하기 아주 부담스러울 때도 있었지만, 한편으로는 항상 기대가 됐다. 그들이 신선한 통찰력을 얻고 색다른 해결책을 찾을 수 있도록 도와준 일은 오히려 나에게 영광이었다. 내가 만난 학생들은 관심분야도 천차만별이고, 살아온 배경도 다르고, 이야기 감각이나 자신감에서도 차이가 났다. 하지만 공통점도 참 많았다. 모두 독서를 좋아하고, 인간을 깊게 들여다보려 하고, 쉽게 포기하지 않았다.

나는 2005년부터 사이버 대학 석사과정에서 강의를 했는데, 워크숍과 온라인으로 학생들의 멘토가 되었다. 나는 코치이자 치어리더였다. 학생 한 명 한 명이 원하는 것을 이해하려 노력했고 목표에 도달할 수 있도록 도왔다. 그리고 원고를 다듬는 방법이 몸에 익도록 훈련시켰다. 1대 1 멘토링은 나 자신과 학생 모두에게 소중한 기회였다. 워크숍은 아주 만족스러웠고, 모두가 한층 성장하는 기회였다.

그러던 어느 날, 나는 매 여름마다, 매 학기마다, 내가 같은 내용으로 강의하고 있다는 것을 깨달았다. 지금까지 만든 강의 자료를 쭉 검토해보니, 조금씩 다른 방법으로 강의하고, 설명하고, 연습문제와 가이드라인을 제시했더라도 항상 중심을 꿰뚫는 같은 주제가 있었다. 내가 지금까지 글을 쓰고 가르치면서 깨달은 내용을 이 책으로 나누고 싶다. 특히 수많은 학생들의 이해심에 깊이 감사한다.

초고: 어떻게 제대로 쓸 수 있을까?

소설 초고를 쓰는 데 참고할 만한 책은 어렵지 않게 찾을 수 있다. 많은 극작가에게 사랑받은 이야기 비법까지 더한다면 더욱 많다. 장면,

동선, 구성 요소, 전환을 구성하는 비결은 많은 영화의 성공으로 더 견고해졌다. 그렇지만 그 구성에 깊은 이야기를 담을 수는 없다. 극 구성의 기본을 이해하려면 30년 이상 특정 극 모델을 유명하게 만든 시드 필드 Syd Field의 책을 읽으면 된다. 판타지는 오슨 스콧 카드 Orson Scott Card, 미스터리는 제임스 프레이 James Frey, 청소년소설은 레지나 브룩스 Regina Brooks의 책을 보면 기본적인 글의 구성을 알 수 있다. 물론 다른 장르도 더 있다. 화가가 여러 필의 붓을 갖춰 두듯, 작가도 글을 담는 그릇을 다양하게 준비한다. 나는 작가들이 작품을 어떤 그릇에 담아내는지 소개하려 한다. 초고를 쓰는 중이라면, 앞으로 설명할 원칙이나 방법을 이해하면 글을 쓰는 데 도움이 될 것이다. 그렇다고 처음부터 자기비판에 휩싸일 필요는 없다. 나는 글쓰기의 실마리를 줄 뿐 해결책을 제시하지는 않는다. 글의 얼개부터 준비해 놓고 초고를 쓰고 있다면, 내가 글의 색깔과 의도를 더 다듬어서 원고가 풍성해 지도록 도와줄 수 있다.

초고를 어떻게 쓸지 짧고 간단하게 조언하겠다.

1. 얘기하고 싶은 이야기의 글타래를 먼저 풀어나가자. 이야기 하나 하나의 뉘앙스는 아직 모를 수 있다.
2. 초고는 당연히 모호할 수밖에 없다. 감안하자.
3. 글 쓰는 시간만큼은 어기지 말자.

어디에 가도 초고를 완벽하게 쓰는 방법을 배울 수는 없다

완벽하게 초고를 쓰는 사람은 없다는 데 전적으로 동의하는가? 이제 막 글을 쓰기 시작했다면, 생각을 다 쏟아내 빈 종이를 다 채울 때까지 누구의 지시도 따르지 않는 편이 좋다. 우리는 규율에 얽매이지 않을 때 누구도 생각하지 않은 독특함을 우리 안에서 찾을 수 있다. 마커스 주삭Markus Zusak이 규율을 지켰다면 『책 도둑』에서 '죽음'을 화자로 등장시킬 수 있었을까? 케이트 앳킨슨Kate Atkinson이 『라이프 애프터 라이프』에서 죽으면 또 다른 삶을 살아야 하는 주인공을 만들어낸 독창성이 빛을 발했을까? 또 아모르 토울스Amor Towles는 『모스크바의 신사』에서 러시아 30년 역사를 호텔이라는 무대에 압축해서 풀어내겠다는 생각을 어떻게 했을까?

당신만큼 자신의 작품을 잘 알고 사랑하는 사람이 어디 있겠는가? 그렇지만 그 속에서 더 많은 것을 발견할 수 있음을 잊지 말자. '만약에 이랬다면?'과 '왜 그럴까?' 같은 질문으로 수수께끼를 풀어나가듯이 말이다. 섣부른 지레짐작을 조심하자. 소설 쓰기는 한 걸음씩 내딛는 것이지 제자리 걷기가 아니다. 스스로 한 문장 한 문장 세심하게 글을 쓰는 거북이 작가일지라도 제자리에 머물지는 않는다. 그렇다고 수십 장을 한 번에 쏟아내듯 쓰지도 못한다. 한 문장을 쓰고 나서야 다음에 쓸 문장이 떠오르지만, 초고를 마무리하기도 전에 앞에 적어 놓은 내용과 씨름하지는 않는다. 고심 끝에 완벽하게 쓴 문장인데 결국 소설에 포함하지 않고 지워버리고 나서야 깨닫는다. 서둘러 다음 이야기를 적지 않으면 흐름을 잊을 수도 있다. 늦어지는 것 같으면 건너뛰는 편이 낫다. 나는 한 소설을 쓰다 다른 두 편의 소설을 시작한 적도 있다.

초고 쓰기는 복잡한 원고를 낚으러 떠나는 낚시 여행과 같다는 것을 명심하자. 마음이 바뀌었다고 쓰다 말고 고쳐 쓸 수는 없다. 사실 '초고'는 한 편의 글이 아니다. 당신이 쓰고 싶어 하는 이야기가 글로 만들어지기까지 필요한 여러 편의 글이다. 우리는 초고가 어떻게 마무리 되는지, 또 그것이 어떤 의미를 가지는지도 알아야 한다.

내가 첫 출간한 소설의 초고는 1084쪽 분량이었다. 초고를 쓰는 데 무려 14개월이나 걸렸다(타자기로 글을 쓰던 시대였다). 열정적으로, 신나게 글을 썼다. 그렇지만 초고가 갖춰야 할 합리적인 요소를 정해야겠다고 깨달았고, 내용을 많이 덜어내야 했다. 그랬더니 내가 가장 많이 이야기하던 것과 단순히 지나쳐 온 것의 균형이 맞지 않았다. 그래서 아주 신중하게 줄거리를 공책에 적기 시작했다. 워드프로세서가 없던 때다. 타자기에 새 종이를 꽂고 다시 시작하는 수밖에 없었다. 내가 경험한 글 고치기의 과정은 이랬다(그때 쓴 초고는 쓰지 않는 케비넷에 담아 냉장고 위에 올려놨다가 지금은 자료 수집함에 보관 중이다. 가끔 그 자료를 보며 그때 한 일들을 떠올려 보기도 하고, 지금의 나는 뭘 할 수 있을지 생각해 보기도 한다).

내 머릿속 생각을 다 적자 『생각보다 가까운 동지』가 완성되었다. 통찰력 깊은 에이전트가 그 원고를 보고 그다지 중요하지 않은 인물이 가장 마음에 들었다고 알려주었고, 글을 다시 쓰면서 그 인물이 두 주인공 중 한 명이 되었다. 작가는 고지식하면 안 된다. 신중하고, 개방적이고, 확신이 있어야 한다. 매 단계 어려움을 겪지만, 그에 따른 보상이 따를 것이다.

한 꼭지를 통째로 던져 버리고 다시 쓰고 싶은가? 전혀 다른 시각에서 다시 그려보고 싶은가? 진지한 드라마라고 쓴 글이 멀리서 보니 완전 희극이 되어버렸나? 설정이나 역사 같은 배경을 이야기에 제대로 녹여내지 못했는가?--누구나 그렇다. 자료조사가 부족해서 원고의 흐름을 막고 있다고 느껴지나? 이야기에 푹 빠져 있을 때는 영감이 떠오르기 마련인데, 그때 다시 쓸지, 아니면 쭉 밀어붙일지 결정을 해야 한다. 나는 쭉 더 나가길 권한다. 대신 글을 쓰면서 생각이 어떻게 변하는지 메모로 많이 남겨야 한다. 지금은 이야기를 가능한 쏟아내고 글거리를 최대한 늘리는 것이 가장 중요한 일임을 잊지 말아야 한다. 써 갈수록 점점 더 많이 알게 될 것이다. 글 고치기는 차순위다.

한 편의 초안이 온전히 준비되면 글 쓰기의 다음 단계에 들어간다. 지금까지 넘어지고 투덜대긴 했지만, 어찌 됐든 이야기 한 편을 찾아서 처음부터 끝까지 글로 다 적었다. 그것만으로도 칭찬받을 만하다. 이제 다음 단계를 밟을 준비가 됐다. 당신이 혹시 고치지도 않고 글을 한 번에 완성했다면, 이것은 예외이다. 초안을 작성하고 수정을 하지 않는 작가도 있지만, 그들에게도 글 고치기는 고차원적인 작업이다.

구스타브 플로베르Gustave Flaubert의 작품을 읽으면 배울 것도 많고 그 매력에 빠지게 된다. 하지만 플로베르는 처음부터 끝까지 고통에 휩싸여 있었다. 친구들에게 쓴 편지에서 자신이 쓴 글이 마음에 들지 않는다고, 한 문단 적는 데 며칠씩이나 걸린다고 불만을 토한다. 그의 머릿속에 그가 어떤 이야기를 쓸지 정리가 이미 되어 있었다고 나는 확신한다. 그렇지만 머릿속 이야기를 종이에 옮기는 과정은 상당히 고통스러웠다. 플로베르가 생각하는 글의 수준이 높았기 때문이다. 그는 첫 소설『보바리 부인』을 쓰는 데 5년이나 걸렸고, 먼저 광범위하게 글을 써 놓고 다듬으면서 글을 수정했다.

　그는 사실상 완성본이나 다름없는 '초고'를 다 쓸 때까지 원고 한 장 한 장에 의술, 체조, 외교, 심리, 예술을 담으려 했다. 플로베르는 첫 현대소설을 썼다고 할 수 있다.

　존 스타인벡John Steinbeck은『일하는 날』이라는 책에『분노의 포도』를 어떻게 집필했는지 남겼다. 책 제목을 왜 이렇게 지었을까? 존 스타인벡은 일주일에 5일 동안 온종일 글을 썼다. 1938년 6월부터 10월까지 썼으니 하루에 원고지 50장 정도 쓴 셈이다. 스타인벡은 글을 쓰는 내내 불평과 불만을 하고 자기 의심과 연민에 휩싸였지만, 그래도 책상에 앉아 연필로 한 글자 한 글자 적었다(타자는 아내가 대신 쳐줬다). 존 스타인벡도 플로베르처럼 글을 고치지 않고 한 번에 써 내려갈 수 있었던 것 같다. 이미 문장 하나하나가 스타인벡의 마음속에 깊이 쓰여 있었기 때문이다. 쓰려는 주제에 이끌려 글을 써 내려갔지만, 사전 조사도 상당히 했다. 아무런 준비 없이 무작정 글을 쓴다고 생각하면 오산이다.

　반대로, 버나드 맬러머드Bernad Malamud에게 원고를 보통 몇 번이나 고치냐고 물어보니, "아무리 적게 손을 봐도 세 번 이상은 고친다"고 했다.

빠르다고 능사는 아니다

"떠오르는 대로 써라"라고 많이 얘기한다. 직관을 믿고 빨리 쓰라는 말이다. 나는 글을 빨리 쓰는 스타일이 아니라 이 접근이 옳은지 그른지 모르겠다. 앤 라모트 Anne Lamott 는 『새 한 마리 한 마리: 글과 삶에 관한 쓸 만한 가르침』에서 자신을 의식하거나 비판하지 않으면서 초안을 쓰라고 권했지만, 나중에 재구성과 수정하는 과정이 많이 필요하다는 말도 잊지 않았다. 누구나 자신만의 방법이 필요하다. 어떤 이야기를 쓸지 마음속에 꽉 차 있다면, 초안을 쓰는 일은 사실 마음속에 있는 글을 종이 위에 옮겨 적는 것일 뿐이다. 하지만 마음속 이야기가 아직 덜 여물었다면, 글쓰기가 더딜지도 모른다. 『벨 칸토』의 작가 앤 패챗 Ann Patchett 은 아주 다양한 종류의 소설을 써왔는데, 어떤 글을 쓸지 생각을 완전히 정리한 후에야 쓰기 시작한다고 한다. 그렇지만 패챗의 친구이자 로맨스 소설 『거인의 집』의 저자 엘리자베스 맥크라켄 Elizabeth McCracken 은 글을 쓰면서 이름이나 역사, 구성을 고칠 생각은 일절 하지 않는다고 한다. 그러니 가슴 속에 있는 글을 제대로 담아낸 것이 초고라고 생각하자. 누군가를 위한 것이 아닌 우리 자신을 위한 글이라고 생각하자.

한 글자 한 글자 느리게 적든, 손이 보이지 않도록 휘몰아 타이핑하든, 첫 장부터 끝 장까지 초고를 온전히 완성하는 일이 먼저다. 평가는 잠시 잊자. 글을 쓰다 예상치 못한 일이 일어나도 놀라지 말고, 막다른 골목을 만나도 대수롭게 않게 생각하자. 초고를 쓸 때는 하루에 몇 장씩 쓰겠다거나, 크리스마스 전에 끝내겠다는 다짐으로 스스로를 얽매지 말자. 매일 정해진 시간에 꼭 글을 쓰겠다는 마음만 잊지 말자. 글을 쓰면서 많은 변화가 있을 것이다. 나중에 같은 질문, 같은 조언, 같은 문제를 다시 보면 내 의도와는 완전히 다른 글이 쓰여 있는 것을 볼 때도 있다. 그래도 괜찮다. 글쓰기가 사실 그렇다. 진짜 책은 원고의 행간에 숨어있다가 나타난다. '쓰지 않은 초고는 고쳐 쓸 수 없다'는 것을 잊지 말자.

다시 쓰기

초고를 쓰긴 했지만 형편없고 부실하다고 느껴지면, 포기하고 이야기를 좀 더 다채롭게 하고 글 쓰는 방법도 바꿔서 다른 원고를 한 편 더 쓰는 편이 나을 수 있다. 하지만 초고를 완성한 것은 축하할 일이다(그래도 서너 가지 이야기를 수백 장씩 다시 쓰기 전에 이야기를 전달하는 방법을 꼭 바꿔 보라고 얘기하고 싶다. 이 방법이 조금 후에 설명할 '시나리오 쓰기'다).

다시 쓰기는 글쓰기 프로젝트 초기 단계에나 가능한 일이다. 이야기의 방향을 잡고 써왔지만 마음에 들지 않을 때, 다 지우고 새로 쓰는 것이다. 어떤 문단이 마음에 들지 않을 수도 있고, 주인공의 이름을 바꿔보기도 한다. 배경을 묘사하더니 갑자기 사건이 시작되기도 한다. 글을 쓰면서 방향을 찾아가는 것이다. 초고를 다시 쓰는 과정은 다분히 즉흥적이고 서투르기까지 하다. 옛날에는 원고지를 구겨서 쓰레기통에 던지는 재미라도 있었는데 이제는 컴퓨터가 그마저 가져가 버렸다.

초고를 써본 사람이라면 써놓은 이야기가 본인이 실제 쓰려 한 의도와 전혀 맞지 않는다는 말이 무슨 뜻인지 이해할 것이다. 만약 내 초고가 그렇다면, 마음속 이야기는 간직하되 그 초고에서 뭔가 건질 생각은 않는 편이 좋다. 완벽한 문단을 적었다고 다시 써먹겠다는 생각은 하지 않아야 한다. 초고를 완전히 다시 쓰자. 글이 저절로 떠올라 다시 쓴다면 괜찮지만, 써 놓은 것이 아까워 재활용한다는 생각은 있을 수 없다. 그리고 초고를 쓰면서부터 다시 쓸 각오가 되어있으면, 마음속 이야기를 쫓아 이야기의 줄거리를 깨며 더 자유롭게 글을 쓸 수 있다.

이제 원고를 고쳐 쓸 준비가 되었나?

여러분은 아마 제목 때문에 이 책을 고르지 않았을까? 초고를 다 적었거나 거의 다 썼을 것 같다. 이제 어떤 작업을 해야 하는지도 알고 있다. 글을 고친다고 생각하면서 단어나 문장을 수정하고, 장면 묘사를 다르게 하고, 맞춤법을 점검하는 방법은 제대로 된 글 고치기가 아니다. 그 전에 먼저 해야 할 작업이 있다. 이야기는 좀 더 조밀하게, 분위기는 더 여유롭게 만들어야 한다. 주인공의 인상도 더 강하게 만들어야 한다. 다이아몬드가 꼭 맞게 박힌 반지처럼 글의 얼개가 이야기와 잘 맞아야 한다. 이 소설로 세상에 '새로운 이야기를 하고 있는지', '특별한 이야기가 담겨 있는지' 먼저 찾아야 한다.

고쳐 쓰기는 완전히 다 쓴 원고를 가지고 하는 작업이라 글을 쓰면서 수정하는 작업과는 전혀 다르다. 글을 수정하려면 좀 더 분석적인 작업도 필요하고, 원고를 좀 더 계획적으로 다룰 필요도 있다. 분석하고 집중해서 글을 쓰는 과정을 거치면 이야기가 더 단단해지면서 글이 최종본에 가까워질 수 있고, 여러 편의 긴 초고를 쓰느라 힘빼지 않아도 된다. 이야기를 새롭게 바라보고 수정하는 과정은 계속 반복할 수 있다. 다 쓴 원고를 읽어 보고 마음에 안 든다고 '다시 쓰면 좀 더 낫겠지' 하는 우울한 마음으로 다른 원고를 한 편 더 써봤자, 도움도 안 되고 고통스러울 뿐이다. 그래서 그렇게 많은 소설이 끝을 보지 못하는 모양이다. 작가는 초심을 잃고 열정은 식어간다. 그러나 처음부터 끝까지 다시 쓸 마음이라면, 어쩌면 필요한 과정일 수도 있겠다. 다시 쓰기는 고쳐 쓰기보다 더 자연스러운 과정이므로 완전히 몰입할 수 있을 것이다.

내 경험에서 우러나온 조언을 하자면, 컴퓨터에서 잘라내기와 붙여넣기로 글을 수정하는 방법은 게으르고 위험한 방법이다. 그렇게 해서는 텍스트를 제대로 소화하지도 못할뿐더러, 원고의 자연스러움마저 사라진다. 단순히 베껴 쓰더라도 머리와 손가락을 써서 단어를 연결해야 원고가 제대로 보인다. 프린터를 준비하고 종이 한 박스를 사서, 이야기가 물리적으로 어떻게 전개되는지 눈으로 보고 손으로 만져보자.

이 책을 제대로 활용하는 방법

여러분은 초고를 두고 어떻게 고칠지 고민 중이다. 글을 고친다는 건 어떤 의미고, 어떻게 접근하면 좋을까?

내 워크숍에 참석한 한 작가는 최근 이렇게 전해왔다.

"워크숍에 참석만 하면 내 글을 완전히 바꿔 놓을 멋진 기술을 배울 수 있으리라고 생각했어요. 오히려 그 반대더군요. 글을 고치는 데는 어떤 꼼수도 안 통하고 왕도가 없다는 사실을 깨달았어요. 글 고치기는 어떤 이야기를 쓸지 더 고민하고 다듬어 나가는 과정이더라고요."

글 고치기 외에 다른 일은 생각하지 말자. 그렇다고 원고만 끼고 있는 것도 도움이 되지 않는다. 바깥 활동 같은, 두뇌에 전혀 다른 자극을 주는 육체 활동도 필요하다. 수영을 꽤 전문적으로 하는 작가와 일을 할 때 들은 바로는 육체적인 훈련이 수영뿐 아니라 글쓰기에도 도움이 됐다고 한다.

글을 고치고 싶은 이유를 적어보자. 주인공의 풀지 못한 뒷이야기가 남았는가(오히려 다행이다. 종이 인형 같이 납작하기만 하고 굴곡 없다면 누가 주인공을 좋아하겠는가? 주인공의 이야기를 역으로 잘 활용하자)? 이야기가 지루하거나, 진행이 너무 빠른가?

당장은 왜 그런지 알 수 없지만, 초고를 검토해보면 차차 알 수 있다.

내 제안을 거부감 없이 따라해보자. 우리는 글을 고칠 때 컴퓨터를 쓰지 않는다. 초고를 출력하고, 수정하면서 추가한 내용도 출력하자. 원고는 손으로 만질 수 있고, 냄새도 맡을 수 있고, 눈으로 크기와 색깔도 볼 수 있는 물건이다. 출력하기 전에 줄 간격을 조정해 불필요하게 많은 페이지가 나오지 않도록 하자(반대로 줄 간격이 너무 좁으면 글을 수정하기가 불편하다). 우선 원고를 출력해 제본하자. 스프링 제본은 펼쳐서 보기도 좋고 넘기기도 쉽다. 양면 출력을 하지 않으면 한쪽 면을 메모장으로 쓸 수 있다. 이 제본이 앞으로 계속 참고할 초고 원본이다. 그리고 원고를 한 부 더 출력하되, 이번에는 제본을 하지 않은 채로 두자. 낱장으로 보관해야 필요할 때 추리기도 좋고 분류하기도 편하다(20~30장씩 장 별로 묶어두면 수백 장을 한 번에 들춰볼 필요가 없다). 값싼 재활용지를 쓰자. 초안을 검토하면서 새로 쓰는 글은 다른 색 종이에 써서 끼워 넣을 수 있게 다른 색 종이도 여유 있게 한 묶음 준비해두자(검토하면서 수정한 부분을 스테이플러로 같이 집어 두면 정리하기 편하다). 펜과 인덱스카드는 색깔별로 필요하다. 종이를 꽂을 수 있는 코르크판이나 글을 적기 쉬운 화이트보드도 있으면 좋다. 나는 큰 전지를 벽에 붙이고 거기에 글을 쓰거나 인덱스카드를 테이프로 붙이기도 했다. 직접 지도나 도표, 목록을 만들면서 글을 수정하면 분명 도움이 된다. 직접 몸을 움직이며 글을 수정할 수도 있다. 자리에서 일어나기도 하고, 한발 물러서서 벽을 보면서 이야기가 어떻게 전개되는지 보고, 인덱스카드를 섞어도 보는 것이다.

마이크로소프트 엑셀이나 다른 프로그램으로 이야기를 시각적으로 전개하거나 인물의 관계를 표현할 수 있다고 확신하는 작가도 만나봤다. 나야 컴퓨터에 자신이 없지만, 이런 방법이 본인에게 더 적합하다고 생각한다면 꼭 내 제안대로 따르지 않아도 좋다. 그렇지만 파일을 출력해서 보이는 곳에 붙여놓자. 꼭 출력해야 한다.

점점 쌓이는 종이는 어떻게 관리하면 좋을까? 글 쓰는 곳에 큰 테이블이 있다면 고민할 필요없이 그냥 쌓아놓으면 된다. 나는 거의 부엌에서 글을 쓰기 때문에 이마트나 코스트코 같은 대형마트에서 살 수 있는 플라스틱 상자를 준비해 둔다. 작업하면서 '초안 2', '메모' 등 상자에 이름을 붙이자. 이렇게 상자를 활용하면 자료를 분류하기도, 층층이 쌓기도 쉽고, 통 안에 통을 넣을 수도 있고, 한 번에 넣었다 빼기도 쉽다. 그리고 나만 그런지 몰라도 그 원고를 보고 있으면 짜릿한 희열이 느껴진다.

또한 글 고치는 과정을 꼭 기록해야 한다. 일을 다 마치고 짬을 내그 날 한 일에 대한 느낌을 적어 놓자. 잊지 말아야 할 질문도 적고, 하루 성과도 간략히 정리해두자. 이렇게 기록하면 기억할 수 있으며되새길 수 있다. 글을 적으면서 돌이켜보는 행위는 글을 고칠 때 둘도 없이 효과적인 방법이다. 작가는 머릿속에 담고 있는 것이 감당할수 없을 정도로 많기 때문이다.

기록하면 생각이 정리된다. 소설가는 한 편의 소설을 쓰며 다양한기록을 남긴다. 일기도 쓰고, 지도도 그리고, 옳은지 그른지 모르겠다는 고민도 적고, 울분을 토하기도 하고, 응원도 적는다. 긴 시간이지나야 답할 수 있는 질문도 적는다. 1년이 지나고 다시 보면 (어쩌면일주일 지나고 다시 봐도) 당시에 무슨 생각을 했고, 그런 생각을 했다는것을 기억도 못 하는 자신을 발견하며 깜짝 놀랄 것이다.

사람마다 일하는 방법이 다 다르기 마련이다. 내가 여기서 제시하는 제안은 참고일 뿐이고, 자신만의 방법을 만들어야 한다. 건축가, 목수, 디자이너처럼 숲과 나무를 동시에 생각하자. 전체를 아우르면서 부분을 놓치지 않도록 해야 한다. 아이디어가 솟아나도록 풀어주되 그렇다고 현실감을 잊어서는 안 된다.

하나 더 얘기하자면, 디지털 시대가 되면서 탈고라는 의미가 점점 모호해지고 글 쓰는 과정이 사라지거나 점점 퇴색되고 있다. 작가라면 모름지기 그 기록을 소중히 하고 보관해야 한다. 책을 마무리할 때쯤에는 종이에 쓴 메모, 이야기 카드, 줄거리로 원고 상자 한두 개가 꽉 찰 것이다(냉장고 위 빈 곳에 넣기 딱 좋을 양이다). 다시 보고 싶을 날이 분명히 있을 것이다. 다른 사람이 보고 싶어 할 수도 있겠다. 훗날에 보려고 기록을 보관하는 것 아닌가? 이제부터라도 버리지 말자.

원고를 수정하려면 새로운 관점에서 이야기를 볼 수 있어야 한다. 원고를 닳도록 읽어서 눈이 빙글빙글 돌 정도가 돼야 뭔가 새롭게 보일 거라고 생각한다면 큰 오산이다. 큰 렌즈로 사진을 찍는 사진기자처럼 멀찍이 뒤로 물러서서 봐야 글의 윤곽(구성)과 의미가 보이기 시작한다. 의문을 가지고 들여다보면 실수로 잘못 들어간 부분이나 빠진 부분이 보이기 시작한다. 하나씩 뜯어보면 소설이 어떤 요소로 구성되었는지 알 수 있고, 또 어떻게 재구성할지 상상할 수 있다. 이 책에서 나는 소설을 새롭게 해석할 다양한 방법을 알려주려고 한다. 농익은 작가가 되려면 본인 작품을 해석하는 주관이 분명해야 한다. 그래야 편집자가 바꾸고 싶은 부분이 있어도 작가가 의도한 바가 잘 표현된 부분인지 판단할 수 있다. 여러분 작품의 전문가는 바로 여러분이다. 소설의 모든 것이 작가의 손에 달려있다.

원고를 해석하고 분석하는 과정을 거치면 글을 처음 썼을 때의 느낌과 멀어질 수 있기 때문에 글의 옥석을 가릴 수 있다. 그 과정에서 도움이 되는 질문을 해보자.

· 내가 아서Arthur를 죽였다면 어땠을까?
· 토네이도가 왔다면 괜찮았을까?
· 시제나, 시점, 구도를 바꿔보면 어떨까?
· 사건을 좀 더 일찍 풀리도록 내버려두면 어떻게 됐을까?
· 하루 만에 그 사건이 다 일어난다면 괜찮을까?

묘사부터 먼저 살펴보자. 묘사는 우리가 쓴 글을 사진으로 찍는 것과 같다. 묘사하면서 새로운 생각이 떠오를 것이고, 그 과정에서 내 질문과 연습문제 중 어느 쪽이 본인에게 더 의미 있는지 알 수 있을 것이다. 스스로 답을 찾아가다 보면 좀 더 집중하고 싶은 부분을 찾을 수 있다. 나는 일반적인 소설을 바탕으로 얘기하기 때문에 질문이 구체적이지 않지만, 여러분은 지금 쓰는 원고에 바탕을 두고 질문을 생각하라. 그러면 더 상세하게 다가올 것이다. 계속 진행하면 어디에 더 집중할지 깨달을 수 있다. 이처럼 글 고치기의 첫 번째 과정은 '자세히 들여다보기'다. 이 과정에서 본인의 소설을 스스로 해석해볼 수 있다. 거기서부터 시작하자. 처음부터 모든 것을 고치려고 하지 말고 간단히 메모만 하고 넘어가자. 결국 원고 전체를 곱씹게 될 것이다.

이 책은 처음부터 끝까지 빠짐없이 읽는 것이 좋다. 연습문제는 바로 풀지 않아도 괜찮다. 참고자료에 포함한 '모델 소설에서 배울 점' 관련 연습문제를 먼저 읽어보는 것도 괜찮겠다. 어느 쪽이든 마음 가는 대로 하자. 책을 정해 읽으면서 이야기보드를 만들 수도 있는데, 혹시나 이번 소설이 첫 작품이라면 아주 값진 도움이 될 것이다.

재단사나 보트 제작자처럼 끈기 있게 차근차근 글을 쓰자. 내가 소설을 쓸 수 있을까 하는 의구심을 이기고 여기까지 왔다. 이제 눈

앞에 마음대로 주무를 수 있는 원고가 있다. 글 고치기는 소설을 쓸 때 내가 가장 좋아하는 과정이다. 여러분도 글 고치기가 즐거웠으면 좋겠다.

편집자의 도움을 받는 게 좋을까?

아직 너무 이르다고 생각한다. 초고는 잘못 짜인 얼개와 엉성한 이야 기투성이다. 여기저기 의도치도 않은 장치와 구멍이 숨어있다. 그래 도 처음부터 끝까지 온전한 이야기가 있다. 다듬어지지 않았지만, 글 의 윤곽은 있다. 글의 색깔도 어느 정도 드러나고, 좀 더 발전시켜 나 갈 뭔가가 있다. 그렇다면 글 고치기를 시작하자! 초고를 작성하면 서 들어간 잡초들을 걷어내고, 이야기를 심화시키자. 전체적으로 글 을 고치기 전에 원고를 다시 한 번 다듬을 수도 있겠다. 진짜 뭘 할지 감이 잡히지 않는다면 한 걸음 한 걸음 알려줄 선생님을 찾아보는 방 법도 괜찮다. 워크숍을 들어도 좋고, 소모임에 가입해도 좋다. 여름 학기 프로그램에 참석하면 동기부여도 되고 축제를 즐기듯 재미있 게 배울 수 있다. 내가 강의하는 대학원 강좌에서는 작가끼리 연락해 서로 글을 돌려가며 읽는다. 그런 파트너가 있다면 분명히 도움이 될 것이다. 작가가 아닌 친구나 지인에게 피드백을 받는 일은 조심해야 한다. "어떻게 생각하는지 알려줘!", "제발 잘 쓴다고 얘기해줘!", "어 떻게 고쳐야 하는지 알려줘!"라고 말하는 것은 기대 이상을 바라는 행동이다. 내 경험에 비춰보자면, 친구가 글을 읽고 좋지 않은 얘기 를 했는데 당신이 거기에 동의하지 못한다면 마음도 상하고, 친구가 뭘 알지도 못하면서 대충 글을 읽고 그런 말을 한다는 생각에 사로잡히기 쉽다. 배우자가 비판한다면 상황이 더 심각해진다.

원고를 제대로 썼다는 생각이 들 때 편집자와 작업을 시작해도 늦지 않다. 혼자 힘으로 작업한 비중이 높을수록 전문가의 평가를 받았을 때 얻는 것이 많고(비용이 저렴하지 않기 때문이기도 하다) 본래 의도에서 벗어나지 않는다. 작가 자신이 원고의 강점과 약점을 분석할 수도 있고, 스스로 글의 수준을 한 단계 더 끌어 올릴 수 있다. 한계라고 느껴질 때까지 끝까지 최선을 다한 후 그래도 타인의 시선이 필요하다고 느낀다면 그때 전문가를 찾는 편이 좋다. 또한 소설을 처음 쓰는 수습작가든, 경험 있는 작가든 편집자의 의견에 마음을 열어놓고 담담해져야 한다. 비평을 견디지도 못하고, 원고를 다시 검토할 준비도 되어 있지 않으면서 평가를 부탁하는 일은 아무런 도움이 되지 않는다.

편집자 찾기는 어렵지 않다. 그렇지만 요구조건이 맞고 성향이 비슷한 편집자를 찾으려고 최선을 다해야 한다. 요구조건부터 따져보자. 비평과 수정에 대한 제안을 받고 싶은가? 아니면 한 장 한 장 쓰는 동안 옆에 앉아 격려해 줄 사람이 필요한가? 편집자에게 내가 무엇을 원하는지 정확하게 얘기할 수 있어야 한다. 편집자는 작가들이 보는 잡지와 온라인에 광고를 낸다. 제인 프리드먼https://janefriedman.com은 편집자에게 질문도 해보고, 편집자와 작업해본 적이 있는 다른 작가와 얘기도 해보라고 의미 있는 조언을 한다. 프리랜서 편집자 협회The Editorial Freelancers Association 사이트에도 유용한 정보가 많다. 처음 시작할 때는 샘플 리뷰부터 시작하는 게 좋다. 샘플 리뷰는 소설 전부가 아니라 한

가 아니라 한 꼭지나 한 단락만 맡기고 의견을 구하는 방식이다. 기존 작가에게 편집자의 평판도 들어보자. 비용이 문제라면, 원고의 일부(50장 정도)만 주고 의견을 들어보자. 지금 쓰고 있는 원고의 이야기와 서술 방법에 어떤 문제가 있는지 알 수 있을 것이다.

당신이 이야기를 좋아하고, 글쓰기를 사랑한다면, 나머지는 천천히 배울 수 있다고 생각한다. 편집자에게 오·탈자나 주술일치 같은 교정을 부탁할 수도 있다. 그렇지만 우리가 하고 싶은 이야기가 어떠해야 하는지 알고 있는 사람은 우리 자신 말고는 없다. 아직 확신이 서지 않은 이른 시점에 초고에 대한 리뷰를 받지 말자. 실수하고 막다른 골목에 다다라 시간을 낭비하기 싫다면 펜을 내려놓고 차라리 빵을 굽거나 정원 관리나 하자.

소설 쓰기는 노동강도가 센 일이다. 상당한 수준의 인내와 자기 다짐 없이는 책을 쓰지 못한다. 하지만 내가 볼 때 그에 따른 보상도 훌륭하다. 소설을 쓰면 한 사람으로서 성장하는 것을 느낀다. 다른 곳에서 배울 수 없는 것을 배울 수 있다. 내면의 욕구가 충족되는 그 만족감은 소설을 써보지 않으면 알 수 없다. 내 친구는 소설 두 편을 쓰고 나서 그 좋은 원고를 출판할 생각도 하지 않았다. 그 친구에게는 글 쓰는 것 자체가 자기만족이었다. 그래서 소설을 친구와 가족에게 공유하는 것만으로도 행복해했다. 내가 보기에 그 친구는 소설을 통해 지적·감정적 자기 만족을 충분히 느끼면서, 감당할 필요 없는 실망감도 피하는 듯했다. 당신 작품이 출간될지, 누가 읽을지 알 방법은 없다는 얘기는 이 친구를 두고 하는 말인 것 같다. 출간이 되고 책을 읽어 주기를 바라기 때문에 항상 독자를 염두에 두고 글을 쓰겠지만, 글쓰기 과정 자체에 가지는 애정과 이야기를 사랑하는 그 단순한 마음이 글쓰기를 이끌어 간다는 사실을 잊지 말자.

나는 그림 그리기가 글쓰기와 크게 다르지 않다고 생각한다. 화가는 그리고자 하는 것을 이미 머릿속에 담고 있고, 그리는 과정을 사랑한다. 이처럼 글쓰기도 누구에게 허락이나 칭찬을 받으려고 하는 일이 아니다. 그저 인생 후반부에 이런 즐거움이 저절로 내 앞에 나타나 펼쳐졌고, 우리는 그걸 단순히 좇아가는 것이라는 생각이 든다.

어떤 것을 알려주는가?

글을 고치는 방법은 다양하다. 정해진 절차가 있지 않다. 같은 작가가 글을 고치더라도 어떤 이야기냐에 따라 그 방법이 달라질 수 있다. 그렇지만 그 과정에서 근본적인 질문과 반복되는 이슈가 있다. 내가 소설을 쓰거나 평가하면서 가장 우선시하는 점은 (1) 주제를 더 명확하고 깊게 하기와 (2) 이야기의 얼개를 실험해보고 강화하기다. 달리 말하면, 소설에 단단한 이야기와 잘 짜인 얼개가 있어야 한다.

이제 소설을 설명할 때 필요한 용어들을 소개하고, 초본을 고치는 과정을 어떻게 진행할지 설명하겠다.

우선 섹션을 읽고, 메모하고, 새로운 문단을 작성하고, 어떤 질문에 답할지, 어떤 연습을 할지 선택하자. 나는 보통 쉽게 구할 수 있고 본보기가 될 만한 소설을 선택해서 주요 사항을 설명한다. 수준이 높고, 상상력을 자극하고, 동기를 부여하고, 다양하고, 내가 느끼기에 작가에게 도움이 될 만한 예시가 나오는 책들을 선정한다. 작가가 어떤 과정을 거쳐 그런 작품을 쓰는지 알 수는 없지만, 글을 자세히 들여다보면 배울 점이 많다. 글의 의미도 알 수 있고, 어떤 서술 방법을 썼는지도 알 수 있다. 다른 소설도 골라서 공부를 꼭 해야 한다. 특히나 당신이 높이 사는 작품을 공부해야 한다(나는 내가 쓴 소설 문단을 골라 설명하기도 한다. 내 작품이라 문제 제기 할 사람도 없고, 그 글을 쓸 때의 경험도 설명할 수 있기 때문이다. 반면에 다른 작가가 글을 쓸 때 어떤 생각을 했는지는 추측할 뿐이다. 그러므로 나는 분명이 소설 쓰는 방법을 설명하지만 작가가 어떤 과정으로 글을 쓰는지 알지도 못하면서 추정하지는 않는다). 나는 F. 스콧 피츠제럴드의 『위대한 개츠비』를 자주 참고하는데, 이 작품은 여러 번 읽을 만하다. 아마 고등학교나 대학에서 한 번쯤 읽었으리라 생각한다. 하지만 작가로서, 또 완숙한 독자로서 이 작품을 지금 다시 읽는다면, 전혀 색다른 경험을 할 수 있다고 나는 확신한다. 그리고 책은 수정하는 과정에서 많은 변화가 일어난다는 것을 잊지 말아야 한다. 실제로 피츠제럴드도 검토 과정에서 글을 수정했다. 소설의 주인공을 바꾸고, 글의 얼개도 고치면서 주제가 더 드러났다고 한다. 최근에 출판된 피츠제럴드의 책에는 작가가 어떤 과정으로 글을 썼는지 소개하는 부분이 꼭 들어있다.

나는 학생들에게 청소년 소설 중 양서를 골라 공부하라고 추천한다. 청소년 소설에 글의 구조와 테마와 관련한 배울 점이 많기 때문이다('공부할 거리'에서 로이스 로리 Lois Lowry 의 『별을 헤아리며』를 별도로 다룬다). 수상작들을 찾아보거나, 염두에 둔 특별한 테마나 독자층이 있다면 어린이도서관 사서에게 문의해보자.

책을 읽고 나서 두세 시간 정도 글의 얼개를 파악해보자. 어떤 순서로 사건이 구성돼 있나? 각 장은 어떻게 연결되는가? 보여주기와 말해주기의 균형은 적정한가? 각 장은 어떻게 시작하는가? 장 별 전환은 어떤가? 이것은 돈을 들이지 않고 할 수 있는 확실한 학습법이다.

위 연습이 도움이 된다면 두 번, 세 번 해보자. 점점 실력을 쌓아가자. 분석하면서 소설의 윤곽을 그리는 방법을 배우자.

소설 쓰기의 단계와 무관하게 내 소설의 수준을 가늠하고 다음 단계를 생각하고 있다면, 글을 수정할 준비가 되어 있다는 뜻이다.

이 책은 다른 글쓰기 책과 어떤 점이 다른가?

① 불확실하고 복잡하게 얽힌 이야기에서 진정한 소설이 탄생한다고 믿는다.
② 해결책을 정해 놓고 따라만 오라고 강요하지 않는다. 글을 쓸 때 고려할 질문과 제안 중 어떤 문제에 집중할지는 전적으로 자신에게 달렸다. 필요하면 다시 돌아와 문제를 풀어볼 수도 있다.
③ 글 고치기는 문장을 이리저리 옮기고 뜯어고치는 것이 아니라 숙고와 분석하는 과정을 거치면서 새로운 이야기를 준비하는 것이다.
④ 당신이 침착하고 열정적이기를 바라지만, 도를 넘지 말아야 한다. 책이 출간돼서 나름의 독자를 찾으면 좋겠지만, 꼭 베스트셀러가 되고 영화로 만들어져야 한다고 생각하지는 않는다. 자신만의 이야기를 풀어낼 수 있는 나름의 방법을 찾기를 기대한다.
⑤ 소설을 어떻게 읽어야 하는지 안내한다. 당신의 필요에 따라 조정할 수 있다.

그럼 이제 내가 누구인지 소개하겠다. 당신에게 소설 쓰기를 가르치는 사람이 누구인지 궁금하지 않은가? 나는 소설 쓰기와 소설을 공부하는 데 인생 대부분을 쏟았다. 강의를 하다 보니 자연스럽게 꼼꼼히 따지는 성격이 되었고, 교육과정과 수업에 관한 훈련도 받았다. 나는 강의하는 것을 좋아한다. 나는 실용적이고, 이해심이 깊고, 직설적이고, 동기를 부여한다는 강의 평판을 받는 편이다.

내가 쓴 책 중 베스트셀러는 없다. 그렇지만 모든 책이 긍정적인 평가를 받았고, 미국 국내 문학상National Book Award과 주에서 개최하는 문학상 후보에 오른 작품도 있다. 왜 더 많은 독자가 내 책을 읽지 않을까 고민하며 시간을 보낸 적도 많았다. 당시에는 소셜미디어 같은 플랫폼이 없을 때다. 출판사에서 홍보를 담당했을 때인데, 영향력 있는 편집장이 "넌 그저 네 나름의 매력을 표현할 뿐이야. 베스트셀러가 어떻게 만들어지는지 아무도 몰라"라며 무덤덤하게 한 말이 기억에 남는다. 이 말이 상당히 거슬렸다. 책 홍보에 돈을 쓰기는 했지만, 특별히 광고하지는 않았다. 홍보를 좀 더 하지 않는 게 아쉽기만 했다. 지금은 생각이 바뀌었다. 그 편집자 말이 맞다고 생각한다. 책은 나름의 매력을 가지고 있어야 하는데 그게 어떻게 만들어지는지는 누구도 모른다. 누구도 생각하지 못한 소재를 주제로 삼은 글이 나오고, 기대치 않던 작가에게 별이 비치는 일이 해마다 반복된다고 생각한다. 수십억의 계약금을 받고 쓴 작가의 책은 팔리지 않고, 그저 그런 작가가 쓴 책이 오히려 오프라 윈프리의 추천을 받아 큰 성공을 거두기도 한다. 하지만 실제로 쓰지도 않으면서 궁리만 하는 사람에게는 이런 마법같은 빛이 비칠 리 없다는 것은 확실하다.

뭔가 특별한 책은 소재가 신선해야 한다고 본다. 그렇다고 무조건 충격적이어야 한다는 말은 아니다. 분명히 새로워야 한다. 그렇다고 뭐하나 빠지는 게 있으면 안 되고, 잘 써진 글이어야 한다. 지금까지 모든 소설이 그렇지는 않았다. '오래된' 많은 소설이 좋은 건 분명하지만 강렬하고 독창적인 요소는 없었다. 당시 독자들은 그런 독특함을 바라지 않았던 것 같다. '튀지 않는' 소설에 대해서 내 나름대로 이해한 바로는, 이런 책은 인간관계와 사람을 다루는 책이고, 요사이 나오는 스릴러보다 좀 더 평범한 삶을 날카롭지 않게 표현한다. 허먼 우크의 『마조리 모닝스타』, 베티 스미스의 『브루클린에서 자라는 나무』, 엘리자베스 오웬의 『심장의 죽음』, 토베 얀손의 『여름에 관한 책』, 루이자 메이 알콧의 『작은 아씨들』, 『긍정주의자의 딸』, 유도라 월티의 『낙천주의자의 딸』와 같은 책이 그렇다. 그렇지만 책의 시각과 전개는 쉽게 입소문이 퍼질 만큼 파급력이 있어야 하고, 제목은 당신의 눈길을 끌만큼 자극적이어야 한다(<오프라 매거진>, <보그>, <베니티 페어>, <USA 투데이>의 책 소개란을 읽어보면 알 수 있다). 가슴 속 깊이 와닿는 무언가도 있어야 "이 책 꼭 읽어!"라고 지인들에게 입소문을 낼 만하다. 퓰리처 상을 받는 것도 좋지만, 독자들 입에서 입으로 전해질 만한 무언가가 꼭 필요하다. 그 무언가와 운이 더해질 때 매력이 드러나는 것이다.

이 모든 것을 과연 계획할 수 있을까? 나는 이 책에서 주제와 같은 중요한 요소만 알려주려고 나름 최선을 다했다(주제는 세상을 보는 하나의 시각이고, 운명에 대한 당신의 생각이기도 하다). 또한 당신의 이야기가 당신 자신에게 굉장히 중요해야 한다고 생각한다(귀스타브 플로베르가 가장 적합한 모델이다). 그것 말고는 읽고, 읽고, 또 읽는 수밖에 없다. 당신이 잘 쓸 수 있는 문장을 쓰자. 침착하게, 최선을 다하고, 글을 쓰는 과정과 배움을 즐기자. 점점 더 나아질 테니, 소설 한 편을 다 쓰면 또 다른 소설을 시작하자.

지금은 내가 소설을 쓰기 시작한 때와는 완전히 다른 시대다. 지금은 작가 스스로가 좀 더 미디어에 노출되고 주목받을 책임이 있다. 아직 이메일과 마이크로소프트 워드밖에 사용하지 못하는 나는 분명 한참 뒤처져 있다. 그렇지만 내가 걸어온 작가의 길을 자랑스럽게 생각한다. 나는 지난 15년 동안 가장 하고 싶은 일을 해오면서 훌륭한 에이전트와 좋은 계약을 했고 성취감도 느꼈다. 그리고 먹고살 만큼 돈도 벌었다. 유명해지지는 않았지만 존경받고 있다고 생각한다. 출간한 책들도 자랑스럽다. 내가 보기에 매우 유명한데도 스스로 충분히 보상받지 못한다고 느끼는 작가도 여럿 보았다. 어떤 작가는 자기가 걸어온 길을 후회하며 죽기도 했다. "그런 것에 연연하지 말라"고 나는 충고한다. 좋아하는 것을 쓰고, 글쓰기를 즐겨라. 자기가 쓴 글을 읽어주기 바라고, 책을 읽어주는 모든 독자에 감사하자. 독자가 수백만 명이 되지 않는다고 무슨 문제가 있겠는가? 당신 책을 읽어주는 사람이 만 명밖에 없다고 괴로워할 이유도 전혀 없다. 4천 명이면 어떻고, 4백 명이면 어떤가? 시간을 들여 책을 읽어주는 독자가 있다는 데 감사하자. 나는 모든 독자를 사랑하고, 독자가 나에게 준 선물에 감사한다.

지금 내가 좋아하는 일은 그동안 배운 것을 당신에게 알려주고, 당신이 잘되도록 바라는 것이다.

1장
소설, 어떻게 읽고 써야 하는가?

소설의 연속선: 두 가지 시선

        내 강의를 듣는 학생이나 워크숍 참석자들은 대부분 소설을 (돈을 벌려는) 대중소설과 (순수 예술의) 문학소설로만 구분하려고 한다. 이런 끼워 맞추기식 구분은 작가들을 움츠러들게 하고 그 책을 읽는 독자까지 깔보는 행위다.

"사람들이 읽을 만한 책을 쓰고 싶어요!" 한 학생이 말한다.

"글의 수준을 양보할 수는 없죠!"라고 다른 학생은 말한다.

"제가 좋아하는 장르가 어때서요?"라고 학생들이 반문하는 걸 봐서는, 내가 판타지나 범죄, 연애 소설을 매도하는 것 같아 보였나 보다(사실 내 대학원 수업에는 판타지나 범죄 소설가 지망생이 더 많이 참여한다!).

누구 하나 "난 삼류 소설이나 쓸래"라거나 "딱 40명만 내 소설을 읽었으면 좋겠어!"라고 말하지 않는다.

우리는 모두 글에 지식, 상상력, 공감을 담으려 한다. 독자들이 내 글을 읽어줬으면 하고, 좋은 평가를 받으려 한다. 물론 모든 사람이 자기 글을 읽기를 바라지는 않지만, 어느 정도 독자층이 생기기를 기대한다.

내가 고등학교에 다니던 시절의, 어두웠던 과거에는 학생들을 일렬로 줄 세워놓고 성적을 매겼다. 저 끝에 서 있는 학생은 공부도 안 하는 멍청이니 F를 받아도 싸고, 맨 앞에 있는 공부밖에 모르는 우등생은 타고난 천재이므로 당연히 A를 받아야 한다는 논리였다. 대부분의 학생은 양 끝 사이에 서 있었고, 가운데 학생들이 가장 흔한 C를 받았다. 이제는 절대 이런 평가방법이 없기를 바라지만, 이 비유가 앞으로 설명할 '연속선'이라는 개념을 설명하기에 참 유용해 잠시 빌려왔다.

A와 F는 잊어버리자. 연속선에 평가의 잣대를 들이대지 말자. 이쪽은 좋고 저쪽은 나쁘다고 구분하지도 말자. 그냥 연속선의 양 끝에 해당하는 책은 좀 적고, 본류라고 할 수 있는 가운데로 갈수록 책이 더 많아진다고 생각하자. 이 종 모양 분포표에서 사람들은 더 많은 책이 팔리는 가운데에 가까워지고 싶어 한다. 본류에 가까운 책일수록 '대중성'과 '문학성'이라는 연속선 양 끝의 특징을 모두 갖췄다고 여겨진다. 문학소설 에이전트 도널드 매쓰Donald Maass는 소위 '잘 나가는 소설'은 대중에게 사랑받을 만한 강력한 이야기에 아름답다는 찬사를 받을 만한 문학성이 더해져 만들어진다고 말한다. 특정 장르에서 독자층을 확보한 작가가 많은 대중이 읽을 만한 작품을 쓰는 경우가 그렇다. 적지만 단단한 지원 세력이 있는 문학작가가 더 많은 독자에게 다가갈 소설을 쓰는 경우 말이다. 양서를 꾸준히 내던 무명의

작가가 어떤 이유인지 기가 막히게 때가 맞아서 갑자기 많은 독자를 얻게 되는 일이 매해 반복된다. 힐러리 맨틀Hilary Mantel은 지난 수십 년 동안 좋은 소설을 꾸준히 써오다가, 드라마화된『울프 홀』의 주인공 토머스 크롬웰Thomas Chromwell 덕에 인기를 얻었다. 이미 독자층이 두터워 내 주장에 별 관심이 없을 작가들도 있겠지만, 독자는 좋은 소설을 읽는 데만 관심을 가지지 그 저자가 대단한 주목을 받는 사실에는 관심이 없다. 앤 타일러Anne Tyler가 대표적인 예인데, 베스트셀러를 계속 내고 그녀의 작품에 대한 논문도 끊이지 않는다.『천 에이커의 땅에서』의 저자 제인 스마일리Jane Smiley,『모두 다 예쁜 말들』의 코맥 매카시Cormac McCarthy,『속죄』를 쓴 이안 맥큐언Ian McEwan 등도 그렇다.

모두가 본류에 속하고 싶어 하지는 않는다고 말하는 사람도 있다. 특정 분야의 일부 작가는 책을 내자마자 읽으려고 줄을 서는 독자가 있을 만큼 팬층이 두텁다. 독자들이 책을 많이 사면, 그 책은 대중성이 있다고 평가받는다. 수상을 많이 하고 좋은 비평을 받으면 문학적이라고 평가받는다. 그래서 '이 연속선 위에서 내 위치는 어디일까?'라는 걱정은 전혀 필요 없다. 우리가 잘할 수 있는 것이 무엇인지 알고, 그것을 하고 있는지가 중요하다. 많은 순수문학 작가들도 독자층을 늘리려 노력하고 있고, 그런 꽃피는 날이 올 것이라고 생각한다. 영국 작가 케이트 앳킨슨Kate Atkinson의『라이프 애프터 라이프』와『망가진 신』은 주요 베스트셀러 목록에도 올랐고 호평도 자자했다. 앳킨슨은 이미 잘 알려진, 존경받는 작가였다. 주로 미스테리 소설이 인기가 많았다. 앳킨슨은 한 사람이 한 번의 삶을 산다는 통념을 뒤집고 뒤죽박죽 얽힌 시간대와 불가능한 역사, 한 사람의 생애와 운명을 완전히 새롭게 보는 시점을 두 소설을 통해 제공했다. 앳킨스는 하루아침에 세계적인 문학 스타와 베스트셀러 작가가 되었다. 색다른 소재를 끄집어내 훌륭한 문체로 풀어낸 것이 비결이었다. 저스틴 크로닌Justin Cronin은 순수문학 소설을 쓰다가 전향해 뱀파이어 3부작으로 훌륭한 성공을 거뒀다.

스티븐 킹Stephen King은 공포와 서스펜스 소설을 매년 끊이지 않고 출간하는 것으로 유명한 작가일 뿐이었다. 그런데 어느 날부터 킹이 정말 창의적인 작품을 썼고, 단순한 미스터리 소설가를 넘어섰다는 호평이 나오기 시작했다(아마 킹 자신은 자신을 미스터리 소설가 그 이상도 그이하도 아니라고 생각할 것 같다. 그래도 지금껏 그만큼 대단한 경력을 가진 미스터리 작가는 없음이 확실하다).

앞으로 소설을 보는 두 시선을 설명하겠지만, 이야기가 훌륭하고 잘 쓴 글이라면 어느 쪽이든 상관없음을 잊지 말자. 다시 한 번 말하지만, 지금 쓰고 있는 분야에서 최선의 결과를 얻는 일이 먼저다. 그러려면 연속선의 두 요소 중 어느 것 하나 놓쳐서는 안 된다(내 의견이 생소하겠지만, 문학소설 작가야말로 연속선 중간에 위치한 작가에게 배울 점과 얻을 점이 가장 많다는 것을 알아야 한다. 공감할 만한 테마에 단순하지 않은 주인공이 등장한다면 이야기가 한층 더 풍성해진다). 우리가 좋아하는 소설을 떠올려보면 대중성과 예술성을 고루 갖췄다는 것을 알 수 있을 것이다. 그러므로 낡은 이분법은 당연히 틀릴 수밖에 없다.

'대중성'이 강한 소설은 딱딱하지 않은 친근한 문체로 쓰기 마련이다. 글의 얼개가 단단하고, 어려움이나 문제가 주어진 후 그 해법을 찾아 나가는 과정이다. 친숙하고, 소박하며, (여성 소설이라면) 주변에 흔히 볼 만한 배경이 보통이지만 이국적일 때도 있다. 주인공은 쉽게 눈에 띄고, 갈등이 분명하며 긴장이 고조된다. 반전이 있기도 하지만 결말은 정해져 있는 경우가 많다. 이런 소설을 읽기 시작하면 푹 빠져서 빠른 속도로 읽어도 내용을 쫓아가기 어렵지 않다. 미스터리 소설이라면 문제가 쉽게 풀리지 않을 수도 있다. 그래도 그 해결책은 분명하다. 반전도 어느 정도 있으면서 정해져 있는 결말을 크게 벗어나지 않는다. 항상 맞서는 세력이 있기 마련이고, 그 안에 막강한 힘을 가진 악당도 있다. 맞닥뜨린 위험이나 좌절에 주인공이 어떤 선택을 하는가에 따라 클라이맥스가 결정되고, 이 선택이 이야기를 이끌어간다. 과거의 기억이나 심리묘사를 통해 인물이 처한 상황을 설명하거나 풀어나가는 방법이 보통이지만 극단적으로 간단하게 (어려서 학대당한 여성이 남자를 경멸하거나, 가난하게 자란 아이가 세계적인 기업의 CEO가 되는 등) 표현하는 경우도 있다. 그리고 모든 것이 밝혀지는 결정적인 장면이 대부분 나온다.

이처럼 대중적인 소설은 글의 구조가 분명하고 단순해서 이야기의 갈등을 쫓아가기 어렵지 않다. 공감을 일으키는 주인공이 등장하지만 때로 반대의 모습을 보여주기도 하고, 다른 시점에서 주인공을 비추기도 한다. 독자들의 공감을 끌어내려고 내면의 모습을 전혀 드러내지 않는 소설(속사포 같은 대화만 나오는 엘모어 레너드Elmore Leonard의 소설)도 있고, 내면 묘사에 파묻혀 있는 소설(조디 피코Jodi Picoult의 소설)도 있다. 화자는 감정을 배제하고 일어나는 사건에만 집중해서 서술하기로 하고, 다분히 편향적으로 주인공을 대변하거나(특히 1인칭 시점이라면 더욱) 작가의 의도를 대변하기도 한다. 소설에는 장면을 묘사하는 부분이 가장 양이 많다. 인지도가 높은 작가의 작품을 많이 읽으면, 글의 뼈대를 비슷하게 흉내 낼 수 있다(그렇더라도 글 쓰는 법을 모두 깨달았다고 생각하면 큰 착각이다! 대중에게 인기 있는 책을 쓰려면 재능이 필요하다).

어떤 대중 소설이 재미없다고 느껴질까? 우선 인물이 평범하다. 다른 소설을 베꼈거나 저자의 전작에서 인물을 가져왔다면 재미가 없다. 그리고 인물의 행동이 뻔하고 예측하기 쉽거나, 아무런 행동도 하지 않는다. 흥분, 폭력, 섹스, 분노의 칼만 보이고 배려하는 모습이 보이지 않는다. 또 대중심리학으로 자꾸 설명하려고 들며, 낯익은 장면이 많다. 글 자체도 진정성이 없고 지루하고, 심하면 단어 선택이나 문법도 맞지 않는다.

내 판단 기준에서 벗어나지만 '재미있는 소설'이라고 인정할 만한 예외가 두 가지 있다. 첫 번째 예외는 각 장르가 가진 나름의 규칙을 깨는 소설이다. 이런 현상은 최근에 자주 일어나고 있는데, 고전 에로 소설 표지에 등장한 셔츠도 입지 않은 이탈리아 모델은 파격적이었다. 능력이 뛰어나고 포부가 큰 작가가 새로운 해석과 강력한 목소리로 장르의 틀을 깨는 일은 (제니퍼 와이너Jennifer Weiner가 그런 경우다) 작가 개인의 큰 성공이자 완전히 새로운 장르의 개척으로 이어진다. 또 작가가 예상되는 기존 '영역'을 완전히 벗어나 재미있는 소설을 쓰는 경우도 세상의 주목을 받을 만하다. 『부자와 미인』은 해변에 누워 가볍게 읽을 만한 재미있는 소설이다. 뉴욕에서 같이 자란 어릴 적 단짝 '여자 사람 친구'에 관한 이야기인데, 동남아 부모 밑에서 자란 이민 1세대 작가 루만 알람Rumaan Alam의 작품이다.

두 번째 예외는 자가출판 서적이다. 자가출판 서적은 문제투성이임에는 분명하지만, 독자들이 좋아할 만한 과학, 판타지, 로맨스가 깊숙이 녹아 있다. 수십만 명이나 되는 독자가 문법이 맞든 틀리든, 등장인물들이 삼류 영화 같은 대사를 하든 관심이 없고, 그저 소설의 이야기에 푹 빠진다. 이런 책의 작가는 즉흥적이고, 마법같이 글을 쓰는 듯 보이기도 한다. 하지만 그 글을 조금 더 다듬고 닦기만 해도 얼마나 더 나은 작품이 되는지 깨달으면, 그들 스스로 깜짝 놀랄 것이다. 불행히도 이런 작가는 그럴 시간조차 없거나, 그런 일에 시간을 쏟을 필요가 없다고 생각한다.

'문학'은 예술적 영감에서 출발한다. 글의 얼개보다 인물이 주도해서 이야기를 풀어간다. 글말을 더 정교하게 구사하고, 구성이 독특한 경우도 많다. 사회나 개인과 관계가 있는 소재로 글의 주제를 확실히 드러내기에 때로 불편할 때도 있다. 이야기의 존재감이 크고, '해석의 여지가 다양'해 좀 더 많은 부분을 이해하고 싶어 같은 글을 다시 읽게 만들기도 한다. 다시 읽으면 더 많은 생각을 할 수 있다. 문장에 반해 같은 쪽을 여러 번 읽기도 한다. 친구에게 빌려주긴 하지만, 꼭 돌려달라고 말하는 책이 문학이다.

문학 소설은 설정이 겹겹이 쌓여 있다. 인물은 단순하지 않고, 화자의 목소리는 독특하다. 기억이나 심리가 배경과 발단을 제공하지만 과하게 드러나지 않는다. 강력한 주제가 글에 깔려 있다. 지금의 현실과 긍정적인 미래, 불가능한 미래에 관한 이야기 말이다. 문학은

'가상의 이야기 세계'라는 느낌이 강한데, 현실성이 떨어져서라기보다 내용에서 주위에서 보기 힘든 우아함이 느껴지기 때문이다. 압축되어 있는 듯하면서도 그 범위가 한없이 넓어 보인다. 권위적인 존재가 등장해 이야기나 인생에 철학적인 의미를 부여하기도 한다. 사용된 단어의 격도 높다. 문장의 구조가 다양하고, 재미있고, 지적이라고 느껴지기도 하고, 상큼하고, 깨끗하고, 여유롭게 보이기도 한다. 대중 소설보다 더 많은 생각할 거리와 즐거움을 안겨주지만, 덜 자극적이다.

그렇다면 문학 소설이 더는 '문학적'이지 않을 때는 언제인가? 언어 유희가 지나쳐 이야기의 흐름을 방해할 때, 구성이 지나치게 접근하기 어려울 때, 독자가 동의하든 말든, 작가가 자기 할 말만 할 때, 작가의 서술만 잔뜩 있어 무슨 이야기인지 모르거나 흥미가 생기지 않을 때가 그렇다. 다른 작가 흉내 내는 것처럼밖에 보이지 않을 때도 그렇고, 단지 내 취향이 아닌 경우도 있다. 그렇지만 정말 재미없는, 장난 같고 비현실적으로밖에 보이지 않는 이야기로 유명한 작가가 된 사람도 여럿 있다. 이들은 자신의 재능을 활용해 자신만의 길을 걷기로 마음먹은 작가들이 틀림없다. 그에 걸맞게, 독자도 생긴다. 작가도 많고 독자의 취향도 다양하므로 그 조합은 끝이 없다.

어떤 책을 쓰고 싶은지 생각해 보고, 그 수준을 높게 잡자. 이런 목표를 염두에 두고, 우리가 추구하는 소설의 특징을 뽑아보자. 목록을 만들면 분명히 도움이 된다. 첫 시도에 모든 면에서 다 만족스러울 수 없다. 배우면서 점점 더 잘 쓸 수 있다. 목록에 다음 사항은 기본적으로 포함해야 한다고 생각한다.

- 군더더기 없이 유려한 문장
- 쓰임과 용법, 격에 맞는 단어
- 신선하고 기대가 될 만한 소재
- 너무 일찍 드러내거나 비비 꼬지 않으면서 만족스럽게 표현되도록 구성한 줄거리
- 사랑하고 싶은 사람
- 두려운 존재
- 유익한 정보
- 친근한 화자

당신의 강점을 살리자. 혹시나 문장에 자신이 없다면, 반드시 바로 잡자. 나중에 충분히 보상받는다. 시간을 들여 문장 다듬는 연습을 하자. 참고할 만한 책은 이미 많다. 본받고 싶은 글을 찾아서 연습하자. 절제해서 글을 쓰고, 개인 의견이 글에 들어가지 않도록 조심하자.

이제 마음에 두고 있는 소설 한 편을 골라 어떤 점이 좋은지 적어보자. '비슷한 수준의 소설을 당신도 쓸 수 있다'고 생각하는 것은 합리적일까? 아니면 절대 쓰지 않을 책을 좋아하는 당신의 문어발식 취향이 문제인가? 후자의 질문에 '그렇다'고 대답했다면, 그 전제가 맞는지 따져봐야 한다. 자신이 왜 그런 답을 했는지 깊숙이 탐구해보자. 작가의 글재주와 재치에 반했겠지만, 실제 당신에게 감동을 준 부분은 그 이야기의 높은 수준이란 것을 알아야 한다. 그 높은 수준의 이야기를 당신 글에 담으려고 노력해야 한다. 당신은 플로베르가 아니다. 그렇다고 슬프고 어리석고 앞뒤 가리지 않고 착각 속에 사는

여인이 불가능을 꿈꾸는 이에게 감동을 준다는 이야기를 못 쓸 이유는 없다. 당신 안에 이야기만 준비되어 있으면 된다. 당신은 코맥 맥카시가 아니다. 그렇지만 소년이 혹독한 고난을 겪으면 어른이 된다는 사실을 믿고 있고, 대단한 이야깃거리가 될 만한 모험을 알고 있을 수 있다. 우리는 매일 반복되는 삶을 사랑한다. 일상 한 장면 한 장면이 소리 없는 드라마이고, 그 일상이 우리 감정을 사로잡는다(인내심을 가지자. 이런 종류의 소설은 운이 맞아 떨어져야 베스트셀러가 될 수 있다. 분명 그런 날이 올 것이다. 앤 타일러, 제인 헤밀턴^{Jane Hamilton}, 메그 월리처^{Meg Wolitzer}, 켄트 하루프^{Kent Haruf}, 토니 얼리^{Tony Earley}, 리차드 루소^{Richard Russo}가 그랬다). 작가가 이야기에 역사를 녹여내거나 주인공을 제멋대로인 가족에 넣는 설정이 마음에 들었는가? 당신도 글의 주제와 배경을 고려해 시도해 볼 만한 설정이다. 그렇지만 핵심은 이야기임을 잊지 말자.

글의 얼개를 파악하기 어렵다면, 시간순으로 사건이 진행되는 짧은 소설을 골라 분석해보자. 자신이 건축가가 되었다고 생각하자. 고전소설처럼 뻔한 얼개를 공부해보고, 축약된 형태로 요약하자. 다음에는 작성한 요약본을 보고 전형적인 얼개를 뒤집을 방법을 궁리해보자. 그러려면 주변에 관심을 가지고 항상 '만약에?'와 '다른 방법은 없을까?' 같은 질문을 해야 한다. 최고의 이야기는 만들어지는 것이 아니라, 사람의 기본적인 욕구와 두려움에 상상력이 더해져 저절로 떠오르는 것이기 때문이다.

이야기의 깊이가 얕은가? 그렇다면 좀 더 세상을 담아보자. 소설을 많이 읽고, 과학, 지리, 정치, 시, 역사관련 책을 읽으면 도움이 된다(나는 최근 사회문제는 다루지 않는다. 개인 취향이긴 한데, 좀 더 정리된 이야기를 좋아하기 때문이다). 매년 '최고의 ○○○'라는 수식어가 붙는 이야기부터 조사해보자. 그 안에는 이야깃거리가 매우 많다. 예술 분야의 수잔 브릴랜드Susan Vreeland나 과학 분야의 안드레아 버렛Andrea Barrett은 특정 분야의 인물을 다루는 글을 쓰면서 명성을 얻은 소설가다. 독자들은 글을 읽으면서 무언가를 배우기를 좋아한다. 아미타브 고시Amitav Ghosh의 『아이비스』3부작에서 아편전쟁의 역사를 배우고, 마틴 워커Martin Walker의 도르도뉴를 배경으로 한 소설을 읽으면서 송로버섯 요리를 배우기도 한다. 범죄 수사 방법까지 배울 수 있다.

번역된 작품을 읽어보면 이야기의 전개와 핵심을 파악하는 눈을 넓힐 수 있다. 파트릭 모디아노Patrick Modiano, 모 옌Mo Yan, 나지브 마흐프즈Naguib Mahfouz, 할도르 락스네스Halldor Laxness 같은 노벨 문학상 수상 작가부터 시작하면 좋다. 또 호기심과 감사한 마음으로 마을 주변을 여행하자. 소모임에 참석하고, 새로운 기술도 익히고, 남들이 보지 않는 영화를 보자(인기 있는 영화는 마음속에 뻔한 공식을 심어줄 뿐이다). 일기를 쓰면 아이디어가 샘솟는다. 적을수록 이야기가 불어나고 더 정확해진다. 점점 발전해서 완전히 다른 이야깃거리가 된다. 작가들이 일주일에 한 번씩 모여 이야기를 읽어주는 모임을 이끈 적이 있다. 옛날 이야기도 괜찮고, 가족 이야기나 지어낸 이야기를 읽을 수도 있었다. 이런 모임은 작가든 아니든 상관없이, 유익한 연습인 데다 재밌기까지 하다.

이야기는 여러 각도에서 다양하게 해석될 수 있다. 'A라는 사건을 B가 일으켰다'거나 'C라는 사건이 D 가족에게 일어났다'고 가정하고 자신에게 질문해보자. 발생한 사건 A, C와 관련이 있는 다른 인물의 이야기는 없는가? 사건 주변에서 무슨 일이 일어나고 있었는가? 다른 사건과 인과관계가 있는가? 답을 찾으면서, 소설로 쓸 만한 신선한 소재를 발견할 수 있을 것이다(헤밍웨이의 첫 부인에 관한 이야기인 폴라 매클레인Paula McLain의 『헤밍웨이와 파리의 아내』를 읽어보자).

남의 의견에 이끌려 다녀서는 안 된다. 좋아하는 소설을 읽으면서 글을 어떻게 구성하는지, 인물이 어떻게 발전하는지, 역사를 이야기에 어떻게 녹이는지 배울 수는 있다. 하지만 유명 작가의 대표작을 흉내 내면 자기도 유명해질 것이라는 착각은 불안감의 표현일 뿐이다. 청소년 소설은 유행을 따르는 경향이 있지만 (가) 누가 처음 그 이야기를 했는지가 중요하고, 그 작가를 닮도록 해야 한다. (나) 유행의 막차에 타고 싶어 하는 작가는 없다. 유행이 지난 장르를 새롭게 해석하려는 시도는 당연히 환영한다. 『나를 찾아줘』는 고딕 스릴러라는 장르를 새롭게 해석하면서 완전히 재탄생시켰다.

스스로를 성찰해야 한다. 작가가 만들어낸 인물 안에는 작가 자신의 일부가 비친다. 현재의 모습에 만족하지 말고, 나를 흥분하게 만드는 동력을 계속 찾자. 자기 안에서 이야기를 찾을 수 있어야 쓰고 싶은 소설의 주제도 찾을 수 있다. 두려움, 화, 수치, 기쁨, 욕망, 자만, 시기, 상실, 슬픔, 지금은 없지만 가지고 싶은 것, 가지고 있다가 놓친 것, 돌아갈 수 없는 과거 등 어느 것도 소재가 될 수 있다. 평범한 사람이 일반적이지 않은 상황에 부닥쳤을 때 하는 독특한(하지만 독자가 바랐던) 행동이 위대한 이야깃거리가 된다. 혹은 그 반대일 수도 있다. 플로베르는 정이 가지 않는 여주인공(불만투성이에 자기밖에 모르는 욕심 많은 여성인데도 이 부족한 부분을 메울 장점은 찾아볼 수 없다)으로 소설을 쓰기에 도전한다. 도대체 무슨 생각을 한 것일까? 플로베르는 독자가 여주인공의 구석구석까지 다 이해하게 만들어 관심을 가지지 않을 수 없도록 만들고 싶었다. 그 작품이 바로『보바리 부인』이다. 어떤 작가는 소설마다 차별성을 두는 데 능숙하고, 또 다른 작가는 가능한 한 유사하게 소설을 쓴다. 열정의 안내를 받아 자신만의 관심거리를 찾는다면, 거기서 맞는 이야기와 이야기를 전하는 알맞은 방법을 찾을 수 있다.

좋아하는 소설을 읽고 마음에서 우러난 글을 쓰자.

연습하기

좋아하는 소설의 목록을 만들자. 생각하면서 책을 고르지 말고, 느낌에 따라 손이 가는 대로 고르자. 책마다 당신이 특히 좋아하는 특징 두 가지를 생각해보자. 어떻게 노력해야 당신이 쓰는 소설에 그런 특징을 담을 수 있을까?

이 연습의 목적은 우리가 좋아하는 소설의 특징을 파악하고, 그 특징이 우리가 앞으로 배울 내용과 어떻게 연관되는지 생각해보는 것이다. 나름의 목표를 설정해 볼 수도 있다. 꼭 좋아하는 소설처럼 글을 쓰고 싶은 것이 아니더라도, 한 단원을 구성한 글의 길이가 적당해서 읽기에 좋아 보인다면 소설을 쓸 때 고려해 볼 만하다. 친근하면서 의례적이지 않은 단어 선택이 마음에 든다면 자연스럽게 말하듯이 글을 쓸 수도 있다. 배경이 마음속에 확 와닿을 만큼 아름다웠다면, 내 소설에도 좀 더 기억에 남을 만한 배경을 설정할 수 있다.

주인공이 1인칭이나 3인칭 관찰자 시점에서 독자에게 배꼽 잡고 웃을 만한 이야기를 하면서 자신의 삶이나 다른 사람의 행동에 자신의 의견을 덧붙이는 방식이 마음에 든다면, 소설 속 인물에게 작가 자신의 성격을 좀 더 입혀볼 수도 있겠다. 어쩌면 주인공의 생각을 다른 인물에게 표현할 기회를 주는 것도 좋다. 그것도 아니면 1인칭 시점에서 써도 괜찮다.

읽기 좋은 간결한 글이 아주 마음에 들 수도 있다. 간결한 글은 꾸밈이 거의 없고 이야기가 재빨리 전개된다. 원고를 읽어보면서, 글의 속도를 높이려면 덜어낼 부분이 없는지 찾아보자.

글말 자체가 마음에 들 수도 있다. 묘사가 아름답고, 문단 끝의 반전도 놀랍다. 문장력을 길러 우리가 쓰는 문장을 다양하고 수준 높게 표현해보자.

여러 세대가 등장하는 소설은 어떨까? 주인공의 어머니나 할머니에 대한 뒷이야기를 끄집어내기보다 소설에 등장시켜 자신들의 목소리로 이야기를 끌고 나가는 방식은 어떨까?

이야기 전체가 여러 장면으로 구성된 소설도 있다. 최소한 네 장 정도를 연속으로 읽고 몇 가지를 짚어보자. 첫째, 장이 바뀔 때마다 시간 차를 얼마나 두는가? 둘째, 장이 전환되면서 요약해서 서술해주는 부분이 있는가? 아니면 글머리 없이 저자가 장면 묘사로 바로 들어가는가? 마지막으로 각 장의 어조나 분위기를 간단히 설명해보자. 장마다 얼마나 차이가 나는가?

소설의 서술 방법 알아보기

글을 고치려면 자신이 쓴 글을 자신에게 이해시킬 줄 알아야 한다. 문장만 손보느라 이야기의 기승전결을 제대로 만들어내지 못할 수도 있기 때문이다. 숲을 보지 않고 나무만 봐서는 안 된다. 문단에 연연하다 글 꼭지의 목적을 놓치거나, 문장만 고치다가 어떤 장면을 묘사 중인지 까먹는다. 그렇다면 어떻게 단어만 바꾸는 수준에서 벗어나 글을 고칠 수 있을까?

우선 이야기의 경중부터 가늠하자. 내가 쓴 글이 말하고 싶던 이야기가 맞는지, 글에서 열정이 느껴지는지, 유익한지, 재미있는지 생각해보자. 이야기가 흥미롭고, 아주 재밌고, 글로 잘 표현되었는지 따져봐야 한다. 소설의 설정이나 흐름, 전환 부분을 분석하면서 줄거리와 완급을 고려해야 한다. '장면 보여주기'와 '요약해서 말해주기'를 적절히 배치해 이야기의 구성 요소가 빠지지 않았는지 점검도 해야 한다. 먼저 이야기에 어떤 서술 요소가 포함되었는지 확인해보자. 작가가 의도한 이야기가 독자에게 글로 잘 전달되도록 하는 과정이 바로 글 고치기다. 문단, 장, 단원별로 요약해보면 줄거리를 놓치거나 의도한 장면 묘사에 집중하지 않았는지 확인해 볼 수 있다. 특히 뭉쳐 있는 서술 요소는 실패한 소설의 가장 대표적인 특성이다.

특정 단락에서 서술의 역할이 분명하지 않다면 보통 그것을 서술할 단어 선택이 잘못되었기 때문이다.

서술은 블록 쌓기와 유사하다. 대신 모든 블록이 같지 않고, 딱 맞는 모양이 정해져 있지도 않다. 작가마다 서술하는 방법도 제각각이다. 긴 시간 동안 일어나는 사건을 훑듯이 서술하는 작품과 짧은 시간 동안 여러 장면의 전환이 일어나는 소설은 서술하는 방법이 같을 수 없다. 장면 보여주기와 설명해주기의 비율도 작가마다 다르다. 인물이 생각하는 바를 얼마나 드러낼지, 이야기의 배경을 얼마나 얘기해 줄지, 작가가 소설에 얼마나 개입할지도 같을 수 없다. 작가가 어떤 선택을 하는가에 따라 이야기의 윤곽과 밀도(서술적인 요약이나 설명의 정도에 따른 소설의 질), 목소리가 달라진다.

서술 구조 짜기를 레고 블록 쌓기처럼 생각하자. 빨간색, 노란색, 초록색 등 다양한 색깔의 레고 블록이 서술의 구성 요소다. 당신이 짠 서술에는 파란색이 많을 수 있고, 내가 짠 서술에는 초록색이 많을 수 있다. 이야기를 전달하는 방법은 다양하고, 서술 요소의 배치에 따라 차이가 난다.

다음 목록이 앞으로 설명할 서술의 요소이자 방법이다. 함께 원고를 분석하고 글을 고치면서 하나씩 설명할 예정이다.

· 장면 묘사
· 요약적 장면 묘사와 사건의 흐름
· 부분적 장면 묘사
· 요약적 서술
· 설명
· 내면 묘사: 반응, 회상, 질문, 의식의 흐름과 설명
· 설명과 내면 묘사

　이 모든 요소가 소설에 들어 있지만, 작가의 문체나 기호, 이야기의 필요에 따라 구성이 달라진다. 내가 쓴 소설 중『척박한 땅의 오팔 Opal』와『동반자를 넘어』는 거의 장면만으로 구성했고,『멕시코 시티의 외국인』과『모래 언덕을 걸으며』,『다시 찾은 엄마』는 요약과 심리 관찰이 주다.『기대 이상』은 각 장을 흐름에 맞춰 배치하고 설명, 요약, 내면 묘사를 하면서 핵심 장면을 삽입했다. 이야기가 달라지면 서술하는 방법도 바뀌어야 한다. 코맥 맥카시의『모두 다 예쁜 말들』을 이언 맥큐언의『속죄』나 마이클 온다체Michael Ondaatje의『잉글리쉬 페이션트』와 비교해보면, 보여주는 방식으로만 구성된 소설과 말하기 방식으로만 구성된 소설의 차이를 알 수 있다. 나는 말하기 방식의 서술 방법이 이야기를 풀어나가기 더 어렵다고 생각한다. 이야기는 박동하는 심장과 같아서 스스로 독립적이고, 소설 그 자체로 심리분석이 가능할 정도로 깊이가 있고, 인물에 대한 공감능력도 있기 때문에 일일이 말해 주기가 어렵기 때문이다. 어느 서술 방법이 맞고 틀렸다고 할 수도 없다. 자신이 판단하고 선택한 방식에 확신이 있어야,

이야기의 범위나 색깔에 가장 잘 어울리는 단단한 얼개를 짤 수 있다. 구조적인 문제는 어렵지 않게 분석해 낼 수 있고, 초고를 고치면서 단단한 얼개를 짤 수도 있다. 초안을 쓰는 것과는 달리, 목적을 가지고 글 고치기가 가능해지면, 이제 글 고치기는 작은 초를 들고 떠나는 여행과 같이 느껴질 것이다.

사람마다 자연스럽게 끌리는 글의 얼개와 문체가 있다. 그 자연스러운 얼개와 문체가 자신에게 최선인지 아니면 다른 틀을 찾아볼지는 자신이 판단해야 한다. 많은 작가는 저마다 애용하는 기본 글쓰기 틀이 있지만, 나는 소설마다 완전히 다른 시도를 하는 것을 좋아한다.

'공부거리' 장에서 몇몇 소설을 선정해, 작가가 서술 구조를 어떻게 활용하는지 알아볼 것이다. 여기서 작가가 장면 묘사나 설명 중 어느 부분을 강조하는지 알 수 있다. 마음에 드는 소설 한 편을 골라 형광펜, 볼펜, 연필과 문제를 풀려는 호기심을 충전하고 집중해서 공부하자. 이리저리 뜯어보고 도표도 만들어 보려면 중고책을 사는 게 낫다. 이야기가 어떻게 구성돼 있는지 머릿속에 그림을 그려보면 단어와 얼개가 떠올라 더 잘 이해할 수 있다. 숙달되면 이런 요소를 알아보기 쉬워지고, 또 다른 작가들의 용법을 공부하면서 보는 눈이 길러지며 더 나은 용법을 선택할 수 있게 된다. 특히나 묘사에서 설명으로 전환할 때 더 주의해야 한다. 이런 기술에 점점 능숙해지면 자기가 쓴 글을 보고 자신에게 화를 내기도 한다. '아니, 내가 이렇게 엉망으로 썼단 말이야?'라거나 '이제 어떻게 써야 하나?'라는 자괴감이 들기 때문이다. 하지만 글쓰기에 이런 기술이 완전히 녹아들면 글을 쓰면서 자연스럽게 이런 기술이 흘러나오고, 텍스트를 분석하면서도 의도적으로 활용할 수 있게 된다. 이런 과정 자체가 기술을 연마하고 활용하는 방법이다. 테니스 경기를 할 때도 짬을 내 백핸드 연습을 해야 한다. 피아노 스케일 연습만 할 게 아니라, 소나타 연주도 할 줄 알아야 한다.

원고를 검토하면서 어떤 서술 방법이 사용됐는지 의식하지 않고 알 수 있을 정도가 되면, 그 기능이나 효과도 파악해보자. 그러면 부드럽게 전환할 수 있고, 강력한 서술의 흐름을 만들 수 있다. 소설의 광대한 범위를 십분 활용해 인간의 마음속을 들여다 볼 수 있다는 말이다.

합리적인 순서로 사건을 이야기하는 것이 서술이다. 이때 인물에게 영향을 미치는 사건에 주목해야 한다.

이제 서술 방법을 살펴보겠다.

소설을 쓸 때 가장 중요한 요소는 강력한 이야기를 찾는 것이다. 글감의 범위가 넓고 깊어, 책 한 권 정도는 되어야 제대로 된 이야기라고 부를 만하다. 이별, 집안 내 암투, 잔인한 범죄 같이 깊이가 '얕은' 이야기는 오래가지 못한다. 이런 이야기는 사건과 설정이 너무 뻔하다.

글을 막 쓰기 시작할 때는 어떤 이야기인지 제대로 파악하기 어렵다. 줄거리를 써보더라도 사건의 흐름 정도인 얼개만 알 수 있지, 글로 완전히 꺼내 놓기 전까지는 이야기 전체를 제대로 이해할 수 없다. 무슨 이야기인지, 왜 이 이야기가 필요한지는 전체를 다 보고서야 알 수 있다.

'복잡'과 '복합'의 차이를 아는가?

'복잡'은 이야기의 본줄기에 더해져 얽히는 잔가지가 있다는 뜻이다. 인물이 더해지고, 사건이 늘어나고, 질문도 추가된다. 이야기는 어느 정도 복잡할 필요가 있지만 파묻혀 길을 잃을 정도여서는 안 된다. 희극에 특히 이런 복잡함이 많다. 아늑한 로맨스 소설에서도 흔하다. 복잡한 소설은 '이건 또 뭐지? 저건 또 뭐야?'라는 질문을 하게 만든다.

'복합'은 섞여 있는 정도, 겹겹이 쌓여 있는 정도와 깊이에 관한 것이다. 사건의 효과가 단순하지 않고 다방면으로 나타난다. 인물의 과거, 욕망, 내적 갈등이 이야기 속에서 공존한다. 비극 같이 깊이와 공감을 가진 이야기라면 복합적이라고 할 만하다. 독자가 소설을 읽고 '이건 왜 그렇지? 저건 왜 그런 거야?'라는 의문이 들어야 한다.

이야기 단위인 장면부터 설명해보자. 작가에게는 장면을 묘사하는 기술을 익히는 것이 무엇보다 중요하다. 장면 묘사만큼 극적인 서술 방법이 없기 때문이다. 소설의 서술 방향이 장면 묘사를 통한 이야기 전개가 아니라 사건을 전체적으로 요약하는 식이더라도, 인물에게 일어나는 일과 인물이 겪는 사건과 감정 변화를 표현할 방법이 필요하다. 장면 묘사를 통해 인물의 행동을 표현하고 암시해 극적 현실성을 보여줄 수 있다. 실제 우리 삶에서는 사건이 실시간으로 발생하지만, 소설에서는 주인공에게 일어난 사건도 실시간이라고 가정할 뿐이다. 실제 벌어진 일을 일일이 다 적기에는 분량이 한없이 늘어나기 때문에 장면으로 묘사할 것만 선택하고, 나머지는 요약하거나 일어났다는 사실 정도만 암시한다. 어떤 경우든, 항상 앞으로 나아간다는 모멘텀을 놓지 말자(회상도 예외는 아니다).

장면 Scene 묘사

소설은 느끼고 행동하는 인물을 묘사한다. 인물은 사건을 일으키고 반응한다. 제대로 된 장면 묘사는 발생한 사건(어떤 일이 있었는지)과 (인물이) 느낀 감정으로 요약할 수 있다. 이것이 소설에서 하는 역할을 스스로 생각해보자.

『모래 언덕을 걸으며』에는 술에 절어 살고, 행동이 경솔하고, 입이 험한 데이비드의 엄마가 우연히 아들 방에 들어갔다가 여자 친구와 침대에 누워 있는 아들을 보는 장면이 있다. 데이비드의 당황스러움과 화난 감정이 드러나는 대목이다(엄마도 화가 났지만, 이번 장면은 데이비드가 주인공이다).

서술에서 장면 묘사는 어떤 역할을 할까? 장면을 배치하는 곳에는 그만한 이유가 있다. 글의 새 얼개를 소개하거나, 다음 상황에 진행할 설정을 그리기도 하고, 주인공의 행동을 보여줌으로써 독자가 주인공을 깊이 이해할 수 있는 기회를 주기도 한다. 장면을 넣을 때는 꼭 필요한 장면인지, 빼거나 요약으로 대체하면 안 되는지도 생각해야 한다. 데이비드와 엄마가 등장하는 장면은 부모의 어긋난 삶에 대한 데이비드의 불만을 악화하고, 여자친구와의 관계도 살짝 틀어지게 만든다. 이 장면은 데이비드의 아빠가 방에 들이닥쳐 아들을 혼내는 장면으로 이어진다. 두 장면 모두 묘사를 통해 그 상황에서 느껴지는 극도의 당황함(침대에 누워있는 데이비드의 여자친구)을 독자도 함께 느끼게 하고, 가족 관계(아버지와 아들, 어머니와 아들)가 어떻게 틀어지는지 대화나 몸짓으로 보여준다.

장면 묘사에는 차에 달린 엔진처럼 '박동'이 있다. 장면 묘사는 움직이는 에너지다. 장면 묘사 뒤에는 전류가 흐르고, 욕구와 열정이 드러난다. 박동이 약하면 장면 묘사에도 힘이 빠진다. 행동을 큼직큼직하게 그려도 텅 빈 것 같아 보인다. 박동이 없으면 장면 묘사도 의미가 없다. 단순히 정보를 제공하고 다급한 부분 없이 구성 요소를 변경하고자 묘사했다면, 서술을 늘려도 독자가 심심해한다. 작가는 독자를 끌어들여야 한다. 독자의 머릿속에 한 편의 영화를 그려줘야 한다. 독자의 가슴까지 뚫고 들어가는 장면 묘사를 해야 제대로 된 묘사라고 할 수 있다.

장면마다 나름의 구조가 있다. 한 장면 묘사는 그 자체로 하나의 작은 이야기다. 장면의 첫 상황과 마지막 상황은 다르다. 그 사이에 일어나는 사건 때문에 상황이 바뀌는 것이다. 설명하는 부분이 장면 속에 잘못 들어오는 실수는 습작에서 흔하게 보인다. 등장하지 않아야 할 작가가 장면 속으로 들어와 독자를 당황하게 하고, '지금 다른 얘기하는 중 아니었나?' 하는 의문이 들게 한다. 장면 묘사를 시작할 때는 그 시작과 전환이 분명해야 한다. 전환이 적절하지 않으면 작가가 인물의 기분이나 기억을 묘사하다 갑자기 다른 사람과 대화를 시작하는 등의 실수가 잦아져 언제, 어떻게 전환이 되었는지 알기 어렵다. 다루고자 한 주제가 마무리되었다면, 새로운 장면을 시작하기 전에 분명히 끝난 게 맞는지 다시 한 번 확인해야 한다. 사건이 흐름에 맞게 일어나는 중에 갑자기 장면이 삽입되는 경우, 사건이 중지되고 회상하는 장면으로 넘어갈 만한 이유가 분명해야 한다. 이런 전환은 계획적이고 면밀해야지 목적도 없이 어쩌다 넣어서는 안 된다. 문단을 바꾸면서 새 장면의 시작을 알리기도 하지만, 장면과 설명이 연이어 나올 때는 주제가 서로 연결되는 편이 가장 적절하다.

마찬가지로 장면 묘사의 마지막에는 매듭짓는 부분이 필요하다. 회상을 하거나 의견을 더할 수도 있고, 갑자기 행동에 돌입할 수도 있다. 장면에 해당하는 부분을 형광펜으로 칠하고 다시 읽어보면 장면의 시작과 끝이 모호한 경우가 자주 드러난다. 서술의 다른 요소가 묘사와 잘 결합하기보다 오히려 묘사를 모호하게 한다. 구조가 명확하지 않으면 장면 묘사가 흐릿해질 수밖에 없다.

장면 전환을 연습할 때는 영화보기가 도움이 된다. 가능하면 독립영화나 외국영화를 추천한다. 영화는 바로 눈 앞에서 장면이 시작되고 끝나는 게 확인되기 때문에 전혀 헷갈릴 리가 없다. 장면이 언제 끝이 나고, 전환되고, 시작되는지 쉽게 알 수 있다. 글쓰기에도 그런 명확한 선긋기가 필요하다. 영화의 일부분만 보는 연습을 해보자. 장면이 시작하면 우선 조금 보다가, 장면이 시작하기 전으로 돌려서 보자. 우리가 보려는 장면 직전에는 무슨 일이 일어나고 있었는지 간단히 적어보자. 파노라마의 시골 풍경일 수도 있고, 덜컹덜컹 기차를 타고 가는 장면일 수도 있고, 빗길에 젖은 거리일 수도 있다. 분명히 이제 곧 보게 될 다음 장면과는 분명히 다르다. 이제 우리가 고른 장면으로 들어가 무슨 일이 일어나는지 설명해보고, 요약해서 적는다. 영화를 글로 적었으면, 장면의 가장 첫 부분이 무엇이었는지 표시하자. 시간이 지나거나 다른 장면으로 바뀌는 등 장면이 끝날 때마다 연습을 반복하자. 영화는 눈 앞에 장면이 펼쳐지기 때문에 누구도 장면 얘기를 할 필요가 없다. 장면이 끝나면 더 이상 우리가 그 장면 안에 있지 않기 때문에 끝났음을 저절로 알게 된다. 화면에서 확인할 수 있기 때문이다. 똑같이 소설 속 장면 묘사를 읽으면서도 이처럼 그리듯이 '볼 수' 있어야 한다.

출간된 소설 속 한 장면을 골라 어떻게 장면이 시작하고 끝이 나는지 찾아보자. 장면 전과 후에 무엇이 있는지 찾아보자. 짧은 장면과 긴 장면, 장면의 조각을 가지고 이런 연습을 많이 하면 서술할 때 어떻게 효율적으로 독자의 시선을 잡을 수 있는지 저절로 깨닫게 된다.

아래 짧게 발췌한 레베카 라스무센Rebecca Rasmussen의 『에버그린』에서 내가 설명한 내용을 확인해보자. 이 소설의 3장은 3단계로 구성되는데, 그 구조는 NS(요약적 서술), SS(짧은 장면), C(의견—주제의 전환)이다.

NS: 임신한 이브라인Eveline은 에밀Emil이 가지고 있던 박제 매뉴얼을 읽으며 겨울을 보냈다. 이 책이 끝없이 펼쳐진 산 속에서 찾을 수 있는 유일한 책이었다. 9월 어느 날 아침 옐로 폴Yellow Fall에서 급하게 짐을 쌀 때, 책을 넣을 생각은 하지도 못했다. 그래서 지금 이 죽은 동물을 어떻게 박제하는지에 대한 책 말고는 읽을 책이 없다.

SS: "이제 곧 나 같은 사람까지 박제할 수 있겠는걸." 에밀이 말했다. 11월에 이른 눈이 내려 50센티미터나 쌓인 날, 나무를 자르러 나갔다 돌아오는 길이었다. 기르던 턱수염에 눈이 묻어 있고 안전 고글에는 뿌옇게 서리가 끼어 있어 에밀은 눈이 녹을 때까지 영락없이 부엉이처럼 보였다.
"새뿐이에요." 이브라인이 말했다. 하지만 이브라인은 에밀이 깊은 숲 속에 들어간 것 같으면 몰래 아기 그림을 그리고 있었다.

C: 옐로 폴이든 어디든, 신의 축복이라는 말 말고는 임신이 무엇인지 알려줄 여자가 없었다. 그래서 임신하면 산통이 오거나 배가 불러오고, 가슴이나 엉덩이가 부드러워진다는 것을 알 리 없었다.

장면 묘사의 길이는 당연히 그 중요도에 따라 차이가 있다. 장면 묘사가 한 순간만 필요한 경우에는 설명하는 글 중간에 삽입할 수도 있다. 하지만 어떤 방법으로 장면을 묘사하든 주요 장면(큰), 보조 장면(작은), 장면의 조각으로 구분되는 그 쓰임은 정확히 알고 있어야 함을 잊지 말자. 소설에서 '핵심 장면'이라고 할 만큼 중요한 장면 묘사는 작은 이야기들과 호흡을 잘 맞춰 움직여야 한다. 이는 이후에 좀 더 설명할 것이다. 형광펜을 들고 장면 묘사를 찾아 표시하자. 이 장면 묘사가 우리 이야기의 동맥이다.

연습하기

아래 제안을 읽어보고 작성 중인 원고에 제대로 반영됐는지 확인하자. 원고의 가장 중요한 장면 묘사를 확인해보자.

장면을 하나의 작은 이야기라고 생각하기

작은 이야기라면 이야기의 시작과 중간, 끝이 있어야 한다. 장면 묘사를 세 가지로 구분해보자. 장면 묘사에는 시작했을 때 상황과는 다른 결말이 제시된다. 이야기를 시작할 때 '이 사건은 xx했다'라고 적어보고, 이야기가 끝날 때 '이 사건은 이제 XX하다'라고 적어보자. 두 상황이 완전히 다른가? 실제로 장면의 처음과 마지막 부분이 차이가 있다면, 어떤 일이 벌어졌는가?

중요한 순간을 장면 묘사로 남기기

소설에서 한 부분을 차지할 만큼 장면 묘사는 중요한 역할을 하고, 그 장면 묘사에서 일어나는 사건 또한 중요하다. 당신이 쓴 장면에서 중요하다고 할 만한 사건은 무엇인지 적어보자. 왜 중요하다고 생각하는가? 앞에 예시로 든 『에버라인』의 장면에는 특별한 사건이 없다. 이야기의 초반부이며, 대자연의 세계로 발을 들여놓은 젊은 여인이 상대를 알아가는 과정이다. 이브라인은 새로운 환경에서 남편을 알아가는 중이고, 임신이 무엇인지도 배우고 있다. 이 몇 줄만으로도 우리는 현재 상황과 인물의 관계에 대해 많은 것을 알 수 있다. 둘은 서로 사랑하긴 하지만 완전히 편안하지는 않아 보인다. 같이 살려면 알아야 할 점이 아직 많이 남았다.

장면 묘사의 범위 익히기

곧이어 나오는 장면이 단독으로 분리돼 있다면, 장면 묘사가 어디서 시작하고 어디서 끝나는지 쉽게 손으로 짚을 수 있다. 그 사이 모든 것이 장면에 속하는 행동과 반응이다. 장면이 시작하고 끝날 때 두 개의 빗금을 긋자. 장면이 시작하기 직전에 나오는 문장과 끝난 후 따라오는 문장에는 밑줄을 긋자. 이 두 문장이 전환 문장이다(전환 문장 없이 바로 다른 장면으로 뛰어드는 경우도 있는데, 이는 다른 전략이다). 설명하거나 의견을 나타내는 중에 장면이 삽입되는 경우도 있다. 그렇더라도 장면 묘사 나름의 구조는 잃지 않아야 한다. 압축된 장면 묘사나 그 일부분만 가져와 요약이나 전환할 때 활용하기도 한다.

한 장면이 끝나고 다른 장면이 연이어 뒤따라 나오는 경우, 두 장면 간 이야기를 어떻게 연결할지 생각해보자. 이것은 두 장면 사이에 시간 차가 있다면 특히 더 중요하다. 전환될 때 요약하는 편이 좋다 (필히 요약을 해야 하는 경우도 있다). 요약적 장면 묘사와 요약적 서술을 검토할 필요가 있으면 지금 이 연습은 잠깐 건너뛰어도 좋다. 다음에 오는 두 주제는 '요약적 장면 묘사'과 '요약적 서술'이다.

요약적 장면 묘사와 사건의 연속

집필 중인 소설에 사건이 많다면, 특히나 긴 시간 이어지는 사건이 많다면, 장면 묘사로 모두 담기 쉽지 않다. 하지만 장면 묘사라는 서술을 포기하기에는 아쉬운 부분이 분명히 있다. 배경에서 느껴지는 분위기, 사건이나 감정의 포착, 이야기의 효율적인 흐름을 만들어 주면서 사건에 참여했다는 기분마저 느낄 수 있도록 하는 장면 묘사라는 서술 방법을 포기할 수 없다. 사건의 인과에 따라 순서대로 장면을 전개할 필요가 있지만, 이 모든 사건을 보여주고 싶지 않을 때가 있다. 글의 문장처럼 장면도 다양하고 강약이 있어야 하고, 불필요하게 길 필요가 없다. 장면 묘사를 순서에 맞춰 연결하면서 일부 장면은 요약할 수도 있다. 목걸이에 큰 보석과 작은 보석을 같이 꿰는 것과 같다.

　장면 묘사를 압축해서 전달하는 것도 가능하다. 사건이 일어나는 단계(사건의 순서 혹은 매 순간)를 일일이 밟지 않고, 독자가 상상력만으로 장면을 그릴 수 있을 만큼만 이야기하는 것이다. 이야기의 요약 뒤에 숨어 겉으로 장면이 드러나지 않을 뿐이다. 독자가 책을 잠시 내려놓고 생략된 부분을 상상할 수 있다. 작가가 어떤 일이 일어났고 어떻게 느끼는지를 이미 알려줬기 때문에 그런 상상은 온전히 독자의 몫이다. 만약 요약된 장면이 연속된 사건의 한 부분이라면, 사건의 흐름이 서로 연결되기 때문에 좀 더 중요한 장면을 강조할 수도 있다. 대화는 보통 간접 화법으로 축약이 가능하다("“난 지금 갈 수 없어”라고 그가 말했다'라고 적지 않고 '그는 지금 갈 수 없다고 말했다'고 줄여 적는 방식). 연속된 사건의 요약적 장면에서 가장 중요한 것은 짧은 시간 범위를 어떻게 그리는가다. 배경에 대한 세부사항과 동작을 포함하는 전체 장면으로 표현할 수 있을 만큼 많은 것을 내포하지만 그 만한 분량을 할당할 수 없다면 다른 더 중요한 장면에 덧붙이기로 활용한다. 소설에 효율과 덧댐, 얼개와 인물, 의미와 사건을 항상 균형 있게 배치해야 한다.

　『모래 언덕을 걸으며』의 다른 예시를 보자.

식사를 하는데 식모가 시중을 들어주었다. 식모가 수프를 그릇에 담아줬을 때 데이비드는 고맙다고 얘기했지만 킴브로는 고마움을 모르는 것 같았고, 데이비드는 처음 느낀 대로만 하기로 결심했다. 데이비드는 수치심 때문에 간단하게만 먹었다. 가족에 대한 의례적인 질문에 무례하지 않은 범위에서 간단히 답했다. 아버지는 양장점을 하시고, 어머니는 간호사다. 라디오 방송국 직원과 결혼한 누나가 있다. 더 이상 보탤 것도 없는 충분한 대답이었다. 데이비드는 헤이든Hayden이 은행이사회에서 법조인으로서 어떤 역할을 하는지 궁금했지만, 달리 물을 방법이 없었다. 아프리카 사람들과 저녁을 먹으면서 고향에 대해 전혀 물어보지 않는 기분이었다. 여행 경험이 많지 않아서인지 무슨 질문을 해야 할지 잘 몰랐다. 베스Beth와 그녀의 엄마가 접시에 음식을 담아 돌렸지만 거의 먹지 않았다. 식모가 디저트로 코블러가 있다고 했지만 먹지 않았다. 헤이든은 좀 있다 먹으면 군것질 거리가 되지 않겠냐고 물었고, 데이비드David는 먹을 게 있어서 정말 만족스러워했다.

이 문단 뒤에는 데이비드가 여자친구의 집에 처음으로 찾아가는 장면이 요약되어 나오는데, 못 사는 집 아이가 잘 사는 친구 집에 찾아가서 겪는 어색함을 보여준다. 소설의 많은 장이 이렇게 전개된다. 요약적 장면 묘사로 사건을 연속으로 제시하는 것이다. 이 소설에서는 집은 가난하지만 촉망받는 고등학생 소년이 시간이 지날수록 도덕적 문제에 맞닥뜨린 청년으로 변해간다. 주인공에게는 아직 이런 문제를 해결할 능력이나 지혜가 부족하다.

연습하기

· 본인이 알고 있는 소설에서 한 장면(최소 1쪽 반 정도의 분량이 적당함)을 골라 반쪽 정도 분량으로 줄여보자(출판된 책에서 골라야 하며, 150단어 정도 직접 글로 써보자). 세부 내용은 빼고 무슨 일이 있었는지만 요약한다. 이 연습이 익숙해지면 좀 더 긴 장면으로 연습하

면서 요약본의 길이도 한 페이지 정도로 늘리자(요약이 능숙해질 때까지 계속 반복하자. 나는 학생들에게 이 연습을 수십 번씩 하라고 말한다).

· 한 꼭지를 훑어보면서 한 장면에서 시간대가 동일하지 않은 다른 장면으로 넘어갈 때 사건을 요약하는 구문이 나오는지 살펴보자. 요약된 문단을 읽을 때는 텍스트에서 더 확장해 좀 더 세부적인 내용을 상상하게 된다.

부분적 장면 묘사

부분적 장면 묘사가 나오는 가장 흔한 경우는 인물이 과거의 일을 회상하거나 그 순간에 기억이 떠오르는 경우이다. 부분적 장면 묘사는 진행되고 있는 사건의 한 장면을 포착해서 보는 듯하다. 『다시 찾은 엄마』에서 주인공 루시Lucy는 불행한 사고를 당한 후, 그 동안 무슨 일이 있었는지 기억한다(주인공은 횡단보도를 건너다 차에 치였다). 주인공은 "찢어진 비닐봉지처럼 몇 주 동안 완전히 망가져 버렸다." 사고의 고통스러움과 어떤 보살핌이 필요했는지 요약돼 묘사되고, 그 후 이 문단이 나온다.

앰뷸런스에서 그녀는 앤디Andy를 봤다. 앤디의 카메라가 목에 매달려 있었다. 뚜껑 열린 렌즈를 똑바로 바라봤다. "내 잘못이야"라고 앤디가 말한 것이 기억난다.

앤디의 카메라와 마지막 대화까지 얼마나 상세히 묘사했는지 기억하자. 이후 루시는 좀 더 과거 기억으로 돌아간다. 후회할 만한 실수도 하지 않았고, 또 다른 삶을 살 수도 있는 순간이 기억에 떠오른다. 부분적 장면 묘사를 잘 활용하려면 전에 일어난 전체 장면에서 일부를 차용하거나 전에 있던 장면을 이어서 확장해야 한다. 이번 경우에는 루시의 사고가 이미 전에 나오는 장면에 그려졌기 때문에 여기 나오는 부분적 장면 묘사에 연인을 바라보는, 전에 있었던 순간이 더해진다. 사고 장면에서는 이 마지막 순간이 중요하지 않았다. 하지만 지금 회상을 통해 다시 보니 그 중요성이 다시 부각된다.

가끔 소설에 그 중요성이 커서 계속 등장하는 기억의 조각이 있다. 이 기억 조각은 장면을 연상시키며 메아리가 된다. 나는 이를 '유령'이라고 부른다. 주위를 둥둥 떠다니기 때문이다. 인물들이 그 기억을 떠올리면서, 잊고 싶은 지난 사건을 자꾸 떠올리게 해 독자의 감정선을 건드린다. 여기서 중요한 건 아주 결정적인 순간을 만들어서도 안되고, 지겹게 해서도 안된다는 것이다. 잘못하면 3류 소설의 아주 흔해 빠진 구성 같아 보인다.

부분적 장면 묘사는 요약적 서술이나 내면 묘사를 할 때 보통 삽입된다. 가끔 이 묘사가 내가 얘기한 유령처럼 보이기도 하고, 주인공이 생각지도 않은 순간에 나타나 지금 일어나는 사건에 어둠의 그림자를 드리우기도 한다. 독자는 이 조각이 얼마나 중요한지 알지 못하고, 글을 읽으면서 감정에 어떤 영향을 미치는지도 잘 깨닫지 못한다.

요약적 서술

장면 묘사가 소설 쓰기의 가장 중요한 기술이라고 얘기했지만, 요약하는 글쓰기도 그에 못지않게 중요하다. 요약이라는 단어만 들어보면 중요한 사항만 간추려 적기만 하면 되는 것처럼 느껴져 무성의해 보이기도 한다. 하지만 펄프를 압축해 종이를 만들듯 글을 압축해야 요약이 된다. 필요 없는 부분을 다 걷어내면 이야기의 흐름만 남고, 독자를 시간의 터널(하루, 일주일, 1년) 안으로 밀어 넣어 극적 사건에 노출시키고 다음에 올 이야기로 들어갈 준비와 기대를 하게 만들 수 있다. 정보(외면적)는 다음에 오는 상황을 알아야 그 내용을 이해할 수 있다. 역사, 화려한 행사 이야기, 영웅전설 같은 글을 쓰는 작가라면 여기에 능숙해야 한다. 아미타브 고시, 디킨스, 에드워드 러더퍼드, 로힌튼 미스트리의『적절한 균형』, 야 기야시 Yaa Gyasi 의『귀향』, 켄 폴릿 Ken Follet 의『지구의 기둥』, 폴렛 질 Paulette Jiles 의『세상의 뉴스』가 대표적이다. 하지만 소설 길이에 상관없이 효율적으로 이동하는 데도 요약이 유용하고, 잘 쓴 요약문은 또 하나의 아름다운 문장일 수 있다. 짐 해리슨 Jim Harisson 은 많은 부분을 서술 요약으로 풀어 진행을 빠르게 했다. 요약은 글을 움직이고, 리듬을 일으키고, 멀리서 바라보는 시점을 제공하는 등 긍정적인 역할을 한다. 소설을 읽다 그 단락을 다시 한 번 더 읽어야겠다는 생각이 들면, 아름답게 잘 쓴 서술 요약을 읽고 그 흐름이나 상상에 몰입했을 가능성이 크다. 요약은 의도적이며 계획적이고, 이리저리 재보고 잘 다듬어야 제대로 효과를 발한다고 강조하고 싶다. 아무렇게나 생각나는 대로 얘기하는 것처럼 뜨문뜨문 나뉘어 있으면 안 된다.

　전에도 언급했지만, 『모래 언덕을 걸으며』에서 나는 요약적 서술을 글쓰기 주요 전략으로 이용했다. 각 장들은 상당히 긴 시간을 담고 있다. 3장의 경우 데이비드가 겪은 여름 전체를 다루는데, 소설의 '지금'에 해당하는 사건 바로 직전의 일이다. 소설은 이렇게 시작한다.

　데이비드 퍼켓David Puckett은 1958년 여름 대부분을 포트 스톡튼Fort Stockton의 아름답고 오래된 상점에서 보냈다. 그의 아버지는 3년째 건물을 빌려 상점을 하고 있었는데, 올해에는 아들을 데려다 여름 절반을 거기서 혼자 지내면서 앵글로 족과 멕시코 현지 사람들에게 장사하도록 시켰다. 데이비드는 드릴 비트와 손상된 원단 같은 포목과 이제 더 이상 생산되지 않거나 하자 있는 옷가지, 군용 재고 물품을 팔았다. 한 달에 네댓 번 정도는 이란Iraan이나 랜킨Rankin 같은 외곽 도시로 나가는 마차에서 밤을 보내고, 아무데나 노점을 세워놓고 장사를 했다. 아버지 시야에서 벗어나는 게 좋았다. 혼자되는 기분이 좋았다. 아버지가 그랬듯, 그도 지금 하는 일이 사회를 위해 봉사하는 것이라고 스스로 자주 얘기했다. 아무도 사지 않는 물건을 필요한 사람에게 가진 돈만 받는 정도로 싼 가격에 파니 말이다.

　이 장에서 소년은 어떤 사람이 되고 어떤 삶을 살지 선택해야 하는 기로에 놓이며, 소년이 청년으로 거듭나는 모습을 독자에게 보여준다. 이야기는 소년이 여름에 일하던 때부터 시작한다. 혼자 있으면서 내면화가 깊이 되었다는 것이 그 여름 소년에게 일어난 가장 큰 사건이다. 소년은 자신이 누구인지 생각하고 어떻게 그런 모습이 되었는지 고민했다. 그 후 아래와 같이 이어진다.

소년은 자신의 삶에 어떤 사건이 있었는지 목록을 만들어 보았다. 너무 심심해서 달리 할 일도 없었다. 그 목록을 하나의 창고라고 생각했다. 그리고 그 창고를 얼마나 다양하게 변화시킬 수 있는지에 놀랐다. 어떤 사건을 포함시키고 어떤 사건을 뺄지 자신의 삶의 질을 바꾼 사건을 뒤돌아 볼 수 있는 이상한 힘이 생겼다.

소년은 병약했던 어린 시절과 가족이 겪은 일, 학교와 좋아하던 책을 생각했다. 소년의 부모는 이야깃거리가 많은 사람들이라고 생각했다. 소년이 보기에 부모의 결혼은 씁쓸하게 변했고, 가정 분위기는 변화도 없고, 엉성했으며, 박약했다. 평범한 가족을 얼마나 바랐는지 모른다!

데이비드가 믿고 따르던 선생님은 데이비드에게 피츠제럴드와 하디Hardy 같은 문학작품을 특히 많이 읽어주었다. 소년에게 작가의 소질이 있었던 것 같다. 그는 일상생활에서 이야깃거리를 찾아내고, 어떤 의미가 있는지 궁금해하고, 작가가 가진 '시선의 거대함'을 존경했다. 이 장에서 그가 여름에 만난 소녀에 관한 이야기를 하는데, 그 소녀가 그에게 어떤 의미였는지 알 수 있다. 소년의 깊은 자기성찰은 지적이면서 순수하고, 그 자신이 누구인지 잘 보여준다. 이 모든 역사와 정보는 설명과 회상, 질문을 통해서만 요약되고 전달된다. 이 요약으로 독자는 데이비드의 삶이 어땠는지, 또 고등학교 졸업반인 열여덟 살이 될 때까지 어떻게 커왔는지 알 수 있다.

요약적 장면 묘사는 극적인 사건이 나와야 삽입되는 경우가 많은 데, 사건의 전후 관계와 등장인물을 배치하는 기능을 한다. 그래서 진행 중인 상황에 방해가 되기도 한다. 이런 구조는 요약이 극적인 상황과 잘 연계되고 독자가 어떤 장면을 읽고 있는지 혼돈스러워지지 않는 범위에서 활용해야 독자가 받아들일 수 있다. 예를 들어 인물이 공원에서 길을 걷는 도중에 회상하면서 감정을 표현한다고 하자. 작가는 한두 줄 정도 인물을 배경에 직접적으로 먼저 배치시키고 관심을 빼앗는 계기에 따라 회상으로 들어간다. 이 전략은 도미닉 스미스Dominic Smith의 『사라 데 보스의 마지막 걸작』에 나오는 글쓰기 방법과 일치한다. 이 소설은 맨해튼 거리를 걷다가 주인공의 작품을 훔쳐간 것도 모자라 베끼기까지 한 도둑을 찾으려는 집착을 그리고 있다. 맨해튼 거리를 걷다가 회상하는 주인공이 등장하면 현실성이 있고, 독자의 흥미를 돋운다. 하지만 아마추어 작가는 기분이나 생각을 뜬구름 잡듯 표현할 뿐 인물을 현실감 있게 설정하지 못한다. 더 심각하게는 다른 목적과 상황을 가진 장면 묘사를 중간에 삽입해 방해하거나 모호하게 끝내버리는 경우까지 생긴다. 반면 노련한 작가(혹은 주도면밀한 작가)는 인물이 회상을 시작하거나 멈추는 장면 전환이 조심스럽게 이뤄져야 한다면, 회상하는 동안 인물의 행동을 멈춘다.

다시 한 번 강조하지만, 장면 중간에 끼어들려면 그 목적이 분명해야 한다. 글을 고치면서 면밀하게 글을 써야 원하는 효과를 얻을 가능성이 높다.

'우회'하는 듯하게 서술하려면 목적이 분명해야 한다. 아래 네 가지 중 하나 일 것이다.

1. 무슨 일이 있었는지 강조한다
2. 뒤따라올 이야기에 대비한다
3. 사건을 효율적으로 전개할 수 있도록 소설 속 현재에 대한 과거 배경을 설정한다
4. 복잡한 감정에 휩싸인 인물을 보여준다

    많은 소설에서 단순한 장면보다는 요약적 장면과 요약적 서술 기법을 쓴다. 장면 제시만으로는 서술의 흐름에 도움이 되기보다 방해가 될 때가 있다. 문체의 차이일 수도 있고 이야기에 따라 차이가 날 수도 있다. 짐 해리슨은 요약적 서술에 능숙하다. 해리슨의 작품을 읽으면 내가 읽으면서 몰입한 상황 전개가 장면 제시가 아님을 깨닫곤 한다. 그러므로 해리슨이 묘사하는 장면이 당연히 압축돼 있고 간결하다는 점은 그다지 놀랍지 않다. 장면 제시와 요약된 장면 제시의 차이점이라면 장면이 담고 있는 시간이 얼만큼인지 정도다.

    생각에 잠기거나 묘사하고 요약하는 일을 본능적으로 좋아한다면, 소설의 주요 장면의 순서를 거대한 정원에서 주춧돌을 밟아 나가듯 속속들이 알고 있어야 한다. 또 장면 간 간격이나 소재의 경중을 헤아릴 줄 알아야 독자가 인물이나 화자의 생각에 빠지더라도 이야기의 흐름을 잃지 않고 끌고 나갈 수 있다. 『굿 마더』를 쓴 수 밀러Sue Miller라는 작가는 많은 설명과 요약을 하면서도 무슨 일이 일어나는지에 대한 긴장의 끈을 놓지 않는 작가의 좋은 본보기다. 내가 '지적으로 치장한 장면 묘사'를 한다고 표현하는 마비스 갈란트Mavis Galant는 짧은 소설을 엮어 긴 이야기로 만드는 능력을 지녔다.

    이야기를 꼼꼼히 더듬는 묘사는 소설을 풍요롭게 하고 깊이 있게 만든다. 나는 그런 화자가 없는 소설은 얕은 소설이라고 생각한다.

하지만 당신이 거대한 해설에 장면 묘사를 삽입하는 것을 어렵게 생각한다면 먼저 사건의 진행 순서부터 먼저 강화하자. 거기에 바로 극적인 요소가 있으니까!

연습하기

· 지금까지 살면서 일어난 일 중 아무 것이나 떠올려보자. 큰 사건이든 작은 사건이든 상관없다. 처음으로 차를 샀을 때일 수도 있고, 아내에게 프러포즈한 기억도 좋다. 접촉사고가 났던 날도 괜찮고, 이사를 가던 날을 떠올려도 좋다. 그리고 떠올린 내용을 50단어가 넘지 않게 줄여보자. 그게 바로 요약적 서술이다.

· 원고에서 장면 묘사를 하지 않고 시간에 따른 사건만 요약한 문단을 표시하자. 그리고 이 요약이 당신의 이야기에 어떤 역할을 하는지 따져보자. 과거 일에 관한 요약인가? 아니면 지금 발생하는 사건에 관한 요약인가? 독자가 소설의 현시점에서 무슨 일이 발생하는지 이해하는 데 도움이 되는가?
다음으로 요약하는 문단 전후로 어떤 내용이 나오는지 확인해보자. 글의 구조를 파악해보라는 뜻이다. 장면 묘사에 삽입된 구조인지, 아니면 장면 사이에 끼어 있는지 확인해보자. 요약 문단에 들어오고 나가며 독자가 이야기 흐름을 놓치지 않고 쫓아올 수 있는가?

설명

설명은 역사, 설정, 가계도 등에 관한 정보를 제공한다. 농장을 묘사하기도 하고, 형제간의 질투, 전쟁의 경과, 1967년의 대혹한을 묘사할 수도 있다. 과거에 일어났던 일 수도 있고, 현 상태를 설명할 수도 있다. 하지만 소설의 사건을 제대로 이해하고 어떤 상황에서 그 사건이 발생했는지 이해하기 위한 정보라도 서술적으로 눈에 보이듯이 극적으로 설명할 필요는 없다. 요약적 장면 묘사에서 내가 얘기한 부분은 설명에도 똑같이 적용된다. 배경 장면에 들어가고 나가고가 분명하면, 독자에게 혼란을 주지 않고 서술을 풍족하게 할 수 있다.

내면 묘사: 반응, 회상, 의문, 의식의 흐름, 의견

앞으로 설명할 세 가지 서술 구조는 인물의 속마음이라고 할 수 있는 '내면'에 초점을 맞춘다.

'반응'은 인물의 감정적 표현이고 때로는 행동으로 옮기려는 의지다. 갑자기 눈물이 나기도 하고 방에서 돌아다니기도 한다. 수치심이 갑자기 심해져 누구도 보지 않으려 할 수도 있다. 반응에 이어 행동과 사건이 뒤따른다.

작가 지망생은 현재 일어나는 사건을 묘사하면서 인물의 말이나 감정의 표현을 무의미하게 삽입하는 실수를 흔히 저지른다. 글이 재미없고 길어질 수밖에 없다.

'회상'은 인물의 경험을 되짚어 보고 숙고하는 다소 계산된 반응이다. 때에 따라 새로운 해결책이 나오기도 하고 용서하려는 마음이 들기도 한다. 인물을 희망이 없는 분노에 빠뜨려 허우적대게 만들기도 하고, 다른 사람의 행동을 새롭게 보는 기회가 되기도 한다. 회상은 반응처럼 '즉각적'이지 않다. 회상이라고 해서 다 고상하거나 지적이지 않다. 인물의 행동이 그렇듯이 어긋날 수도 있지만, 좀 더 숙고의 시간을 가질 뿐이다.

회상이 사건의 진행을 방해하기도 하므로 이런 투영이 썩 좋은 글쓰기 방법은 아니다. 그래서 보통 장면이 끝나갈 때쯤이나 인물 주변에 아무도 없을 때 회상이 들어간다.

'의문'은 무슨 일이 있었는지 질문을 통해 투영하는 한 방법이다. '왜'라는 질문은 사람을 짜증 나게 한다. 한 사람을 깊이 있게 파고들면서 삶에서 맞닥뜨리는 난관에 책임을 질지 피할지 결정도 한다. 의문은 앞으로 어떤 일을 할지와 무엇을 해야 하는가에 초점을 맞추고 해결책을 도출한다. '어떤 일이 맞는 일일까?' 같은 질문이 떠오르고 대립되는 생각이 등장한다. 긴장감을 높인다. 이런 내면의 모습이 드러나면 독자가 인물이 어떤 성격인지, 무엇을 중요하게 생각하는지, 지금 하는 행동의 동기가 무엇인지 알 수 있다.

내면 묘사는 뒤에 설명하고, 세 가지 내면 서술 방법으로 지금 일어나고 있는 사건을 시간성을 고려해 세 가지 다른 반응으로 묘사할 수 있다는 사실을 먼저 확실히 밝힌다.

사건이 발생하면 인물은 아래 세 가지 관점 중 하나로 생각한다.

1. 전에 일어난 사건이다
2. 지금 일어나고 있는 사건이다

3. 미래에 일어날 수 있는 사건이다

『다시 찾은 엄마』라는 내 소설로 내면 묘사의 예를 들어보자. 주인공 루시는 대학원에서 만난 젊은 남자와 결혼한다. 첫 장에서는 둘의 결혼 생활이 몇 장에 걸쳐 요약 서술된다. 그들의 첫 만남에서 이 이야기의 핵심인 15년 후 파혼을 맞기까지 이어간다. 당연히 첫 장에서는 그들이 어떻게 만났는지에 관해 시간을 많이 할애한다.

다음 문단에 나오는 상징적 장면 묘사를 통해 시간이 지나면서 루시의 양심이 어떻게 변하는지 보여준다. 루시의 속마음은 상징적 장면 묘사에서 벌어지는 일들에 대한 반응이고 회상이다. 그래서 이번에는 장면 묘사가 내면 묘사에 비해 중요성이 덜하다! 문단의 첫 문장에서 소개되는 글타래에 이어져 나오는 부분적 장면 묘사가 어떤 역할을 하는지 보자. 루시의 감정이 자기연민에서 약간의 긍정주의로 변한다. 한 장면이라고 하기에는 많은 변화가 일어나는 중요한 순간이다. 여기에 미래에서 과거를 둘러보는 느낌이 들고 넓은 시각이 느껴진다. 텍스트 자체도 루시의 생각을 관찰하는 것이고, 그녀의 직접적인 목소리가 드러나지 않는다.

루시가 처음으로 고든과 잠자리를 가졌을 때, 그녀는 울음을 터뜨렸다. 그렇게 많은 감정을 느낀다는 게 놀랍기도 하고 당황스럽고 또 기뻤다. 루시는 계속 고통스러웠고 그 고통이 끝나지 않으리라고 생각했다. 누구에게 고백하거나 보여줄 수도 없을 것이라고 생각했다. 섹스하면서 눈물이 나는 경우는 여태껏 처음이었다. 루시는 자신이 용감하고 건강하다고 생각했고, 서로가 끌릴 만한 파트너만 골라왔다. 그녀의 눈물은 어릴 때부터 쌓인 뜨

겁고, 우울하고, 비밀스러운 눈물이었다. 억울하고 더 참지 못해 흘린 눈물이지 기쁨의 눈물은 아니었다. 그러고 나서 그녀가 그의 밑에 누웠을 때 눈물이 흘러, 관자놀이를 지나 머리카락과 베개를 적셨다. 가슴은 흐느껴 들썩였다.

루시는 고든이든 누구든 얘기하고 싶은 게 있었지만, 고든이 좋아할 만한 여인이 되고 싶어 말을 삼켰다. 루시는 스물한 살이었다. 루시는 자신이 이미 성인이라고 생각했다. 루시는 1964년 텍사스 오스틴에서 대학을 졸업했다. 재키는 미망인이었다(최소한 재키의 아이들은 엄마라도 있었다!). 라이든이 당시 대통령이었다. 대학원에서 첫 학기 공부를 하는 중이었고, 선명한 계획이 있었던 것은 아니었다.

고든은 머리카락을 뒤로 넘기며 루시를 진정시키려고 했다. 그는 자신이 뭔가 잘못했다고 생각하고 있었다. "미안, 미안해." 고든이 말했다. 루시는 손가락으로 그의 입술을 막았다. 루시는 울음을 멈출 수가 없었다. 그동안 잠겨 있던 눈물이 한가득 우물처럼 고여 있었다. 그는 부드럽고 신사적인 매너로 그녀의 눈물샘을 열어버렸다. 그의 달콤한 부끄러움이 열정으로 변했고 사방에서 느껴졌다.

그녀는 그 또래 남자의 매너가 어떤지 알지 못했다. 사정하는 순간밖에 모르는 남자 외에는 만나지는 못 했다. 고든은 학자 같았다. 낮에는 한없이 샌님이었다. 루시의 무언가가 고든을 자극했다고 루시는 짐작했다. 그 생각이 루시를 흥분하게 했고 결국 울음을 터뜨리게 했다.

루시가 겨우 말을 할 수 있게 되었을 때 속삭였다. "나는 가진 게 없어, 엄마가 누군지도 몰라." 아버지가 없다는 얘기는 굳이 할 필요도 없다고 생각했다. 그 말을 하자마자 고든의 마음이 많이 아플 거라고 생각했다. 고든은 부모님 사진을 지갑에 넣고 다녔다. 고든이 그녀와 결혼하고 싶어 할 것이고, 혼자 남겨지지 않으리란 것을 알았다. 루시의 슬픔, 버거움, 텅 빈 마음이 갑자기 소중해 보였고, 새로운 세상의 동전이 되었다. 루시는 고든을 원했고, 그런 필요가 고든에게는 하나의 선물이었다. 지참금이라고 할까? 루시는 그녀가 아름다운 것처럼 힘이 솟았다. 루시는 잠시나마 힘과 아름다움이 주는 즐거움을 느낄 수 있었다. 루시는 자신이 어머니와 닮았다고 생각했다. 다만 좀 더 운이 좋았을 뿐……

내가 정의하는 '의견 제시'란 작가가 '삶에 대해 뭔가 얘기'하는 방법이다. 그것은 심리, 철학, 믿음, 운명, 의심에 관한 것일 수도 있고, 무슨 일이 있었는지에 관한 것일 수도 있고, 신, 국가, 인종, 섹스, 사랑과 슬픔에 관한 것일 수도 있다. 우리와 연관이 있는 모든 일에 의견을 더할 수 있다.

의견 제시는 화자의 시각을 능숙하게 변화시키지 않으면 안 되기 때문에 쉽지 않은 글쓰기 방법이다. 지난 수십 년 동안 출판된 미국 소설 대부분이 근접 3인칭 시점이 없기 때문에 광범위하게 의견을 추가하는 것이 허용되지 않았다. 그래서 작가들은 주인공이 작가가 말하고 싶은 바를 생각하는 식으로 3인칭 시점의 제한 사항을 우회해서 표현하는 똑똑한 방법을 택했다. 의견을 표현할 때 세세한 시점의 관리는 더없이 중요하다. '의견을 덧댄 소설 쓰기'는 보통 1인칭 시점이 더 쉽다. 그렇지만 3인칭 시점도 1인칭 시점만큼 의견의 즉흥성을 충분히 보여줄 수 있다.

위 내용을 더 잘 이해하고 싶다면 소설의 한 장을 골라 직접 찾아보는 게 가장 좋다. 어떤 소설은 의견으로 가득 차 있어서 소설이라고 할 수 있을지 의문이기도 하다. 하지만 이런 방식은 잘 쓰이기만 한다면 이야기와 의견의 최고 경지라고 할 수 있다. 도리스 레싱 Doris Lessing, J. M. 쿳시 J. M. Coetzee, 줄리언 반스 Julian Barns, 솔 벨로우 Saul Bellow, 필립 로스 Philip Roth, 케이트 앳킨슨, 프랜신 프로즈 Francine Prose가 그런 작가들이다. 『미들마치』도 꼭 읽어보자!

메그 미첼 무어 Meg Mitchell Moore의 『도착』은 최근 미국에서 인기 있는 현대소설이다. 어른이 다 된 자식들이 손자와 손녀를 데리고 고향집으로 돌아오면서 자신의 삶과 서로 간의 관계를 쉴 새 없이 탐구한다. 기억, 분노, 변화에 대한 갈망, 결혼과 육아, 무엇보다도 삶이 어째서 자신이 원한 대로 되지 않았는지에 대해 각종 형태의 내면 묘사가 다 나온다. 아래 일부를 발췌했다. 릴리안 Jillian은 딸 올리비아 Olivia와 벤치에 앉아 있다.

릴리안이 벤치 자기 옆 빈자리를 두드렸다. 그리고 눈을 감았다. 올리비아를 설득해 햇볕을 쬐며 잠들게 할 수도 있을 것 같았다. 아이스크림은 이 작은 음모의 한 조각이었고, 이것은 단순히 방학 때 가족을 만나러 잠깐 여행을 온 것일 뿐이고, 멀지 않은 언젠가 집으로 돌아가 원래 살던 삶을 살 것이라고 릴리안은 자신을 설득해보려고 했다. 결혼의 상처를 꼼꼼히 감추고 상처가 있다고 생각하지도 않았다. 그녀는 그에 따른 무 목적 상태를 인식하지 않는 편이 훨씬 덜 아프다는 것을 알고 있었다.

낸시 클라크 Nacy Clark는 『힐의 집에서』에서 한 대가족을 한 집에 몰아넣고 이야기를 익살스럽게 풀어낸다. 시점이나 의견이 매 쪽마다 탁구공처럼 튀어나온다. 누구나 다른 사람의 행동에 쉴 새 없이 의견을 내놓는다. 두 책 모두 다양한 목소리로 내면을 찾아가지만 시점에 관한 규칙은 무시되고, 누구나 그들만의 목소리를 가진다. 문학적인 조언은 단지 낡은 규칙이 굳어진 형태일 뿐이고, 여러 작가들이 그 틀을 깨뜨리고 있다. 소설에서 제대로 기능만 한다면 당신도 그 규칙을 깰 수 있다. 이 문제는 시점을 이야기하는 장에서 보다 상세히 다룬다.

알베르 카뮈의 『이방인』이라는 소설을 들어 봤을 것이다. 이번에 책을 다시 읽으면서, 카뮈가 어떻게 주인공 뫼르소의 관찰을 행동으로 능숙하게 바꿔가는지 찾아보자(1인칭 시점이다). 이 책을 보고 한 남자가 삶에서 고립되었다고 생각할 수 있겠지만, 사실 주인공은 인생과 자신의 삶에 계속 의견을 피력한다. 태양이 눈에 비치고 주인공이 아랍인을 쏘는 순간 주인공의 의식도 추락한다. 이 뛰어난 소설에서 뫼르소는 삶이 무엇인지 고민하고 운명을 깨닫기까지 자각이 점차적으로 누적돼 임박한 죽음을 곧 받아들인다.

뫼르소가 재판을 받은 후 이어지는 책 후반부의 일부를 발췌했다.

사형수에게 마지막 기회를 주는 것이 가장 중요하다는 것을 깨달았어요. 1000분의 1만이라도 바로잡을 기회 말이에요. 환자(그래요, '환자'라고 부를게요)에게 그것을 먹였을 때 열에 아홉은 죽을 만한 화학 혼합물을 발견해 낸 거 같았어요. 그렇지만 그는 아마 알거예요. 어차피 한 가지 상황밖에 없다는 걸요. 전체 그림을 얌전히, 골똘히 생각해보면 단두대를 이길 재간은 눈곱만큼도 없다는 거예요. 한 번 정해지면 환자는 죽고 마는 거죠. 문을 열고 닫듯 아주 단순한 문제예요. 정해진 결말이고, 두 번 물을 필요 없는 자명한 사실이죠. 어떤 예상치 못한 이유든 단두대의 칼날이 작동하지 않으면, 어차피 올려서 다시 내려칠 뿐이에요. 그래서 사형선고를 받은 사람은 단두대가 잘 작동하길 바라야 한다는 사실이 오히려 저를 괴롭게 했어요. 아니에요, 그건 틀렸어요. 어떤 면에서 제가 맞은 거죠. 다른 측면에서는 좋은 조직의 비밀 전부를 인정할 수 밖에 없었어요. 그러니까 사형수는 도덕적 합의를 하는 거죠. 모든 것이 별일 없이 진행되는 게 자신에게 도움이 되니까요.

『위대한 개츠비』에서는 또 다른 1인칭 시점의 화자 닉 캐러웨이Nick Carraway가 등장한다. 캐러웨이는 관찰자다. 주변 사람들을 관찰하지만 특히 개츠비를 유심히 관찰한다. 책의 결말에서 작가인 피츠제럴드는 캐러웨이에 자신을 투영해 그동안 사회를 관찰해온 자신의 의견을 말한다.

달이 높이 떠오르기 시작하고, 필요없는 집은 점점 녹아 없어져 여기 이 오래된 모습의 섬이 떠오른다. 네덜란드 선원의 마음에 들 정도로 꽃과 나무를 가득 기를 수 있는 풍족한 땅을 가진 새로운 세상이었다. 하지만 이제 그 나무는 사라져 개츠비 저택으로 들어가는 길이 되었고, 인간이 꿈꾸는 최고의 가치에 속삭여 응답했다. 이 대륙의 존재에 숨을 멈춰야 했고, 이해하지도 원하지도 않는 예술적 성찰을 해야 했고, 호기심의 크기에 걸맞은 무언가와 역사에 마지막으로 직면해야 했다.

마크 해던Mark Haddon의 『한밤중에 개에게 일어난 의문의 사건』에서 가장 재미있는 부분은 자폐증 환자인 소년 크리스토퍼Christopher를 화자로 풀어가는 해설이다. 크리스토퍼는 각 장으로 구분되어 있는 사건의 흐름을 깨고, 자신이 어떻게 사물을 바라보는지 설명한다. 왜 다른 사람이 느끼는 것을 느끼지 못하는지, 타인에게 왜 관심이 없는지 설명한다. 또 자신에게 중요한 사람을 이해하려고 얼마나 노력하는지, 어째서 삶이 풀어야 할 조각조각의 퍼즐의 집합이라고 생각하는지, 자신이 문제풀이의 연속이자 감정이 개입할 여지가 없고 감정을 기대하지도 않는 수학에 능할 수밖에 없는 이유도 설명한다. 감정적 공감을 할 수 없는 주인공을 만들어야 했기 때문에 이 소설을 쓰는 일은 작가에게 대담한 도전이었다.

설명과 내면 묘사

설명은 전후 사건을 강조하는 효과도 있지만, 그 자체로 흥미로워야 한다. 설명은 항상 분명해야지 혼란스러워서는 안 된다. 설명이 사건의 중간에 껴서 극적인 효과를 잃게 해서는 안 된다.

독백은 독자가 주인공에게 더 가까워지도록 하는 장치다. 독백의 주목적은 설명이 아니다. 독백이 사건을 일으키는 경우는 없고, 사건에 뒤따라 독백을 시작하는 경우가 보통이다. 독백은 풍부하고 감정적이다. 인물의 감정적 고뇌를 탐구하면서 극적인 긴장감을 더해 독자의 깊은 공감을 유도한다.

10대 소년 데이비드가 나온 앞 장에서 설명과 독백이라고 할 만한 서술 요소가 표현돼 있다. 설명은 묘사하기보다 요약된 형태로, 인물이나 배경, 과거 사건 등의 정보를 독자에게 제공한다. 화려한 영웅

소설 『포피의 바다』에서 아미타브 고쉬는 거대한 배 아이비스의 운항을 이야기한다. 당시는 중국과 아편 전쟁이 발생하기 직전이다. 소설 첫 부분은 긴 장면으로 묘사되지만 곧 설명으로 전환해 아이비스의 역사에 관한 정보를 전달한다. 이는 이야기에 꼭 필요한 요소고, 흥미롭다. 작가는 장면을 묘사하는 중 설명을 삽입하는 식으로 사건의 진행을 방해하거나 독자를 헷갈리게 하지 않았다. 서술 요소를 빌딩 벽돌처럼 잘 배치해서 서술 요소 하나하나가 그 역할을 충실히 수행한 후 전환이 일어난다. '저건 설명이야', '저건 요약이네', '이번에는 장면 묘사네'라고 독자가 생각하지는 않는다. 하지만 작가에게는 그런 구분이 필요하다. 소설을 분석하고, 그 조각이 얼마나 잘 맞아떨어지는지 그 경향과 계획의 중요성을 알아야 한다(형광펜을 들고 소설 한 권[한 꼭지]의 서술 요소를 구분해 보자).

독자에게 모든 것을 설명하려는 충동은 작가 지망생이 가장 흔히 하는 실수다. 이는 작가가 매 쪽을 고심하고 글을 쓰면서 좀 더 알아내려고 노력하기 때문이라고 생각한다. 충분히 이해가 된다. 초고를 쓸 때는 이런 충동이 필요하기에 너무 자기를 억누르지 말고 이야기를 전개하도록 한다. 글을 고칠 때는 반대로 분석적이고 정확해야 한다. 예를 들어 중요한 사건을 중심에 놓고 장면 묘사를 통해 그 꼭지를 풀어간다고 하자. 장면 묘사 중간에 설명하는 내용이 나오면 장면이 쪼개져 보이고 독자를 방해한다. 작가는 글을 고치면서 자신에게 다음 질문을 해야 한다. '이 장면을 이해하는 데 이 설명이 필요한가?', '필요하다면, 좀 더 일찍 제시할 수 없을까?', '장면 묘사 뒤에 요약이나 반응을 넣는 게 장면 중간에 설명을 삽입하는 것보다 낫지 않

을까?'

설명을 티가 나지 않게 장면에 삽입하는 것이 불가능하지는 않다. 좋아하는 작가를 면밀하게 공부해서 긴 문단 중에 어느 부분이 극적 장면 묘사고, 어는 부분이 설명인지 구체적으로 확인해 보는 편이 좋다. 다른 색의 형광펜 두 자루를 들고 밑줄을 그어 놓고, 자신에게 다음 질문을 해보자. '작가가 이 정보를 왜 여기에 담았을까?', '독자에게 필요한 정보인가?', '작가가 장면에서 빠져나가거나 들어올 때 어떤 전환 방법을 썼는가?', '독자는 사건에 어떻게 관여하고 얼마나 참여하는가?' 작가는 장면 묘사를 확장된 독백으로 활용할 수도 있다. 실제 주인공은 장작을 패서 쌓고 있는 것처럼 보이지만, 속으로는 바람을 피운 여자와 어떻게 헤어질지 고민 중이다. 장면 묘사는 배경과 같은 역할을 하며, 진부한 장면의 전환과 긴장감 없이 독자와 인물의 관계를 이어준다.

앤 패챗은 재미있는 정보가 가득 찬 소설을 잘 쓴다.『경이의 땅』을 보면 적시적소에 장면 묘사가 잘 배치돼 있다.『브루클린에서 자라는 나무 한 그루』,『작은 아씨들』등 많은 소설이 이런 전략을 따른다.『하와이』나『엑소더스』같은 대작과 독특한 다중화자가 나오는 마지 피어시Marge Piercy의『입대』도 이에 속한다. 최근 로힌턴 미스트리Rohinton Mistry의『적절한 균형』도 마찬가지다(많은 인도 작가들이 겉핥기 식의 19세기 영국 스타일에서 벗어나, 묘사와 설명을 적절히 채워 소설을 쓰기 시작했다. 이런 소설은 독자들이 길을 잃기도 하고, 읽는 데 시간이 오래 걸리기도 한다). 커트 팔카Kurt Palka의『피아노 메이커』처럼 소설에 설명하는 서술을 잘 녹여 활용도를 높일 수 있다. 소설은 독자에게 피아노를 만드는 사업과 기술에 대한 많은 것을 알려주지만, 이것이 이야기에 푹 빠지는 데 전혀 방해가 되지 않는다.

인물의 생각이 어떻게 전달되고 소설에 배치되는지 세세히 관여하고 싶을 것이다. 하지만 진행 중인 사건의 모든 측면을 일일이 생각하고 설명하는 일은 프로답지 못하다. 자꾸 반복되는 사건과 그 의견이 교차되는 글 습관을 깨고 싶다면 독백이 전혀 없는 장면을 묘사해 보는 연습이 도움이 된다. 묘사 도중 등장인물이 말하고 행동하는 것은 그 안에 이야기가 담겨있기 대문이다. 인물은 감정을 표현하지만, 이야기의 속도가 늦춰지거나 결정의 순간이 온 상황에서도 마음속 걱정을 드러낼 필요는 없다. 인물이 대립에 대해 고뇌하도록 내버려둬라. 공포와 질투, 슬픔, 야망 같은 감정이 종이 위에 드러나도록 해라. 인물이 독백을 통해 질문과 맞서도록 하자.

스웨덴 미스터리 작가 마리 융스테드^{Mari Jungstedt}의 작품『말하지 못한』을 보면 사건에 집중해서 장면 묘사를 하지만 곧 반응과 주인공의 결심이 길게 뒤따른다. 이 방법이 사건과 독백의 균형을 잡는 유일하고 최고의 방법이라고 생각하지는 않지만, 이런 작법을 따르는 것은 도움이 된다. 사건의 진행 순서도 일정해지고, 반응에 나름의 색깔이 더해지도록 감정이 옮겨간다. 단순한 구조지만 처음 소설을 쓰는 사람도 군더더기 없이 깔끔하게 글쓰기가 가능하다. 물론 마음에 들지 않는다면 언제든 다시 돌아와서 방향을 달리해 고쳐 쓸 수 있다.

내면 묘사를 사용할 때 어떤 어려움이 있는지 나중에 다루겠지만, 기본적으로 글을 읽을 때 내면 묘사를 찾아보고, 글을 쓸 때도 의식적으로 써보는 노력이 필요하다.

　기억하자! 이미 알아챘겠지만 나는 많은 질문과 제안을 바탕으로 소설 쓰기 방법을 알려주고 있다. 지금이든 나중이든 당신이 이 모든 제안에 답하리라 생각한다. 책을 다 읽고 다시 돌아와서 체크하고 싶은 곳에는 밑줄을 그어둘 수도 있고, 행간이나 일지에 기록해 놓을 수도 있다. 한 걸음 한 걸음 더 많이 분석할수록 여기서 제시하는 더 많은 원칙을 이해할 수 있다. 연습을 통해 그 작법을 완전히 받아들일 수 있고, 일이 점점 더 수월해질 것이다. 물론 더 많은 성취를 할 수도 있다.

연습하기

· 한두 쪽 분량의 장면 묘사를 고르자. 읽으면서 행동을 동반하는 모든 문장에 모두 밑줄을 긋자. 내면 묘사나 독백을 하는 문장에는 밑줄을 두 번 긋자. 내면 묘사(반응, 투영, 의문, 의견 등)는 다른 색 형광펜으로 칠해도 된다.
　이번에는 행동만으로 장면을 묘사해보고 그 효과가 달라지는지 살펴보자. 사건에 구멍이 생길 수도 있고, 내면 묘사가 빠져도 아무런 차이가 없을 수도 있다. 이제 내면 묘사 문장 하나하나를 두고 세 가지 중 결정을 해보자. ⓐ 포함하지 않는다 ⓑ 동일한 위치에 포함한다 ⓒ 마지막으로 옮겨 포함한다.
　순서를 바꿔서 다시 해보고 새로운 묘사 장면이 어떤지 생각해보자. 다음날이나 시간차를 두고 다시 한 번 더 읽어보자. 이 분석은 모든 장면에 할 수 있는 연습방법이다. 사건의 동선을 한 번 짚어 볼 수 있고, 내면 묘사의 필요성도 확인할 수 있다.

· 출간된 책에서 가능한 한 내면 묘사가 풍부한 글을 찾아 이번 장에 나온 정의를 활용해 장면 묘사에서 저자가 어떤 내면 묘사 기법을 이용했는지 정리해보자. 인물의 생각이 '지금 여기'에 집중하는가? 아니면 과거나 미래에 관심을 보이는가? 내면 묘사가 사건에 근접한 느낌이 드는가? 아니면 지금 일어나고 있는 일을 다른 사건이나 걱정에 연결하지 않는가?

떠오르는 생각

성공한 모든 작가는 지금까지 이야기한 것을 모두 고려해 글을 쓸까? 나는 자신 있게 '그렇다'고 말할 수 없다. 자기통제를 하지 않은 채 소설을 써온 이야기텔러식 작가가 많이 있었기 때문이다. 음악, 과학, 시각예술처럼 문학도 나름의 천재성이 필요하다. 그 예술가들이 어떻게 자신의 작품을 만들어내는지 감히 얘기할 수 없다. 하지만 최소한 글짓기에 관해서는 타고난 작가들이 얼마나 수준 깊은 분석을 하며 글을 쓰는지 참고할 만한 에세이를 다수 남겼다(『파리 리뷰』의 과월호 기사 중 작가의 인터뷰를 여러 달 동안 공부해보자). 작가들은 글짓기의 고통, 전율, 미스터리에 관한 많은 편지를 남겼다. 귀스타브 플로베르는 그가 어떻게 글을 쓰는지 미주알고주알 고민을 쏟아내고 자주 불평을 토로한 작가로 유명하다. 플로베르는 조르주 상드 George Sand

에게 동일한 모음 반복을 가능한 피하려 한다고 말한 적도 있다. 또 『보바리 부인』을 쓰느라 너무 지친다고 친구에게 편지를 쓰기도 했다(플로베르는 5년이나 걸려 이 소설을 썼다). 헨리 제임스 Henry James 는 고맙게도 글쓰기에 관해 그가 생각한 모든 것을 적어 놓았다. 제임스는 항상 관찰하고, 기록하고, 사람의 행동을 궁금해하고, 주변 상황이 이야기를 어떻게 만들어가는지 항상 상상했다. 무엇보다 그는 이렇게 알아낸 것을 어떻게 소설에 활용할지 항상 고민했다.

문장을 조각내서 확인하고 분석한다고 각 텍스트 조각이 원고에서 독립적이라고 볼 수는 없다. 장면 묘사에 당연히 설명이나 내면 묘사도 포함돼 있고 행동이나 사건이 있을 수 있다. 요약하면서 장면 묘사가 일부 포함되기도 한다. 작품 수준이 높을수록 글이 고난도로 엮여 있기 때문에 텍스트를 분석하기가 더 힘들어진다. 그래서 지금 분석하는 글의 서술 구조 중 주요 요소를 파악하는 연습을 추천한다. 지금 극적인 장면을 묘사하는 중이라면 사건이나 긴장이 주요 요소다. 설명하는 글을 쓰고 있다면 자신에게 다음 질문을 해볼 수 있다. 여기에 이 글이 필요한가? 이 설명이 장면 묘사를 방해하고 있지 않은가? 이 설명을 추가했을 때 이해도가 높아져 장면 묘사에 긍정적인 기능을 하는가? 인물이 독백이나 생각을 할 때에도 같은 질문을 할 수 있다. 물론 내면 묘사가 필요한 이유는 분명히 있다. 내면 묘사는 인물을 더 잘 이해할 수 있게 하고, 내용의 빈칸을 메워주고, 과거에 어떤 일이 있었는지 상기시켜주기도 하고, 의도나 감정이 상충될 때 긴장감을 높이기도 한다. 이를 바탕으로 인물이 내면을 드러내는 문단이 어느 정도 범위 이상으로 벗어나지 않도록 하자. 너무 멀리 벗어

나거나 진행 중인 사건과 무관하게 불필요하게 많은 양을 차지해서
는 안 된다. 언제나 우리는 이야기를 앞으로 전개하는 데 관심을 가
져야 한다.

독자의 이해나 공감을 풍부하게 하려고 독백을 길게 늘일 수 있다.
이때 독백은 재미있어야 한다. 서술을 잠시 중단해야 하거나 서술의
속도를 잠시 늦출 때, 아니면 독자가 인물의 마음을 이해할 필요가
있을 때 내면 묘사가 필요하다. 내면 묘사도 긴박하고, 초조하고, 복
잡할 수 있다. 가끔은 우울하고 계획적이기도 하다. 인물의 감정이나
지식이 사건에 투영되기도 한다.

현재 사건에 내면이 어떻게 개입하는지 항상 의식해야 한다. 인물
이 과거를 회상하는가? 아니면 미래를 계획하는가(앞으로 전개될 미래
에 대비해 긴장감을 키우는가?)? 혹은 현재 사건에 반응하거나 깊게 의문
을 품고 있는가?

생각의 진행은 적당한가?

이야기 전개에 도움이 되는가?

문단의 기능과 조화를 이루는가?

이야기 흐름에 맞춰 독자를 잘 이끌어 가는가?

연습하기

· 문단에 표시할 세 가지 색깔의 형광펜이 필요하다.

롤모델로 삼고 싶은 소설을 골라 3~5페이지 정도 분량의 장이나
꼭지를 고르고 표시하기 쉽도록 복사하자.

- 빨간색: 장면을 박스 표시하자. 사건을 표현하는 문장에는 밑줄을 긋자.
- 파란색: 설명이나 요약적 서술을 하는 곳에 박스 표시하자. 간혹 장면 묘사 중간에도 있을 수 있다.
- 초록색: 내면 묘사를 찾아서 밑줄을 긋자. 대부분 장면 묘사의 끝에 있다. 장면 묘사 중간에 나올 때는 들어오거나 나오면서 장면을 전환할 필요가 있다.

이제 지금 공부한 글 꼭지를 구조에 맞춰 묘사해보자.
저자는 사건과 내면 묘사를 어떻게 균형 있게 다뤘는가?

2장
초고 고쳐 쓰기: 설명과 연습

고쳐 쓰는 단계

내가 제시하는 방법을 따르면 초고를 '넓은 관점'과 '좁은 관점'에서 분석할 수 있다. 서로 연결성이 높아진다는 것은 넓은 관점에서의 분석이다. 이야기를 얼개, 줄거리, 인물 등 세부적인 요소에 따라 분석하는 것은 좁은 관점의 분석이다. 이런 요소별 분석으로 주제와 기법이 전체적으로 얼마나 잘 표현됐는지 알 수 있다.

분명한 목적을 가지고 고치기

글을 고쳐 쓸 때 이야기의 복잡한 구조를 더 잘 이해하고, 그동안 말하고 싶던 이야기가 무엇인지 더 많이 깨달을 수 있다. 고쳐 쓰기의 가장 큰 목적은 이야기를 더 단단히 하는 것이다.

초고를 쓸 때 살을 덧대지 않고 뼈대만 세웠다면, 이제 뼈대를 더 풍부하게 할 차례다. 장면 묘사를 강화하거나 새로운 사건이나 작은 얼개를 덧씌우거나 인물의 감정 변화를 더 서술할 수도 있다.

이때 불필요해 보이는 부분은 걷어내야 한다.

분석적으로 글을 고쳐 쓰기 전에 초고를 다시 쓸 수도 있다. 중요한 것은 글 속에 '이야기가 있는가'다.

산책하며 글쓰기

내가 글을 막 쓰기 시작할 쯤에는 산책하면서 혼자 이야기하곤 했다. 이야기를 더 많이 할수록 내 소설을 더 잘 알게 됐다. 이야기를 할 때마다 조금씩 다르기는 했지만, 놓친 부분을 발견하기도 하고 인물의 새로운 면을 찾기도 했다. 내가 '혼자 이야기를 했다'는 말은 말 그대로 동네를 걸으며 옆사람과 대화하듯이 떠들었다는 뜻이다. 집으로 돌아오면 자리에 앉아 이야기를 한 쪽의 짧은 글로 적으려 했다. 그 요약이 마음에 들면, 서너 쪽 정도로 늘려 다시 요약했다. 이렇게 압축해 적은 글과 묘사, 대화, 장면 구조 등의 서술 요소와는 서로 엉키지 않는다. 이 글 꼭지를 어떻게 구성할지와도 무관하다. 무슨 일이 일어났고 그 결과가 어떤지에 관한 이야기와 소설의 중심인 주인공의 동기와 운명이 중요하다. 이렇게 산책하며 글을 쓰는 과정은 한두 주 정도 걸렸고, 이어서 고쳐 쓰기를 했다. 산책을 계속하면서 이 한 쪽 요약을 일주일에 한 번 정도 했는데, 이때 앞에 적어 놓은 것들을 다시 보지는 않았다. 이런 방식으로 글을 쓰면 현실적이고 관리하고 있다는 기분이 든다. 발명의 한 측면에서 벗어나 다른 측면에 집중할 수 있게 한다. 옷 사진을 벽에 걸어 두고 탁자 위에 옷감을 펼쳐 놓는 것과 같았다. 옷감을 가지고 옷을 짓는 것이다.

시나리오 쓰기: 유용한 글쓰기 도구

극적인 사건을 서술할 때는 장면 묘사를 한다. 하지만 효과적으로 진행하고 싶거나 장면 요소를 압축할 때, 사건이 단순하기 때문에 길게 쓸 필요가 없을 때는 요약적 서술을 할 수도 있다. 얼마나 자세히 묘사하느냐에 따른 차이만 있을 뿐이다. 텍스트를 핵심만 요약해 목록이나 줄거리로 활용할 수 있다.

'시나리오'는 최소화된 극적 서술이고, 이야기에서 일어난 일을 요약하는 기능을 한다. 또한 시나리오는 도구일 뿐 결과물이라고 할 수 없다.

시나리오는 보기 좋으라고 적는 것이 아니라 정보전달이 목적이다. 화가가 그림을 그리기 전에 스케치하는 것과 같은 이치다. 소설 처음부터 끝까지 전부 시나리오로 적을 수도 있고, 한 장면만 골라 적을 수도 있다. 한 꼭지만 적어도 괜찮고, 한 문단을 적어도 상관없다. 어느 경우든 압축하면 이야기를 넓게 보기 쉬워진다. 시나리오가 있으면 작가 소모임에 나갔을 때 내 소설을 설명하기 쉬워진다. 또 시나리오에 글을 어떻게 고칠지 다양한 수준으로 적어둘 수도 있다. 시나리오를 작가의 글 고치기 기본 도구로 생각하자.

헨리 제임스의 『포인튼의 잔재』에서 가져온 시나리오를 보자. 이

시나리오는 www.henryjames.org.uk/spoynt/의 '이야기 시놉시스'란
에서 볼 수 있다.

-1단계: 시놉시스(요약)

플레다 베츠 Fleda Vetch 는 지조 있지만 결국 의지가 약한 젊은 여성이다.
베츠는 골동품 수집상 어머니와 그녀의 아들 사이의 불화에 말려든
다. 수집상의 남편이 죽자 아들은 골동품을 상속받는다. 아들은 어머
니를 집에서 내보내고 어머니가 '속물'이라고 평할 여자와 결혼할 생
각을 하고 있다. 천성이 약한 플레다는 결혼을 막지도 못하고 불화를
조율하지도 못한다.

-2단계: 시놉시스(꼭지별로)

1
게레스 Gereth 부인은 볼품없고 위태로운 브릭스탁 가족의 시골집이 있
는 워터배스에서 주말을 견디고 있다. 부인의 하나뿐인 아들 오웬 Owen
이 저속한 모나 브릭스탁 Mona Brigstock 과 결혼을 할지도 모르겠다는 의심
이 들어서다. 그녀는 젊고 기댈 곳도 없는 플레다 베츠가 궁핍한 환
경에서 사는 것을 보고 친척 같은 기분마저 들었다.

2
런던으로 돌아온 게레스 부인은 플레다를 데려다 밑에 두고 포인튼에
서의 경험을 전해주려고 한다. 게레스와 그의 늦은 남편이 제임스 1
세 시대 스타일의 집에 채운 예술 작품은 남편의 유언에 따라 오웬에
게 상속됐다.

헨리 제임스는 온갖 종류의 시나리오를 쓰는 사람이다. 어젯밤 공연장에서 만난 여인, 점심을 먹으면서 다투는 연인, 지인에게 들은 이야기. 제임스에게는 온통 시나리오로 보였다. 제임스는 끊임없이 이야기를 실험하고 꾸몄다. 그가 남긴 글짓기 노트를 읽으면 놀라지 않을 수 없다.

일부 작가는 사건의 단계를 목록 단위로 작성하는 방식을 선호해 요약으로 서술하지 않는다(나는 두 방법 모두를 사용하는데 요약을 세부적으로 쪼개 세부 단계를 찾는 과정은 상당히 도움이 된다).세부 목록을 만들면, 문단에 많은 사건이 표현돼 있을 때 하나하나의 사건을 추적하는 데 특히 도움이 된다. 반대로 글의 흐름이 느리고 특별한 내용이 없을 때(보통 내면 묘사만 많고 사건이 없는 경우)도 유용하다. 세부 목록을 적는 것만으로도 그 문단이 약하다는 게 드러나기 때문이다. 아래 글은 작가의 초고에서 가져온 예시다.

1. 진은 자리에 앉아 노트북으로 사진을 보고 있다.
2. 진은 자신의 사진작가로서의 경력이 마음에 들지 않는다.
3. 진은 집으로 차가 들어오는 소리를 들으며 다니엘과 얼마나 오래 사귀었는지 생각한다.
4. 노트북을 닫고 일어나 창문 밖을 바라본다
5. 우울해지면서 다른 옷을 입어야겠다는 생각이 든다.
6. 다니엘을 현관에서 맞이한다(계속 이어짐).

작가는 모든 장면 묘사를 다 마치고 나서야 글의 진행이 더디고, 사건의 진행이 지지부진하고, 내면 묘사만 많아 흥미가 떨어짐을 깨닫는다. 초반부를 고쳐 쓴 아래 글을 다시 보자.

1. 진은 애인을 기다리면서 서재 창 밖의 둥지에서 싸우는 듯한 새 두 마리를 본다.
2. 갑자기 옷이 집에서만 입는 어정쩡한 차림새라는 생각이 들어 블라우스의 단추를 풀며 침실로 간다.
3. 다니엘의 트럭이 차고로 들어오는 소리가 들린다.
4. 진은 블라우스를 반쯤 푼 채 대문으로 달려가 다니엘을 반긴다.

시나리오처럼 적으면 아래와 같다.

진은 오래된 연인 다니엘을 기다리며 창가에 서서 새들을 보고 있다. 갑자기 옷을 너무 대충 입고 있다는 게 마음에 들지 않아 블라우스를 풀며 옷을 갈아입으러 간다. 그때 다니엘의 차가 들어오는 소리가 들리고, 그녀는 블라우스를 반쯤 푼 채 문을 열어주었다.

쉽게 확인할 수 있듯이, 길지 않은 장면 묘사지만 동선이나 세부사항이 잘 나타난다.

시나리오는 글을 쓰기 전에는 계획하는 도구로서 유용하고, 글을 다 쓰고 나서는 분석 도구로서 활용가치가 높다. 글을 쓰기 전에 시나리오를 쓰려 한다면 인물의 행동에 초점을 맞추자. 각 장면, 각 단원에서 무슨 사건이 일어나는지만 꼭 집어낼 수 있어도 글쓰기에서 신경 써야 할 요소를 일부 줄일 수 있다. 시나리오만 놓고 보면 멋도 없고, 엉성하고, 대충 쓴 것 같겠지만, 이 과정은 쓰려고 하는 내용을 빼먹지 않게 해준다.

이미 다 쓴 글을 요약하려 한다면 지금 글의 완성도가 초고 정도라고 여기고 본래 의도했거나 하고 싶었던 이야기의 시나리오를 적자. 이렇게 적은 시나리오가 기존 글과 차이가 있다면, 원문과 비교해서 어느 쪽이 나은지 따져보자. 글을 고칠 때 시나리오는 기존 글에서 새로운 글로 옮겨가는 징검다리 역할을 한다. 시나리오는 글 고치기를 완성하는 데 필요한 지도다. 시나리오를 그림 그리듯이 표현할 수도 있다. 시나리오는 사건의 단계별 전개도일 수도 있고, 끝없이 반복되는 사건에서 곁가지가 뻗어나가는 구조일 수도 있고, 방마다 용도를 정하는 조감도일 수도 있다. 어떤 서술 요소를 요약하는지 언제든 넘겨볼 수 있는 커닝 페이퍼를 만드는 것이 시나리오 쓰기의 목적이다.

이야기를 압축하는 것은 여러모로 효과적이다. 요약을 시도하고 실패하는 과정을 거치면서 스스로 체득할 수도 있고, 전에는 이해할 수 없던 것을 깨닫기도 한다. 이 요약 작업이 어렵게 느껴진다면, 이 훈련이 더 필요하다는 반증일 뿐이다!

'공부거리' 장의 시나리오 샘플 파트에서 『언제 이집트에 가보겠어』고쳐 쓰기 계획'을 볼 수 있다.

연습하기

· 집필 중인 원고를 보고 한 장면을 요약해보자. 출판된 도서에서 장면이나 글 꼭지를 골라 요약해도 좋다. 이 연습은 글 고치기를 해나가며 점점 중요해진다. 나는 소설가 지망생에게 출판된 도서의 책 전체를 꼭지별로 요약하는 연습을 시킨다. 학생들은 이 연습을 하면서 그동안 못 보던 것을 보았고 좋은 자극을 받았다고 얘기했다.

이제 요약한 글을 다시 한 문장으로 줄여보자. 제목 달기라고 할 수 있겠다. 앞 예제의 경우라면 '제인이 블라우스를 반쯤 벗은 채 연인을 반겼다' 정도가 된다.

초고 읽기

글을 수정하기 전에 원고를 다시 한 번 읽어보자.

원고를 들고 평소 잘 가지 않던 곳으로 가자. 커피숍, 도서관, 공원 벤치 어디든 좋다. 이번에 읽을 때는 비평하거나 트집 잡지 말고, 메모를 하지도 말자. 그냥 읽자. 한 자리에서 처음부터 끝까지 다 읽는 게 가장 좋고, 천천히 읽더라도 사흘을 넘기지는 말자.

초고를 읽으면서 '이 글이 내가 쓰고자 한 그 스토리가 과연 맞는가'라는 근본적인 질문을 하는 것을 잊지 말자.

스토리가 익숙하더라도 언제나 마지막 한방이 필요하다. "내가 쓴 소설이 맞아!"라는 감탄이 나올 정도는 돼야 한다. 불확실성과 모호함이 걷히고, 긴장이 해소되는 만족감도 없어서는 안 된다. 기회를 놓쳤다는 안타까움이 들 수도 있다.

스토리가 약하면 문장을 이리저리 고쳐봐도 아무 소용이 없다. 스토리의 수준이 낮은 것과 문장력이 나쁜 것은 분명히 다른 문제다. 원고를 내려놓고, 시간을 두고 다시 읽어보자. 그래도 스토리가 만족스럽지 못하다면 다시 검토할 필요가 있다. 자신이 만든 스토리에 자신이 있어야 한다. 자신이 없다면 뭔가를 더 찾아봐야 한다. 이것이 진정한 글 고치기다.

글말의 문제라고 생각한다면 지금 당장 고치려고 하지 말고 일단 미루자. 자기비판에 휘말려 용기를 잃어서는 안 된다. 스토리만 제대로 있다면 표현 방법은 충분히 개선할 수 있다. 충분함과 충분하지 않음의 차이를 구체적으로 설명할 방법은 없지만, 열정만 있다면 충분히 가능하다.

초고에 대단한 작품이 나오지 않았다고 해서 글쓰기를 포기하는 건 바보 같은 짓임을 알 것이다(잘못된 초고라도 잘 쓴 글일 수 있다. 슬픈 현실일까?). 좋은 이야기도 초고 상태에서는 완전 엉터리처럼 보일 수 있다. 말줄임표와 혼란스러움에 감춰져 있을 수 있다. 하지만 스토리가 여전히 괜찮고, 진행하고 싶다고 생각한다면 밀고 나가자. 시작해 보자. 이 책에 실린 제안과 연습이 새로운 생각을 키워줄 것이다.

필요하면 시나리오도 50개 정도 적어 보고, 만화도 그려보자(농담이 아니다). 아니면 초고를 한 편 더 써보자. 책을 5년, 6년 이상 걸려 내는 경우도 많이 봤다.

좋은 스토리의 핵심이 초고 속에 잘 녹아 있다고 생각하면 이제 글 고치기를 시작할 때다. 마음이 불안하고 분위기가 좋지 않을 수도 있지만, 좌절하지 않았다면 조금 쉬었다가 시나리오를 적어보자. 아니면 글의 핵심만 가지고 짧은 이야기를 지어보자. 글에서 느껴지는 감동이 있어야 한다. 참을성 있는 친구가 있다면 친구에게 이야기를 들려주고 질문을 받아보자. 하지만 스토리를 어떻게 설명할지 고치기 전에 어떻게 고치겠다는 틀이 마음속에 뚜렷하게 있어야 한다. 스토리의 모든 것을 일일이 얘기해야 된다는 뜻은 아니지만, 주인공의 주요 딜레마와 큰 사건을 명확히 인지해야 한다. 그렇게 한 후 이 책에 담긴 정보와 연습문제를 바탕으로 글을 고칠 수 있다.

평가 받기

친구에게 초고를 검토해달라고 부탁할 때는 '어디가 잘못됐나'를 찾는 자세로 읽지 말라고 말하자. 고칠 내용을 빨간펜으로 적거나 오탈자를 찾으며 읽을 필요가 전혀 없다고 알려주자. 초고는 이야기의 골자만 적어놓은 거고 좀 더 작업해서 살을 붙여야 한다는 것을 분명히 얘기해 주자. 당신이 지금 바라는 피드백은 이야기의 첫 느낌이 어떤가 궁금한 것이다. 친구에게 아래 네 가지 정도만 물어보면 된다.

1. 스토리가 헷갈리지 않는가? 지루한 면은 없는가(가장 궁금한 질문이다)?
2. 이야기에 몰입된 순간이 있다면 어느 부분인가?
3. 이 소설을 다른 친구에게 소개해 줄 때 뭐라고 설명할까?
4. 가장 인상 깊은 장면이나 문구는 무엇인가?

자, 이제 모든 관심을 이야기에 쏟아보자.

얼마나 해야 글을 다 고칠 수 있을까?

글을 다 고치는 데 얼마나 걸릴지는 전적으로 자신에게 달렸다. 책 꼭지마다 내가 제안하는 대로 따라 하되, 초고와 이야기의 색깔에 따라 달리 적용할 필요가 있다. 작성한 초고가 어떤 내용인지 설명하는 작업을 먼저 하고, 어떻게 고칠지 결정한 후 충분히 분석해야 한다.

자신의 초고와 가장 관련 있는 작업을 선택하자. 나는 코치로서 다양한 도움을 줄 뿐이니 이 책에서 당신에게 필요한 부분만 골라서 보면 된다.

지금까지 이야기를 찾고 초고를 완성하느라 상당히 많은 시간을 쏟았다. 하지만 앞으로 더 발견하고, 더 좌절하고, 더 열정적으로 임하고, 더 괴로워해야 한다. 시간을 들여서 더 생각하자.

꼭 기억할 주의사항 두 가지

1. 준비된 초고와 참고할 소설 한 편도 없이 이 책을 읽으면 아무 소용이 없다. 잘 아는 소설이나 최근에 읽은 작품이 좋다. 나는 F. 스콧 피츠제럴드의 『위대한 개츠비』를 참고했는데, 당신도 이 책을 곁에 두고 같이 읽으면 좋겠다. 개츠비의 삶의 이력이 어떻게 드러나는지 공부하는 것이 책에서 가장 재미있는 부분 중 하나다. 피츠제럴드는 이 부분과 씨름하면서 위대한 편집자 맥스웰 퍼킨스Maxwell Perkins의 조언에 따라 모든 정보를 처음에 한 번에 알려주는 대신 정보를 쪼개 천천히 노출하는 방법을 택했다.

좀 더 현대적인 소설을 쓸 계획이라면 『위대한 개츠비』보다 더 현대적인 작품을 고르자. 내가 글 고치는 방법과 예제를 설명하면 당신은 참고작품을 보고 그 이야기에 연관된 글 고치기 방법이 있는지 찾아보면 된다. 당신이 스스로 예제까지 만들어볼 정도로 익숙한 내용이라면 굳이 연습할 필요는 없다. 얼마나 집중하는가의 문제지 양은 상관없다. 가장 중요한 텍스트는 당연히 우리의 초고지만, **모델이 되**

는 소설도 곁에 두고 읽으면서 공부할 필요가 있다.

2. **질문에 답하고** 연습도 해보자. 초고 중 마음에 안 드는 부분과 수정할 아이디어를 기록하자. 기억만 하지 말고 손으로 꼭 적어야 한다. 수정 계획을 기록하는 방법은 다양하다.

a. 인덱스카드를 활용할 수 있다. 카드에 메모해 관련 있는 것끼리 묶는다. 예를 들면 이렇다.
- 줄거리: 주제
- 시간의 흐름: 뒷이야기
- 소설 세계

b. 포스트잇에 써서 책이나 제본된 초고의 관련 단락에 붙여 둔다.

c. 제본한 초고라면 관련이 있는 쪽 반대편 백지에 쓸 수도 있다. 밑줄도 긋고 관련 문단에 형광펜을 칠할 수도 있다. 글을 읽으면서 드는 생각을 기록해 두는 것이 중요하다. 이렇게 하면 나중에 하나씩 보면서 어떤 생각이 맞았는지, 어떤 부분은 수정하고 어떤 부분은 수정을 안 했는지 확인할 수 있다.

d. 초고를 낱장으로 분리해 장별로 분류해놓고 잘라서 이리저리 옮기면서 글을 고칠 수도 있다. 글 고치기가 끝나면 낱장으로 두지 말고 바로 제본하자.

연습을 하면서 나오는 반응을 자신이 기억하리라고 절대 기대하지 말자. **꼭 적어야 한다.**

나는 소설을 쓰고 있거나 쓰고 싶은 독자를 위해 이 책을 썼다. 소설가가 되려면 이 이상의 다른 무언가가 필요할지도 모르겠다. 소설 쓰기는 또 다른 여행의 시작일지 모른다. 이 책을 마스터하고, 내가 추천하는 소설과 글쓰기 책도 다 읽고, 글 고치기 방법과 기술에 능숙해지면 기초실력을 탄탄히 쌓을 수 있으므로 이 책은 분명히 유용하다. 내가 설명하는 많은 내용은 강의나 워크숍에서 충분히 다루지 않았거나 처음 말하는 것이다. 강의에서 말하기에는 시간도 부족했고, 좀 더 실질적인 이유로 단편소설만 특히 강조했기 때문이다. 일부 개념은 글의 얼개를 짜는 방법 같은 다양한 텍스트로 언급하기도 했지만, 결국 작가마다 조언하는 방법을 달리해야 한다. 자신에게 가장 적합한 방법 하나만 고르고 나머지는 제쳐 두자. 글쓰기에 굳이 영수증을 달고 다닐 필요는 없다. 우리가 케이크를 만들 것도 아니지 않은가? 당연히 그 조언과 자신의 생각이 다를 수 있다. 문제라고 생각한 부분이 오히려 유용하게 다가올 수도 있다. 내 가장 큰 역할은 글 고치기를 조직적으로 할 수 있도록 차근차근 안내해 주는 것이다. 소설 쓰기와 관련한 다른 책을 읽었다면 친근한 주제도 있겠지만, 그 책과 내가 쓰는 용어가 차이가 날 수도 있다. 어떤 생각은 완전히 생소할 수도 있다. 앞으로 당신은 소설을 쓰고 고치는 자신만의 방법을 만들어 갈 것이다.

간단하게 다음 순서대로 글을 고쳐보자.

이야기의 개념과 의도를 설명한다.

→ 이야기를 어떻게 배치했는지 설명한다.

→ 다양한 구조적 문제를 생각한다.

→ 문제가 되는 부분을 찾아낸다.

→ 글 고치기의 목적을 정확하고 알기 쉽게 정한다.

→ 지울 것과 남길 것, 다시 써야 할 것을 정한다.

→ 계획한다.

→ 글을 쓴다.

→ 원고가 빛이 나도록 다듬는다.

이게 전부다!

연습하기

· 글의 의도를 정확히 표현하자. 목표가 무엇인가? 얼마만큼의 시
간을 쏟아 노력할 수 있는가? 도움을 받을 수 있는 동료가 있는가
(진행 상황을 공유하거나 이 책을 이용해서 초고를 고치고 있는 같은 상황의
작가가 있는가?)?

· 고쳐 쓰는 단계 장을 읽으면서 계속 참고할 소설을 골랐는가? 책
요약하기부터 시작하자. 그리고 책의 어떤 면이 좋았는지 적어보
자. 일반적으로 적지 말고 인물, 장면, 묘사, 글 꼭지의 구성, 이야
기가 주는 긴장감 등 세부적으로 적자.

첫 번째 단계: 자세히 살펴보기

설명하기

앞으로 언급할 내용은 결국 세 가지 질문과 관련이 있다. '누구에 관한 이야기인가?', '어떤 사건이 일어나는가?' 그리고 '왜 그 사건이 중요한가?'.

설명하기: 무슨 이야기일까?

1. 초고 요약하기
2. 한 문장으로 주제문 적기
3. 어떤 이야기인지 사건과 그 영향 요약하기
4. 소설의 시각과 의도 분명히 하기
5. 소설의 배경 그리기

6. 드러난 이야기와 비하인드 스토리의 타임라인 만들기
7. 가장 중요한 비하인드 스토리 확인하기
8. 주인공이 누구를 상징하고, 무엇을 위해 투쟁하고, 어떤 변화를 맞는지 설명하기
9. 주인공의 운명과 보여주고 싶은 주제의 관련성 설명하기
10. 소설의 다른 주요인물 설명하기

1. 초고 요약하기

서너 쪽 정도로 요약하면 충분하다. 이야기의 주요 사건과 주인공의 특징, 사건의 동기를 담자. 갈등이 어떻게 고조되었고 해결되었는지도 포함한다. 요약문은 내가 작성하고 사용할 문서이므로 꾸밈없이 정확하게 쓰자. 'A 사건이 발생하고, 다음 B 사건이 일어났다……' 식으로 나열만 하지 말고 사건을 좀 더 넓은 시야에서 보고 생각하자. 사건의 넓은 흐름과 갈등의 큰 축을 보고, 가장 중요한 순간을 요약해야 한다.

요약이 잘 되지 않으면 잠시 미뤘다 시간을 두고 다시 해보자. 잘못 적은 요약문은 고치려 하지 말고 차라리 새로 적자. 요약 연습을 건너뛰고 다음 연습을 하다가 다시 돌아와서 요약해볼 수도 있다. 대신 글의 내용과 의도를 '제대로' 포착해서 요약했다는 성취감이 들 때까지 멈추지 말자.

요약하기가 익숙하지 않고 버거운가?

소설 비평, 출판사나 온라인서점의 소개 글과 책표지를 읽는 것도 도움이 된다(도서관에 가면 여러 가지 요약문을 찾을 수 있다. 사서에게 서평

찾는 방법을 물어보자). 소설을 요약하는 목적과 방법에 따라 차이는 있지만, 다양한 요약문을 읽으면 소설에 저마다 핵심, 알맹이, 중심이 있음을 알 수 있고, 요약문의 일반적인 경향까지 찾을 수 있다. 출간될 책을 매주 요약해주는 <퍼블리셔스 위클리Publishers Weekly> 과월호를 찾아 읽어보자. 이 요약문은 전문적인 서평처럼 비평적이지 않기 때문에 더욱 유용하다. 문체를 배울 수는 없지만, 대신 다양한 예시를 접할 수 있다. <키르커스 리뷰Kirbus Reviews>처럼 사서가 독자층인, 서평을 제공하는 잡지도 여럿 있다. 소설 공부용 안내서에서 줄거리 구성 부분만 읽어봐도 요약하는 방법을 꽤 잘 배울 수 있다(우리나라 잡지로는 <출판저널>과 <기획회의>가 비슷하다- 편집자 주).

이야기의 일부를 바꿀지 말지 고민하고 있다면, 요약하면서 이 부분을 점검해 볼 수 있다. 이미 글 고치기의 첫 단계를 시작했으니 더는 초고에 얽매이지 말자. 초고를 요약했으면 출력해 읽으면서 행간에 질문이나 의견을 덧붙여보자.

초고와 요약문을 놓고 아래 질문에 스스로 답해보자.

1. 소설 내용이 책 한 권으로 엮을 만큼 '충분한 이야깃거리'라고 생각하는가? 최소 15만 자나 원고지 1000장 정도의 분량이어야 한다.
2. 요약문에 극적인 요소가 드러나는가?
3. 매력적인 주인공이 등장해 독자를 이야기 속으로 끌어들이는가?
4. 문제를 주고 그 해답을 찾는 과정이 있는가?
5. 도드라지는 사건이라고 할 만한 문장을 요약문에서 손으로 짚어낼 수 있는가? 사건은 보통 소설에서 장면 묘사로 여러 장에 걸쳐 풀어낸다.

모든 질문에 만족할 만한 초고를 쓰기는 어렵겠지만, 그래도 가능성이 충분히 엿보여야 한다. 글 고치기의 가장 큰 목적은 이야기의 깊이를 더하는 데 있다. 깊이 있는 요약은 그 시작이다.

위 질문에 "다 갖추고 있지!"라고 자신 있게 대답할 수 없다면, 보조 인물의 사건과 문제가 주요 사건과 어떻게 얽혀 있는지 글의 하위 플롯과 주인공에게 닥친 문제의 심각성을 다시 살펴볼 필요가 있다 (책에서도 이 두 가지 사항을 다룬다). 이 이야기를 왜 쓰려고 했는지도 다시 한 번 짚어봐야 한다. 답이 저절로 떠오를 때까지 머리를 싸매고 고민해보자. 요약문을 계속 읽으면서 책에서 제안하는 연습을 하다 보면 새로운 생각이 샘솟고 이야기가 더 무르익을 것이다(마음이 크게 바뀔 때마다 다시 요약해보자). 원하는 이야기를 찾고자 케이스 스터디를 한다는 마음으로 글을 차곡차곡 모으자. 그리고 요약문 적기를 멈추지 말자.

이해를 돕고자 출판사와 온라인 서점에 올라온 요약문을 예시로 가져왔다. 독자에게 돋보일 필요도 없고, 독자를 현혹할 필요도 없으므로 직관적으로 요약해보자.

한강의 『채식주의자』

악몽이 시작되기 전까지 영혜는 남편과 평범하고 모범적인 삶을 살고 있었다. 하지만 피와 잔인함에 물든 이미지가 꿈에서 영혜를 괴롭혀 그녀의 머릿속을 하얗게 만들었고, 결국 고기도 전혀 먹지 못하게 되었다. 그녀에게 있어 채식은 작은 독립을 의미했지만, 결혼의 방해 요소이자 집에서 괴상한 사건이 끊이지 않고 벌어지는 발단이 되었다. 영혜의 남편과 시댁 식구들은 서로 싸우면서 영혜를 설득하려 들었고, 영혜는 본인의 선택에 방어적으로 집착할수록 더 겁을 먹었다. 곧 서로의 설득은 발악으로 변하고, 영혜의 마음과 몸에 차례대로 침략적이고 악의적인 폭력을 가하기까지 한다. 결국 영혜는 주변 사람과 자신에게서 고립돼 위험하고 끔찍한 자해를 한다.

전 세계적인 호평을 받은 『채식주의자』는 음울한 우화 느낌이 나는 카프카 스타일의 힘과 집착에 관한 이야기다. 또한 한 여자가 그녀 자신과 그 주변의 폭력에서 벗어나려는 노력을 담은 이야기다.

바바라 클레버리Babara Cleverly의 『카슈미르의 마지막 장미』

사프란 색의 석양이 지는 뜨거운 여름날, 손목을 그은 영국 여성이 피와 물로 가득 찬 욕조에 뜬 채 발견되었다. 자살일까, 타살일까? 스코틀랜드 야드의 조 샌딜란드Joe Sandilands 형사가 이 사건의 담당을 맡았다. 조는 서부 전선의 공포도 이겨냈고 영국령 콜카타의 후덥지근한 환경에서 6개월간 잘 견디기도 했다. 그는 조사를 시작하자마자 다른 여러 의문스러운 죽음이 이번 사건과 주목할 만한 연관성이 있음을 밝혀낸다.
영국의 권위가 떨어지고 인도의 독립 세력이 늘어나고 있는 때에 샌딜란드는 정치적인 허례허식의 늪을 헤쳐나가며 다음 희생자가 이미 예고된 상황에서 교활한 살인자를 잡으려고 노력한다(출처: https://sohopress.com).

도미닉 스미스의 『사라 데보스의 마지막 걸작』

스미스의 최근작인 이 소설은 소재가 다채롭고 디테일에 강하다.

17세기 네덜란드의 미술 작품, 작품을 소유한 20세기의 미국인 소유자, 그 작품을 베낀다는, 삶을 바꾸는 결정을 한 열정적인 미대생……

이야기가 아름답고 성급하게 진행되지 않아 시간이 지날수록 널리 읽힐 책이다. 노란색을 배합하는 방법 같은 아주 작은 선택이 어떻게 삶 전체를 통째로 흔들어 놓을 수 있는지 보여준다(출처: <키르커스 리뷰>).

커트 팔카 Kurt Palka 의 『피아노 메이커』

헬렌 지루 Helene Giroux 는 겨울 어느 날 혼자 세인트 오메 St. Homais 에 도착했다. 지루는 깔끔하고 도시적인 옷차림에 눈길을 끌 만한 차를 몰았고, 그녀가 가진 모든 것을 작은 가방에 담아 뒷좌석에 올려놓았다. 그녀는 동네 교회에서 낡았지만 쓸 만한 피아노 몰러 Molar 를 보자마자 상태를 단번에 알 수 있었다. 지루의 가족이 1차 세계대전 전에 이 피아노를 만들었기 때문이다. 그는 어머니가 죽고 전쟁 때문에 어쩔 수 없이 피아노 만들기를 그만두었다.

소설은 헬렌이 단순한 삶에 안착하고 교회 성가대에서 피아노를 연주하는 일부터 시작해 어떻게 하다 여기까지 오게 되었는지 회상한다. 군인인 남편을 일찍 잃고 절망에 빠졌을 때, 헬렌과 그 딸을 위해 또 다른 구애자가 나타나 그들을 살려준 이야기도 나온다. 헬렌은 인도차이나의 숲속으로 고대 보물을 찾으러 당시 여성으로서는 상상조차 할 수 없던 여행을 떠났고, 마지막에는 운명적으로 캐나다 북쪽까지 간다. 마을 보안관이 그녀를 막았을 때, 과거와 현재가 혼재하면서 잊었다고 생각한 일이 다시 펼쳐진다(출처: 펭귄 랜덤하우스 출판).

- 요약문을 읽어보고 마음에 들 때까지 계속 다시 쓰자.
- 다양한 요약문을 읽자. 출판사 홈페이지나 온라인 서점, 출판 전 서평 잡지인 <퍼블리셔스 위클리>나 <라이브러리 저널>을 보자.

2. 한 문장으로 주제문 적기

작가는 "이 소설은 어떤 내용이에요?"라는 질문을 자주 받는다. 답변하는 방법은 여러 가지지만, 사람들이 어떤 '사건'에 관한 이야기인지 듣고 싶어 하기 때문에 소설가들은 내가 설명할 방식으로는 보통 답변하지 않는다.

'무엇에 관한 것인지'를 주제문에 담으면 분명히 도움이 된다. 『보바리 부인』의 주제는 프랑스 중산층 여성이 겪는 숨 막힐 정도의 답답한 삶이다. 『서부 전선 이상 없다』의 주제는 평범한 독일 병사가 제 1차 세계대전에서 겪은 우울한 경험이다. 『분노의 포도』의 주제는 대공황 시기에 이주하는 가난한 농부 가족의 삶이다. 『한밤중에 개에게 일어난 의문의 사건』은 자신의 한계를 뛰어넘어 스스로 일어서려는 소년의 굳은 의지가 주제다. 매기 쉽스테드 Maggie Shipstead의 『시팅 어레인지먼트』는 그림같이 고요한 케이프코드 Cape Cod 섬에서 벌어지는 백인 상류층 가족의 문화가 주제다. 『생각보다 가까운 동지』는 아버지 없이 아들을 키우는 어머니에 대한 소설이다. 『제국이 위대했을 때 When the Emperor Was Divine』는 2차 세계대전 당시 미국 서부지역에 강제 이

주한 일본인을 가두던 수용소 이야기다. 『모두 다 예쁜 말들』은 정착할 곳 없는 10대 소년이 멕시코에서 꿈에 그리던 서부를 찾는 내용이다. 『주홍글씨』는 잔인할 정도로 강압적인 청교도 사회에서 외도를 한 여성이 겪는 고난에 대한 이야기다. 『피아노 메이커』는 모든 것을 다 잃은 프랑스 미망인이 캐나다에서 구원을 받기까지의 여정이 주제다.

그 어떤 주제문도 사건에 주목하지 않는다. 하지만 소설이 추구하는 내용, 인물과 배경을 소개하고 '무슨 일인지' 알고 싶도록 우리를 자극한다. 주제문에는 잠재 독자의 관심을 끌 만한 충분한 이야깃거리가 들어 있다고 확신한다. 소설의 주제문을 사람들에게 얘기해 보자.

주제문을 더 압축해 이 책이 무엇을 이야기하는지 한 구절로 말할 수도 있다. 불만, 가난, 자폐, 사춘기, 학급체계, 무너진 가족, 위선, 성장, 박해, 운명과 잔인한 환경 등인데, 이후에 설명하겠지만 맥락을 고려해 주제문을 이해해야 한다.

읽은 소설의 주제문을 작성해보자. 왜 이 연습을 많이 할수록 좋을까? 우리는 결혼, 죽음, 사랑, 배신 등 여러 가지 주제로 글을 길게 썼다는 착각에 잘 빠지지만, 실제로는 기본이 되는 주제조차 없는 경우가 있기 때문이다. 그래서 소설의 주제를 잡아내는 훈련이 꼭 필요하다. 사랑 이야기는 맥락이 중요하다. 가족 간 암투를 다룬 이야기도 마찬가지고, 시골 마을의 와해나 전쟁에서 돌아온 군인의 사회적응이라는 주제도 마찬가지다. 어떤 책을 단정적으로 사랑, 전쟁, 가족에 관한 이야기라고 할 수는 없다. 주제문에는 시간, 장소, 인물의 특수성이 잘 깃들어 녹아 있어야 한다. 볼록렌즈를 이리저리 돌려 초점을 맞추는 작업처럼 말이다.

주제 파악하기는 단순히 연습일 뿐일까? 아니다. 이야기의 알맹이를 잘 잡아내지 못하는 학생일수록 주제문도 잘 적지 못한다는 것을 그동안 많이 봤다. 출판된 소설을 읽고 서평가나 독자가 "이 책은 ○○에 관한 책이다"라고 말할 것이라고 확신해야 한다. 자신이 모르는 주제를 그들이 어떻게 알 수 있을까? <보그>, <베니티 페어>, <오프라>, <뉴요커> 같은 잡지에서 소설을 어떻게 요약해서 소개하는지 살펴보자.

– 주제가 소재를 낳는다

플로베르는 프랑스 작은 마을에서 내과 의사의 아내가 자살했다는 글을 읽고 소설을 한 편 썼다. 나는 1959년 웨스트 텍사스를 배경으로 노동자 가족과 사는 10대 소년을 주인공으로 한 『모래 언덕을 걸으며』에서 준비되지 않은 소년에게 닥친 도덕적 선택에 관해 이야기했는데, 내 사춘기를 회상하면서 썼다. 특히 한 소년을 기억하면서 글을 썼는데, 그 친구는 서른 초반이라는 이른 나이에 자살을 택했다. 『우리가 볼 수 없는 모든 빛』에서 앤서니 도어 Anthony Doerr 는 장님 프랑스 소녀와 히틀러 청년당원인 고아 소년이 제2차 세계대전 시기에 어떤 삶을 살았는지 보여준다. 『인도 신부』에서 미스터리 작가 카린 포숨 Karin Fossum 은 노르웨이의 한 마을에서 일어난 살인을 주제로 한다(이민자 신부가 남편을 만나려고 노르웨이에 도착한 후 벌어진 살인 사건이다). 재클린 윈스피어Jacqueline Winspear가 쓴 인기 있는 미스터리 시리즈(『사랑하는 것을 뒤로 하고』 등)의 주인공 메이지 돕Maisie Dobbs은 1차 세계대전 때 훈련 받은 스파이로서 제 1·2차 세계대전 사이의 런던, 제1차 세계대전 당시의 영국과 독일, 그 후에는 인도와 이집트에서 정치·사회적 암류에 휘말린다. 스웨덴 작가 헨닝 망켈Henning Mankell은 시카고 도서전Chicago's Printers Row Book Fair에서 자신의 미스터리 소설을 소개하면서 그의 소설은 스웨덴의 아름다움, 고독, 평화로움에 어떻게 악이 급습했는지에 대한 것이라고 했다. 이때가 2004년이었는데, 그의 이야기가 적중했는지 다음 해 스칸디나비아반도 전체는 문화, 경제, 도덕적 측면에서 도전에 맞닥뜨렸다.

주제를 선정하면서 고려한 사항들은 이야기의 풍부한 토대가 된다. 이번 단계가 이야기를 키울 옥토를 찾는 과정이라고 생각하자. 부자인가 가난한가? 큰 도시 혹은 작은 도시? 전쟁 혹은 평화? 높은 빌딩인가, 시골의 목장인가? 몰려오는 이민자? 에일리언이 세인트루이스에 들이닥쳤나? 콩고에 간 선교단? 재미있고, 구체적이고, 갖가지 갈등이 발생할 수 있도록, 현실성 있고 실제적인 시간과 장소에 배치된 주제가 다른 사건과 연관성을 가질 때 이야기가 풍부해진다. 이런 요소들이 가미돼야 이야기가 폭발력을 발휘한다. 소설의 핵심 사항은 구체적인 동시에 일반적이어야 한다. 독자가 주인공과 함께 호흡하고, 소설 속 세계에 빠져야 한다. 그래서 전쟁 소설이나 모험 소설이 많다. '맥락'을 설명할 때 다시 이야기하겠다.

자신을 먼 길을 떠나는 순례자라고 생각하자. 멀리 가려면 마음을 단단히 먹어야 한다. 다음 질문에 스스로 답해보자.

· 왜 이 소설이 쓰고 싶은가?
· 이 주제가 어째서 이 소설을 쓰도록 나를 자극하고 독려했을까(내 가족이 겪은 일과 연관이 있을까? 내가 꿈꾸던 무언가에 관한 것인가? 나를 두렵게 하는 것에 대한 이야기인가?)?
· 당신은 이 이야기를 하기에 적합한 작가인가(특별한 지식이나 관심이 있는가? 역사를 깊게 사랑할 수 있는가? 이야기 일부분에 관한 경험이 있는가?)?
· 이야기를 이야기답게 만들 만한 지식이 있는가? 아니면 배울 계획인가?

연습하기

· 당신이 읽은 소설의 주제문을 적고 소설이 그 주제문을 어떻게 풀어냈는지 생각해보자. 다른 소설로도 해보자(쉬운 연습이 아니니 각오를 단단히 하자).
· 글을 쓸 때 조사해야 할 목록을 만들자. 이 주제문에 관해 깊게 이야기해야겠다고 언제 생각했는가? 글을 고치느라 더 조사할 필요가 있다면, 범위를 좁혀 질문하고 조사하자.
· 온라인 서점에서 소설을 소개하는 글을 읽어보고, 주제문을 적어보자.
· 좋아하는 작가 목록을 만들자. 작가마다 최소 두세 권은 읽어봐야 한다. 책마다 주제문을 적자. 공통된 주제가 있는가, 아니면 완전히 다른 주제인가(맞고 틀리고의 문제가 아니다. 작가가 소설마다 여러 도전을 하는 것은 당연하다)?
· 특정 주제나 테마에서 유독 돋보이는 작가의 목록을 만들자. 조디 피코는 가족을 위협하는 사회현황을 주제로 글을 쓴다. 로버

트 고다드Robert Goddard는 19세기 후반과 20세기 초반을 배경으로 한 미스터리 소설을 주로 쓴다. 앤 패챗은 다루는 범위가 다양해서 작품마다 새로운 면을 볼 수 있다. 켄트 하루프는 작은 마을에 사는 평범한 사람에 관해 이야기한다. 마가렛 애트우드Magaret Atwood는 40편이 넘는 소설을 썼고 많은 소재를 사용했지만 몇몇 책은 허황되기도 하고, 다른 세상 이야기 같고, 어떤 때는 무섭기까지 하다. 앨리스 먼로Allice Munro는 역사, 문화, 심리와 기억이 얼마나 실수하기 쉬운지 '캐나다'다운 인물의 깊은 내면적 삶을 통해 그려낸다.

· 자신이 '○○에 관해 쓰는 작가'라고 생각해보자. 어떤 주제가 가장 먼저 떠오르는가? 당신 책을 읽고 독자가 무슨 얘기를 했으면 좋겠는가? 당신은 어떻게 기억되고 싶은가? 주제문이든 문체든 남들과 다른 무엇이 있는가?

3. 어떤 이야기인지 사건과 그 영향 요약하기

소설의 주제 찾기가 아니라 소설에서 벌어지는 사건을 명료하게 적기가 이번 연습의 목적이다. 이렇게 적은 글은 글쓰기의 나침반이 된다. 글을 고치다 '다음에 뭐가 나와야 하지?'라는 생각이 들 때 이 나침반이 방향을 잡아줄 것이다. 장면 묘사를 읽고 나서 '이야기하고 싶은 대로 잘 그려졌는지' 확인해보면 생각한 바가 더 명확해진다. 두 부분으로 장면의 흐름을 각각 구분해서 요약한 후 두 요약을 합쳐 무슨 내용인지 한 문장으로 줄여보는 연습을 해보면 머릿속에서 저절로 짝이 맞음을 느낄 수 있다! 북극성을 제대로 찾은 것이다. 하지만 내 소설이 어떤 소설인지 적는 일을 단번에 해내기는 쉽지 않다.

이 방법은 소설의 두 가지 요소인 사건과 인물의 행동, 감정을 각각 검토하고 하나로 합치는 과정이다.

첫 번째 문장은 사건을 요약한다(어떤 사건으로 이런 결과가 초래되었나?).

두 번째 문장은 그 영향과 효과를 요약한다(이 사건으로 영향을 받은 주인공의 감정이나 심리 상태는 어떤가? 행동에 변화가 있는가? 결국 주인공은 어떤 행동을 하는가?).

다음 예제를 보면 어떤 소설인지 적으면서 어떤 사건이 있었는지도 추가했다. 어떤 소설인지 제대로 적으려면 사건이 필수적이다. 이야기의 큰 줄기와 잔가지를 확인하기 쉽도록 필요에 따라 구분 짓고자 이 두 문장을 적는 것이다. 이것은 알아내기 위한 틀일 뿐 설득하려는 의도는 없다. 나는 이런 점을 고려해서 학생들과 질문을 만들어볼 때 이 연습부터 시작한다.

예제 1(『다시 찾은 엄마』)

이 이야기는:

가. 사춘기 시절 엄마를 잃은 소녀에게 벌어지는 일이다(소녀는 제대로 된 보살핌도 받지 못한 채 컸고, 어리석은 선택도 했다. 소녀는 엄마가 어떤 삶을 살았는지 궁금해한 끝에 직접 찾아 나선다).

나. 여성이 과거의 슬픔에 사로잡힌 나머지 현재의 가족을 사랑하지 못할 때 벌어지는 일이다(여성은 외도를 통해 쾌락을 좇고, 실제 남편을 신뢰하기를 거부한다. 그래서 정작 여성의 딸이 그녀를 가장 필요로 할

때 도와주지 못하고 계속 삶의 의미를 찾아 헤맨다).

이제 이 두 요약(사건과 그 감정)을 합쳐 무슨 내용인지 한 문장으로 만들면 어떤 소설인지 얘기할 수 있을 것이다. 엄마의 죽음과 관련한 미스터리에 집착하던 한 여성이 자신의 결혼생활과 10대 딸아이와의 관계를 망치고 엄마의 진짜 이야기를 찾아 나선다.

예제 2 (『척박한 땅의 오팔』)

이 이야기는:

가. 한 여성의 이혼한 딸이 다시 친정으로 돌아오면서 일어나는 일이다(여성은 딸이 침대를 정리하는 법까지 참견하며, 자식들의 삶을 조종하려 한다).

나. 엄마로서 딸의 삶에 책임이 있다고 느낄 때 벌어지는 일이다(자신의 새 남편을 무시하고 끊임없이 자기 어머니의 죽음을 슬퍼한다. 자신과 딸의 감정을 구분하지 못한다).

어떤 이야기인가?: 이혼한 딸들이 또 다른 삶을 따라 그들만의 길을 찾아 독립하고 엄마는 그녀 나름대로 삶을 살고 싶어 하지만, 딸들은 그런 어머니의 노력에 저항한다.

예제 3 (『주홍 글씨』)

이 이야기는:

가. 젊은 청교도 신도가 남편이 아닌 다른 남자의 아기를 가져서 벌어지는 일이다(여성은 조롱당하고 버림받는다. 하지만 엄마와 딸은 꿋꿋하게 버티며 그들 나름의 삶을 찾는다. 없어진 남편이 돌아와 비밀스레 복

수한다).

나. 낙인 찍힌 여자가 극기심이 강한 자유주의자라서 벌어지는 일이
다(여성은 강한 성격, 열정, 성실로 처벌을 이겨낸다).

어떤 이야기인가: 잘못된 임신으로 낙인과 따돌림을 받지만, 이 청교
도인은 강한 믿음으로 그녀와 아이를 위한 기독교적 삶을 살아간다.

예제 4 (학생의 습작)

이 이야기는:

가. 약물 중독 부부가 정상이 아닌 상태에서 아이들을 제대로 보살피
지 않고 키웠을 때 벌어지는 일이다(아이들은 경찰에 잡혀가고 감옥에
갇힌다. 집 없이 떠돌아다니기도 한다. 딸아이 하나만 제대로 고등학교를
졸업했다. 엄마가 약물 과다복용으로 죽는다).

나. 스스로 상처받은 아이였던 여성이 무너진 가족을 다시 살릴 수
있었을 거라고 믿을 때 벌어지는 일이다(관계 맺기에 실패한다. 동생
의 무너지는 삶에 너무 깊숙이 관여한다. 낙태할지 말지 결정해야 한다).

어떤 이야기인가: 아이를 가진 지 얼마 되지 않은 여성이 예상치 않
게 문제투성이 동생과 재회한다. 동생의 저질스럽고 나쁜 행동 때문
에 입에 담지 못할 어린 시절이 지난 후 쌓아 놓은 모래성 같은 삶이
무너질 위협에 처했다.

최근 학생들이 작성한, 어떤 이야기인가에 대한 요약문 몇 가지를
간단히 소개한다. 완성된 작품은 아니지만, 최소한 이야기의 요지는
볼 수 있다.

· 역사 소설: 미망인이 월세를 받으려고 하숙을 친다. 그러다 불쌍하고 착취당하는 여성의 삶이 안쓰러워 노동자의 권위를 회복하자는 운동에 동참한다. 기본 수당을 받으려는 노력이 당연하게 받아들여지지 않은 사회에서 그녀만의 자리를 찾으려고 한다.

· 역사 판타지: 고아 소년은 신비한 힘을 가진 승려에게 길러져 여왕이 될 공주의 보디가드가 되고 그녀에 대한 사랑과 두려움 사이에서 접점을 찾아야 한다.

· 성장 소설: 온 가족이 교통사고로 죽고, 열세 살 소녀만 살아남아 알지도 못하는 삼촌에게 보내진다.

· 제2차 세계대전을 배경으로 한 역사 소설: 젊은 청년이 미국에서 친척들과 함께 전쟁이 끝나기를 기다리다 독일 고향의 무너진 가족 농장으로 돌아간다. 그가 사랑하던 소녀는 나치 조직을 배신했다는 이유로 잡혀가고 없었다.

이 연습으로 사건의 잠재적인 움직임을 읽을 수 있고, 어떤 사건이 소설의 이야기를 만들어가는지 볼 수 있다. 이야기의 두 측면을 사건과 인물로도 해석할 수 있다. 사건은 배경이나 상황, 인물의 선택에 따라 어떤 일이 일어나는 것이고, 인물은 이야기에서 전해지는 맥박이나 감정의 물결에 따라 행동한다. 당신은 독자를 사건에 끌어들여서 인물로 사로잡으면 된다.

지금이 내 소설이 구조 중심인지 인물 중심인지 생각해보기에 알맞은 시점이다. 이후에 좀 더 다룰 테니, 머릿속에 이 문제를 담아두자. 소설에는 언제나 플롯(사건)과 인물이 적절히 균형을 이뤄야 한다. 어떤 사건이 발생하면, 그 사건에 인물이 의미를 부여하고 영향을 받는다. 플롯 중심적 소설은 연속적으로 어떤 사건이 일어나는지가 관건이다. 인물 중심적 소설은 인물이 어떻게 바뀌는지가 중요한데, 일어난 사건에 어떻게 반응하고 그에 따라 기존과는 다른 변화가 생기는지가 초점이다(좋은 소설에는 매력적인 주인공과 빠져들 만한 플롯이 필수적으로 들어 있다). 나는 이야기와 플롯을 분명히 구분해서 말하고 있지만, 구분 자체가 다소 억지스럽기는 하다.

작가가 소설을 통해 말하고자 하는 바가 이야기다. 삶에 대한 이야기를 사건 내에서 그려내는 것이다.

우리가 '이야기'라는 단어를 쓰는 방식도 항상 이런 식이다. "저 노인의 삶은 한 편의 이야기 같아!", "주말에 들은 이야기를 믿지 못할 거야", "오도 가도 못하는 피난민에 대한 이야기를 읽고 울었어", "그 이야기 전에 들은 것 같아" 등. 플롯을 짜는 방법은 여러 가지다. 굳이 시간 순서에 끼워 맞출 필요는 없다.

플롯은 느슨하게 연결된 사건의 연속이다. 비평가 피터 브룩스Peter Brooks는 "플롯은…… 서술의 설계이자 의도다. 이야기의 틀을 정하고, 이야기의 방향과 의미를 제시한다"고 말했다. 플롯은 이야기의 앞뒤가 맞고 효과가 드러나도록 배치하는 것이다. 이야기의 배경을 창의적으로 드러내고 감출 수 있는 방법이 있지만, 뼈대 자체는 사건을 시간순으로 배치하는 것이다(이것 다음에 저것). 이렇게 시간의 흐름에 따라 인지하는 방식이 서양적인 접근법이다. 플롯은 언제나 앞으로 나가려고 한다. 소설의 플롯이 과거 사건의 회상이더라도 예외는 아니다.

이야기 중심 소설은 이런 탄탄한 플롯 아래 이야기가 전개되고, 이를 (가장 중요한) 인물과 배경에 녹여낼 때 풍부해진다. 플롯 중심적 소설도 강한 캐릭터가 등장하면 매우 재미있으면서 문학적인 읽을거리가 될 수 있다고 생각한다. 헤닝 만켈의 월랜더Wallander 미스터리를 보자. 내가 보기에 이 소설은 분명한 플롯 중심적 소설이다. 소설마다 범죄를 해결하고 어떤 절차로 수사가 이뤄지는지에 집중한다. 반면 피곤하고 철학적이며, 불쌍하고 고독한 형사 월랜더는 심리적으로 날카로워지고 시리즈가 더해질수록 늙어간다. 월랜드는 일과 사생활에 점점 짓눌리고, 인지적 능력도 점점 잃어간다. 소설의 구조적 동력은 개인의 성격이나 행동이 아니라 범죄다.

비슷하게, 마이클 코넬리Michael Connelly가 만든 형사 해리 보쉬Harry Bosch도 어머니의 살인범을 찾으면서 감정이 흔들리고, 부패와 무능력에 절대 타협하지 않는 성격에, 지휘나 직업에 무관하게 절대적인 정의감(모든 범죄자에게 필요한)을 보여준다. 소설은 범죄 해결에 집중할 뿐이다.

다음 사항을 고려해보자. 주인공이 아니라 주요 사건, 재앙, 잔인한 악당, 다른 요구에 따른 압력 등 외부 세력에 의해 서술이 진행되는가? 모든 소설은 일련의 사건이 느슨하게 연결되어 있다. 앞서 일어난 사건은 다음 사건으로 이어진다. 글의 플롯에 초점을 맞추면 인물이 난관에서 헤쳐나오는 모습보다 사건이 전개되는 극적인 요소가 더 중요해진다. 스릴러 소설을 읽어보면 영웅은 보통 위기를 해결하도록 소환된다. 영웅은 변화를 겪을 필요가 없고, 단지 맞서 싸우기만 하면 된다. 이런 글이 가진 구조의 흐름은,

$$상황 + 배경 \rightarrow 사건 \rightarrow 인물에 가해지는 압력$$

이다. 물론 많은 사건과 모험, 갈등도 있으면서 인물 중심으로 이야기를 풀어내는 소설도 충분히 쓸 수 있다. 어떻게 가능할까?

우선 인물을 플롯의 한 마리 졸개로 쓰지 않는다. 인물 중심적 이야기는 개인적인 미스터리와 경험의 영향, 어떻게 인물이 행동하고 도전에 대응하는지에 관한 기본 특성을 중요시한다. 이런 소설류의 흐름은,

$$인물 + 배경 \rightarrow 상황 조성 \rightarrow 사건$$

이다. '다음에 무슨 일이 일어날까'보다 '이 인물이 왜 이 일을 할까'가 더 중요하다. 주인공은 어떻게 올바른 선택을 할 수 있을까? 그녀의 특성상 이제 무엇을 할 수 있을까? 그녀에게 닥친 문제를 해결하거나 목표를 달성하려면 그녀는 무엇을 극복해야 하는가? 마지막에 그녀는 어떤 사람이 되어 있을까? 그녀의 선택이 주위 사람에게는 어떤 영향을 끼칠까? 소설은 단순히 즐거우려고 읽는 것이 아니라 글의 구성과 주인공의 배치에 따라 사람과 생각을 탐구할 수 있는 멋진 공부거리다. 소설은 종이 위에 적힌 삶이다.

위에서 제시한 예제를 다시 보면 이야기가 인물 중심적임을 알 수 있다. 훌륭한 플롯을 갖춘 이야기에서 인물이 이야기의 중심이 되지 말라는 법은 없다!『위대한 개츠비』가 누구나 인정하는 가장 적합한 예다. 이 소설은 복잡하고 손 쓸 수 없는 플롯으로 주인공을 드러내고 파괴한다. 그래서 주인공은 달리 갈 곳이 없이 지옥으로 스스로

다가간다(이 책은 고쳐 쓰기의 가장 좋은 예시이기도 하다. 피츠제럴드는 열심히 글을 썼고 또 많이 고치기도 했다. 고쳐 쓰면서 길이길이 남길 책을 쓰겠다는 그 마음만은 꾸준히 변치 않았다. 좋은 해설이 붙은 판본을 찾아 읽어보자).

플롯 중심이든 인물 중심이든 어느 작가든 소설을 쓸 때 자신의 취향에 따른 선호도가 있기 마련이다. 내가 어느 쪽을 더 좋아하는지 알면 그 흐름을 더 단단히 할 수 있고, 인물과 플롯을 적당히 잘 섞을 수도 있다. 어쩌면 본능이 당신의 생각과 다르다는 것을 깨달을지도 모른다.

장면을 훌륭하게 묘사하고 이것저것 고쳐 쓰다 보면 꽤 먹힐 만한 글을 쓸 수 있다. 그렇다고 문체에 신경 쓰는 일을 소홀히 하거나 푹 빠질 만한 주인공이 없어서는 안 된다. 이를 빼놓지 않아도 문학적 감수성을 발휘할 여지는 충분하다.

연습하기

· 읽은 소설의 사건과 그 영향을 적어 보자. 그리고 그 소설이 이야기 중심인지 플롯 중심인지 확인해보자.
· 읽은 소설의 사건과 그 영향을 적고 각 문장을 구성하는 사건을 나열해보자. 그리고 이야기를 한 문장으로 요약하자(쉬운 작업이 아니므로 많은 시간과 노력이 필요하다).
· 어떤 소설인지 알 수 있도록 초고의 주제문을 적어서 책상 앞에 붙이자. 자주 보고 고쳐보자.
  당신의 소설은 이야기와 플롯, 어느 것 중심인가?

소설에서 일어나는 사건을 두 가지 방법으로 통제할 수 있다고 생각 해보자. 인물이라는 '매개체(힘이나 의도)'와 이야기의 '배경'으로 말이 다. 이 연습은 매개체의 역할을 다시 생각해볼 기회다. 습작에서 보 이는 잘못 중 하나는 주인공이 사건을 주도하기보다 사건에 끌려간 다는 것이다. 전혀 갈등이 없는 상황이라도 인물은 자신의 행동을 결 정한다(때에 따라 실수도 한다). 주인공이 자신의 운명을 행복하게 마감 할 수 있는지는 당신 손에 달렸고, 이는 당신이 소설 속 세상을 바라 보는 시각에 따라 결정된다. 엠마 보바리Emma Bovary는 현 사회에서 자 신이 원하는 바를 얻을 수 없음을 알고 사회문화적인 자살을 택하고 기꺼이 감내했다. 그녀는 꿈과 현실이 맞지 않는다는 것을 알았지만 그 현실을 받아들일 수 없었다. 이것이 플로베르가 엠마를 바라보는 관점이다. 이 이야기가 허황되지 않고 진실하게 들리는 이유는 작가 의 서술이 정확하고 구체적이며 엠마의 목소리를 전달하는 방법이 혁명적이기 때문이다.

글의 시각은 이야기의 사건으로 증명된 극적인 전제라고 표현할 수 있다. '전제'라는 단어는 존경받는 극작가이자 비평가인 버나드 그레바니어Bernad Grebanier가 사용했다. 이는 절대적인 진리도 아니고, 교 리도 아니다. 갈등과 그에 따른 결과에 따라 이 이야기에서만 드러나 는 인간 본성에 대한 이해일 뿐이다. 즉 주인공이 겪은 여정의 결과 다.

전제는 주인공의 사건과 운명에 초점을 두고 설명해야 한다. 주인공이 깨달은 내용이라고 보면 된다.

예제

· 과거의 슬픔에서 헤어나지 못해 현재의 삶을 제대로 살지 못한다.
· 방관자처럼 살아가는 것은 참을 수 없는 일이고, 진실이 드러날 때 더 행복하게 살 수 있다.
· 어른이 된 후, 삶의 어려움을 견디지 못하고 집이라는 안전한 도피처로 도망쳤지만 상황은 더 꼬일 뿐이다. 현실을 직시하고 맞서지 않으면 문제를 해결할 수 없다.
· 수단과 방법을 가리지 않고 권력을 쥐었지만 소원해지고 공허해질 뿐이다.
· 동정심(타인에 대한 관심)은 용서로 이어진다.
· 위험한 모험을 통해 아픈 성장을 한다.
· 박해에도 불구하고 강한 극기심으로 견디는 사람은 살아남는다.
· 소심하고 자기 의심이 심하면 지지부진할 수밖에 없고, 용기를 내야 발전할 가능성이 있다.
· 독특함은 신의 실수가 아니라 선물이며, 예상치 못한 성공으로 이어지는 열쇠다.
· 두려운 상대를 이기지 못하면 굴복해야 한다.
· 힘차고 정의로운 야망에 충실하면 성과를 이룰 수 있다.

각 예제에서 전제 문장을 확인할 수 있다. (가) 포괄적으로 설명이 되는 사건이 발생하고 (나) 상태의 변화나 결과로 연결된다. 한 문장만 읽어봐도 이야기를 어떻게 풀어갈지 알 수 있다. 실제로 워크숍에서 학생들에게 전제를 제공하고, 세 명씩 팀별로 플롯을 짜보도록 한 후 비교해보니 흥미로운 결과를 얻을 수 있었다.

'이러면 어떨까? 혹은 저러면 어떨까?' 가정을 바꿔가며 자신의 글로 같은 연습을 해볼 수 있다. 이는 새로운 생각을 떠올리는 좋은 방법이고, 동시에 다양한 결과가 가능한 세계를 이용해 사람의 책임에 대한 당신의 믿음을 저울질해볼 수도 있다.

소설가가 지어내는 이야기 속 세상에는 나름의 지배 규칙이 있다. 판타지, 과학 소설, 로맨스, 역사 소설, 종교 소설, 미스터리 같은 장르 소설에서 이런 부분이 특히 두드러지고, 어떤 소설이든 계획적으로 지어낸 배경이 필요하다(배경을 어떻게 설정해야 하는지 생각해 보지도 않은 많은 학생에게는 놀랄 만한 사실이다). 물론 문화에 따라 격차가 크다. 스칸디나비아 범죄 소설의 악당은 거의 언제나 심리적으로 장애가 있다. 그들의 문화 자체가 욕심, 질투, 성욕, 자만에서 자라나는 악을 받아들이지 않고 잘못된 정신 상태에서만 인간이 악행을 저지른다고 믿고 있는 듯하다. 미국 주요 도시를 배경으로 한 미스터리 소설에는 고위층의 부패가 빠지지 않는다. 로맨스는 항상 결혼으로 마무리되지만, 연인의 정의는 지난 20년 동안 끊임없이 변화했다. 억압된 환경에서 사는 사람들에게는 임의적인 규칙이 통하지 않는 부조리가 흔하다.

주류 소설에 지배적인 시각이 있다는 게 분명하지 않게 느껴질 수도 있지만, 사실 모든 이야기는 삶이 무엇인지(어떻게 살아야 하고 또 어떻게 살 수 있는지)에 대한 작가의 생각을 담은 증거다. 재클린 윈스피어의 메이지 돕 시리즈는 언제나 진실, 지식, 동료애, 통찰, 용기가 미스터리를 풀고 위험을 끝내는 원천임을 보여준다. 켄트 하루프의 소설(예를 들어 『플레인송^{Plainsong}』이나 『축복^{Benediction}』)에서는 평범한 사람들의 흔한 일상에 도전하고, 그들은 깊은 공감과 정의로운 용기로 자기 삶을 통째로 흔든다(나는 하루프의 마지막 소설 『밤에 우리 영혼은Our Souls at Night』을 읽고 깜짝 놀랐다. 주인공인 노부부가 그들에게 영향을 주는 가족의 힘을 이겨내지 못했기 때문이다). 『모래 언덕을 걸으며』에서 가난하고 어린 청년은 원하는 바를 얻지 못한다. 정확히 얘기하자면, 그가 찾던 것이 원하던 바가 아님을 알았다. 소설의 배경인 1959년 웨스트 텍사스에서는 누구나 부자나 가난뱅이 중 하나로 태어난다. 돈이 없으면 자신의 삶의 진로를 결정할 때 많은 용기와 운이 필요하던 때였다. 애매한 상황 속에서 내린 데이비드의 결정과 스스로 화가로서의 삶을 살아가겠다는 팻시Patsy라는 폭풍같은 친구의 결정에서 시대상이 잘 드러난다. 작가의 철학은 명확하다. 데이비드의 잘못된 결정은 부와 명예를 좇았기 때문이고, 팻시는 좀 더 진실한 사람이 되려는 꿈이 있었기 때문에 그런 바른 결정을 할 수 있었다.

줄리 오츠카Julie Otsuka의 『제국이 위대했을 때』는 일본 이민자와 일본계 미국인이 제2차 세계대전이 발발해 이주 캠프에 억류되는 이야기다. 살아남으려면 순응하고 견뎌야 한다. 사람으로서 존엄성을 잃지 않으면서 복종해야 한다. 어떤 이는 소설의 시각이 잔인하다고 말하기까지 한다. 내 생각에 이 소설의 배경은 이주자 캠프가 아니라 가족이다. 가족적이고 윤리적인 연대가 주인공을 지탱한다. 소설 속에서 사람으로서의 선함은 타인이나 지배자가 결정하지 않는다. 스스로 결정한다. 그리고 모두 그 선함을 간직하고 있다.

『주홍 글씨』는 17세기 보스턴에서 죄(외도와 임신)가 알려져 어쩔 수 없이 경멸과 외면을 받는 여인의 이야기다. 하지만 호손Hawthorne은 소설에서 개인의 위대한 노력이 몇 년에 걸쳐 성실함, 동정심, 겸손과 강한 자기애를 통해 드러나고 그 덕분에 그녀가 죄인에서 벗어나 제대로 된 삶을 살 수 있음을 보여준다. 사실 진짜 처벌받은 사람은 상대 남자다. 복수심에 불타는 교활한 남편이자 죄책감을 느끼면서 조심스럽게 목회활동을 하는 젊은 목사가 이 여성을 임신시킨 장본인이다. 호손이 소재로 삼은 것은 청교도인의 편협함이지만, 그는 그 소재를 가지고 그들의 탄압과 여주인공 헤스터 프린Hester Prynne의 지혜 그리고 강한 캐릭터를 대비시켜 운명에 따라 흔들리는 인간의 심리를 그려냈다.

『위대한 개츠비』에서 주인공은 욕망과 성공, 넘치는 재산을 가지고 있지만 돈 많고 잔인한 남자와 결혼한 데이지Daisy의 사랑을 되찾기가 쉽지 않다. 피츠제럴드는 실제로 자신과 어울리지 않는 아내 젤다Zelda에 대한 사랑을 소재로 글을 썼다. 또 사회가 욕심에 미쳐 있다는 생각에 잠겨 야망을 좇아 글을 썼다. 개츠비는 착한 사람은 지고 부자만 승리한다고 느낀다. 하지만 사려 깊은 청년 닉Nick이 이야기를 하는 구조로 소설을 서술함으로써 피츠제럴드는 인간이 온전하고, 동정심 있고, 상식적이라는 희망을 보여주기도 한다.

소설의 시각을 확인할 때 다음 질문을 자신에게 해보자.

· 사람들은 서로를 어떻게 대해야 할까?
· 지구의 재화를 어떻게 공유할 수 있을까?
· 가족(혹은 외부자)으로서 서로에게 어떤 책임을 느껴야 하나?
· '선함'이 공격받았을 때 무슨 일이 벌어지는가?
· 개인이 심한 스트레스를 받으면 어떤 일이 벌어질 수 있는가?

질문에 답하는 동안, 당신은 어쩔 수 없이 삶이 어때야 한다는 틀을 정할 것이다. 어쩌면 지금 당신이 무엇을 하고 있는지 스스로 깨달을지도 모른다. 삶이 이래야 한다거나, 저래야 한다는 생각을 한 적이 있는가? 아니면 '달라졌으면 이렇지 않을 텐데……'라고 생각해본 적이 있는가? 이런 질문을 생각해보면, 분명히 본성, 지배, 부, 성, 종교, 사랑 같은 것을 바라보는 당신의 시각이 분명히 당신이 쓴 이야기에 영향을 준다는 것을 알 수 있을 것이다. 이런 이유에서 작가의 시각은 소설 자체의 특성이 된다. 소설로 설교해야 한다는 뜻이 아니다. 당신이 선함을 믿는다고 해서 선이 언제나 승리해야 한다는 뜻도 아니다. 의도적이든 그렇지 않든 소설은 (좋든 나쁘든) 삶을 대변하므로, 당신이 믿는 바와 경험을 독자에게 어떻게 제공할지 생각해볼 필요가 있다는 말이다(나는 그렇지 않다고 우길 수도 있겠다. 하지만 자신의 시각을 올바로 정의하지 않는다는 말은 이야기를 꿰뚫는 지배적인 철학이나 심리가 없다는 뜻이다).

루이스 어드리크Louise Erdrich는 『영양 부인The Antelope Wife』을 최근에 개정 출간했다. 그녀는 출간된 지 10년도 넘은 소설을 다시 보면서 주제를 좀 더 심화시키고, 의도한 내용을 더 담았다. 자신이 성숙하면서 이야기를 좀 더 잘 이해할 수 있었다고 한다. 루이스는 시각에 따라 글을 쓰는 작가다.

세상에 대한 글을 쓰고 있는가? 아니면 세상이 어떻게 변할 수 있는가를 주제로 글을 쓰는가? 아니면 세상은 이랬어야 했다는 글을 쓰는가? 독자에게 어떤 영향을 주고 싶은가?

· 또렷한 시각이 있는 소설을 생각해보자. 소설에서 그 시각을 드러내는 사건을 골라보자. 밑그림이 되는 시각 때문에 그 소설을 좋아하는가?

· 신조도 생각해보자. 독자들이 인간 본성을 이해하도록 어떻게 도울 수 있을까?

5. 소설의 배경 그리기
-맥락과 범위 확인하기

당신이 쓴 소설의 배경은 어디인가? 도시, 한적한 외곽, 대학 강단, 낯선 옆집 사람, 포위된 유토피아, 고대 로마의 뒷거리……. 이는 이야기가 떠오를 때 같이 생각난 배경일 뿐, 당신은 배경을 특별히 설정하지 않았을 가능성이 크다. 하지만 배경은 서술에 강력한 영향을 주는 요소다. 따라서 이야기에 어울리게 배경을 상당히 구체적이고, 논리적이고, 독특하게 설정해야 한다. 안과 밖을 바꿔보기도 하고, 묶어도 보고 풀어도 보고, 낮과 밤을 바꿔 보기도 하면서 따져보자. 어떤 날씨와 풍경이 배경에 어울리는지도 고려해보자.

배경은 이야기의 토대다. 이야기는 특정 장소에서 발생할 수밖에 없다. 환경이 조성되고 사건이 발생할 수 있어야 이야기가 만들어진다. 그러므로 어디를 배경으로 하면 좋을지 먼저 생각해야 한다.

작가가 배경을 잘 활용해서 더 빛난 작품은 어떤 것이 있는가? 거친 시골의 거친 풍토를 그린 『모든 다 예쁜 말들』, 숨 막히는 평범함과 작은 도시 생활의 무거운 지겨움을 담은 『보바리 부인』 등이 그것이다. 탐욕스럽고 부도덕한 『위대한 개츠비』의 롱 아일랜드 사회에서는 재산이 '재의 계곡'에 흩날리는 먼지로 그려진다. 숨 막히는 열, 황무지, 위협적인 '이질감'을 보여주는 폴 바울즈 Paul Bowles 의 『펼쳐진 하늘 아래서 The Sheltering Sky 』도 있다. 제임스 웰치 James Welch 는 『풀스 크로우 Fools Crow 』에서 몬태나 Montana 주의 두 의료 구역에서 혼자 밥 먹는 사람들의 세계를 보여줄 뿐만 아니라 그들이 그런 삶의 방식을 잃어가는 모습도 표현한다. 몬태나주 인디언 보호구역 포트 벨크냅 레저베이션 Fort Belknap Reservation 에서 보기 힘든 현대적인 삶을 그린 『피의 겨울 Winter in Blood 』도 있다. 풍경의 공허함과 모래 투성이 작은 도시가 잃어버린 것에 대한 슬픔을 불러일으킨다. 움베르토 에코 Umberto Eco 의 『장미의 이름』은 이단과 살인이라는 플롯이 있지만, 소설이 아주 성공한 이유는 중세 수도원이라는 배경에 주인공 수도승의 추종을 불허하는 탁월함 덕분이었다. 이 소설들이 보여주는 이야기는 하나같이 그런 배경에서만 일어날 법한 이야기고, 또 그런 배경이 없었다면 이야기를 만들 수도 없었을 것이다. 위대한 작품만이 독자를 상쾌하게 만든다. 바로 당신이 꿈꿔야 할 소설이다.

소설의 배경을 설정할 때 고려할 요소는 무엇인가? 주인공이 사는 배경에는 무슨 일이 일어나는가? 주인공의 개인적인 이야기가 어떻게 공공의 이야기와 공명하는가? 개인이 어떻게 사회에 속박되거나 지원받는가? 어떤 정치, 경제, 사회, 자연적인 세력이 힘을 겨루는가? 어떤 성격의 사회적인 보상이나 처벌이 나오는가? 이것이 소설 속에서 어떻게 표현되며 사건이나 주인공에게 어떤 영향을 미치는가? 가족부터 시작해보자. 모든 가족의 삶에는 정해진 규칙이 있고, 보상과 처벌이 따른다. 가족이 그 규칙을 지키지 않으면 어떻게 되는가? 한 구성원이 도를 지나치면 어떻게 될까? 성, 윤리, 계급의 '정상범위'와 사랑이 대치하면 어떻게 될까? 당신이 쓰려 하는 이야기의 답을 찾아보면 인물과 플롯에 대한 새로운 가능성을 찾을 수 있을지 모른다.

맥락

맥락은 소설에서 엄청난 힘을 발휘한다. 독자는 과장된 배경과 상황에 몰입해 일반적인 범위를 벗어나는 것을 즐긴다.『모두 다 예쁜 말들』에서 두 명의 텍사스 청년이 1948년에 국경을 넘어 멕시코로 갔을 때, 그들은 보통의 시간 틀을 넘어섰다.『이상한 나라의 앨리스』에서 앨리스가 토끼를 따라 굴에 들어간 것과 같다. 청년들은 누구의 도움도 없이 귀족적인 멕시코 가족의 자존심과 관습, 그들을 잔인하게 대하는 사람들의 만족감, 그들이 감내해야 하는 고통의 범위를 알아가야 했다.

롱 아일랜드(화려한 이스트 에그와 단출하지만 새로운 부의 상징인 웨스트 에그)는 단순히『위대한 개츠비』의 배경이 아니라 피츠제럴드가 바라본 당시 미국인의 삶을 담은 곳이다. 당시에는 엄청난 변화가 온 국민에게 다가왔다. 여성은 부엌일에서 벗어났고, 비즈니스와 산업이 새롭고 거대한 부를 만들어 냈으며 이민자에 대한 저항이 커지고 있었다(듣고 보니 익숙하지 않은가?). 노력하는 사람들은 부와 명예를 좇으면서 기존 부유층을 모욕하고 위협하고 있었다. 피츠제럴드가 천재라고 하는 이유는 이런 문화 전반을 아주 작은 지역에 담아냈고, 또 시간이 남아도는 인물이라고밖에 볼 수 없긴 하지만 자신만의 색깔이 분명해 이 책을 한 번 읽으면 절대 잊지 못할 정도의 인물도 만들어 냈기 때문이다. 이 모든 중심에는 마음이 넓은 개츠비가 있다. 그는 자수성가한 사람으로서 입지적 인물이다. 또 닉이라는 화자도 있다. 닉은 생각하는 사람을 대표하고 모든 것에 끊임없이 의미를 부여한다.

아담 존슨Adam Johnson은 『고아원 원장의 아들The Ophran Master's Son』로 퓰리처상을 탔다. 이 소설은 북한이라는 무시무시한 곳을 배경으로 한다. 배경이 다채롭고 현실적이어서 닭살이 돋고 움찔할 만하다. 누구도 잘 알지 못하는 북한에서 일어나는 사랑과 희생, 자존감에 대한 이야기다.

좀 더 넓게 생각해보자. 어떻게 설정을 강화할 수 있을까? 혹한의 폭풍이 찾아오고, 범죄가 폭주하고, 전기 송전선이 파괴되고, 재향군인병이 발병하거나 땅값이 폭등할 수도 있다. 작은 갈등도 중요하다. 수도의 수압이 너무 세거나, 접촉사고가 나거나, 우울한 날이 계속되거나, 애완동물이 아플 수 있다. 안드레 듀버스 3세Adre Dubus III가 쓴 『모래와 안개의 집House of Sand and Fog』은 뿜어져 나오는 운명의 충돌을 보여주는 놀라운 소설이다. 숙취에 깨어나지 못한 젊은 여인이 이메일을 제때 확인하지 못하면서 이야기가 시작된다. 집이 있고 없고의 차이가 너무나 큰 의미를 가지기 때문에 평범한 캘리포니아 가정집은 비극의 장소로 변한다.

연습 삼아 소설의 배경을 완전히 다른 장소와 다른 시간으로 바꿨을 때 이야기가 어떻게 변할지 상상해보자. 얼어붙은 전초 기지나 이국적 도시 같이 흔하지 않은 배경을 생각해보자. 이제 좀 더 깊숙이 소설 속 집으로 들어가 이웃이나 계절, 시대를 바꿔보자. 무슨 변화가 생길까? 아무런 변화도 없다면, 배경을 제대로 활용하지 않았다는 뜻이다.

마음에 드는 소설을 골라 배경이 이야기에 어떤 영향을 주는지 분석해 보자. WASP(앵글로색슨계 미국 신교도를 줄인 말로 흔히 미국 주류 지배계급을 뜻함- 편집자 주) 소설이라고 할 수 있는 매기 쉽스테드의 『시팅 어레인지먼트』는 딱 그 배경이나 아주 유사한 곳에서만 일어날 수 있는 이야기다. 가족들이 뉴잉글랜드 인근 섬에서 딸아이의 결혼 때문에 모인다. 좁은 세상이라 컨트리클럽 골프장의 독점이용권이 없다는 것이 주인공의 불행과 불안의 주요 원인이다(그는 '대를 이어온 부자'가 아니기 때문에 얼마를 벌든 부유 지배층에 속하지 못한다). 오래된 집 구석구석에서 가족들이 만나며 불행이 이어진다. 저녁 식사 리허설 자리는 많은 진실이 밝혀지고 좌절이 일어나기 적합한 장소다. 남성 전용 클럽은 꽁꽁 싸인 채 주인공을 받아들이지 않는 환경적 진부함을 보여준다.

다른 WASP 소설로는 낸시 클라크의 희극 『힐의 집에서』가 있다. 힐이라는 가족에 대한 이야기며 배경은 뉴잉글랜드의 오래된 집이다. 한 달 동안 친척들이 하나씩 나타난다. 그리고 떠나지 않고 계속 머무른다. 집안은 몰락하고, 사람은 넘치고, 사건이 시작된다.

『위대한 개츠비』에서 피츠제럴드는 그레이트넥Great Neck이라는 지역을 백분 활용해 뉴욕시의 과거 부유층, 신흥 부자, 가난한 자의 세계를 대비해서 보여준다. 하지만 내가 이 소설을 특별히 좋아하는 이유는 비가 퍼붓는데 개츠비가 데이지와 다시 만나는 장면처럼 작가가 날씨로 감정의 색을 표현하기 때문이다. 닉이 롱 아일랜드에서 본 삶과 반대로 아주 건전하다고 기억하기 때문에 미드웨스트Mid West의 설정도 다 계산된 것으로 볼 수 있다.

좋아하는 소설을 떠올려보면 구체적이고 기억에 남을 만한 배경이 어떻게 좋은 이야기의 밑거름이 되는지 알 수 있다.

습작에서 가장 두드러지는 문제는 상상력의 부재다. 너무 많은 사건을 너무 좁은 배경에 몰아넣는다. 작은 규모의 워크숍을 진행하면서 학생들에게 원고의 배경을 세어보라고 주문한 적이 있었다. 12명의 학생이 쓴 55개 장면의 배경이 부엌과 침실이었다! 나는 모든 부엌 장면을 지우고 인물 간의 갈등을 악화하거나, 강조하거나, 대조되도록 집 밖에서 발생하는 사건으로 다시 쓰라고 주문했다. 결과는 놀라웠다. 배경이 다양해졌다. 연인의 집 부엌에서 접시를 깨뜨리며 헤어지는 장면이 교회 지하에서 저녁을 먹는 장면으로 바뀌었다. 도둑으로 몰리지만 저항하는 장면도 저녁 파티에서가 아니라 차량 정체 중에 일어나도록 바꿨다. 10대 소년이 임신했다는 사실은 피아노 리사이틀에서 드러난다. 그리고 할머니가 학교 바자회에서 스카프를 두르는 동안 심장마비가 온다.

배경의 많은 요소는 시간이 지나면서 변한다. 그러므로 이야기를 하는 동안 바뀔 수 있다. 이런 특성을 최대한 활용해야 한다. 깨끗하던 것이 더럽게 바뀔 수도 있고, 건조한 것이 젖어 있을 수 있다. 아름답던 것에 흠이 가고, 가득 찬 것이 텅 빌 수 있다.

예를 들어, 이웃이나 농경 대지에 젠트리피케이션이나 산업단지가 들어오는 소설이 있다. 이야기 배경에 뭔가가 '들어오는 것', ⓐ 플롯을 변경할 기회거나 ⓑ 변화가 주제 요소다. 『분노의 포도』는 세작농이 건조 지대(Dust Bowl)에서 쫓겨나 캘리포니아로 이주하는 내용인데, 작가인 스타인벡의 경험을 바탕으로 쓴 소설이다. 제인 스마일리의 책에는 역사, 지형, 날씨 관련 내용이 가득하다. 그린랜드부터 미국 농장, 목장, 19세기 말 캘리포니아까지 시공간을 넘나드는 파노라마의 연속이다.

배경은 아주 세세한 부분까지 신경 써야 한다. 정원의 꽃이나 식물처럼 간단한 소품이 이야기의 모티프가 되고 시간의 흐름, 원숙함과 어쩔 수 없는 부패 등을 강조할 수 있기 때문이다. 이때 문제투성이 주인공은 뒷담장에서 블랙베리 줄기와 씨름하고 있을 수도 있다.

범위

범위는 너비, 제한, 기간이다. 설정 안에서 사건은 밀실에서 일어날 수도 있고 넓은 광장에서 일어날 수도 있다. 시간도 넉넉할 수도 있고, 제한이 있을 수도 있다. 범위를 즉흥적으로 결정해서는 안 된다. 스스로 확인해보자. 얼마나 긴 시간이 필요한 사건인가? 시간이 적절하게 걸렸다고 판단할 근거가 있는가? 아니면 '원래 그 정도 시간은 걸려'라는 단순한 느낌뿐인가? 이야기에 미치는 시간의 영향은 무엇인가? 당신은 시간에 어떤 느낌이 있기를 바라는가?

이야기가 주말 동안에 일어나든(이안 맥이언의 『토요일(Saturday)』) 수년에 걸쳐 일어나든(『전쟁과 평화(War and Peace)』) 여러 사건을 지나며 앞으로 진행되고 있다는 느낌을 독자에게 항상 줘야 한다. 이야기의 길이를 줄이거나 늘렸을 때 어떤 변화가 생길지 생각해보자(이야기를 압축했을 때 어떤 효과가 나는지가 특히 중요하다). 이제 불가능한 것은 무엇인가? 꼭 필요한 사항인가? 압축하면 이야기가 더 극적이 된다는 것을 알 수 있다. 이야기를 늘여서 얘기하면 좀 더 깊은 이야기가 될 수 있다. 언제나 그렇듯, 글을 고칠 때 이런 선택은 신중히 해야 한다.

어떤 작가는 내 설명과 다르게 배경을 대하는 경우도 있음을 밝혀두고 싶다. 여유롭고, 웃음을 짓게 하는 소설을 쓰는 무라카미 하루키가 대표적이다. 군더더기 없는 문체를 좋아한다면 움직임이 많은 글쓰기를 많이 배우게 된다. 이것은 배경에 신경을 쓰지 않아서라기보다 이미지를 다루는 시적 본능이 있기 때문이다.

배경을 한 문장으로 요약해보자.

소설의 범위를 그려보자.

소설 속 이야기의 규칙이 무엇인지 이야기해보자.

연습하기

· 배경을 설정할 때 장소 이외의 요소(배경에 깔리는 음악, 해당 나라나 지역에 퍼진 뉴스, 계절이 변화에 따른 빛의 변화 등)도 고려하자.

· 일반적인 이야기는 빼고 구체적으로 전달하자. 큰 꽃보다 제라늄이 낫고, 신발보다 가죽구두가 낫다. (도가 지나치지 않을 정도로) 구체적으로 설명하면 글의 신뢰와 권위가 살고, 인물의 인상을 전달할 수도 있다. 혼자 사는 남자가 흔한 커피포트 대신 프렌치

프레스로 커피를 내려 마시는 식으로 말이다.

· 감각을 생각해보자. 도미닉 스미스의『사라 데보스의 마지막 걸작』은 온갖 향으로 가득 차 있다. 인물 중 한 명이 페인팅 오일을 사용하고, 그녀의 아름답게 묘사된 아파트에서는 래빗 글루와 스피릿 향이 난다. 또한 소설은 뉴욕시의 경매장, 재즈 클럽, 서로 다른 두 시대의 스쿼시 경기장을 탁월하게 설명한다.

· 배경이 되는 장소의 계절을 고를 때도 신중하자. 각 계절이 가진 장점을 활용하자. 우울하고 축축한 회색빛 겨울비가 내릴 수도 있고, 봄에 나무에 싹이 솟아날 수도 있다.

· 배경이 마음에 들어 좋아한 소설이 있었는지 생각해보자. 그 소설의 주요 사건이 일어난 장면을 떠올려 보자. 어떻게 이야기가 그 배경에서 만들어지는가? 반대로 배경이 사건이나 감정을 강화하는가? 인물이 머무는 장소 때문에 일어난 사건이 있다면 찾아보자.

· 배경의 변하는 요소를 가지고 연습을 해보자. 이야기에서 어떤 요소가 같이 변하는지 생각해보자. 한 꼭지부터 시작해서 모든 배경의 목록을 만들자. 이 배경으로 이야기를 좀 더 재밌거나 극적으로 만들 수 있을지 고민해보자.

· 위에서 언급한 요소를 내 소설에서 찾아보자. 좀 더 구체적일 수 없을까? 더 정확한 언어를 쓸 수 없을까? 좀 더 간결하게 표현하거나 색깔을 입힐 수 없을까? 물건을 사용하는 건 어떨까?

· 원고를 훑어보고 장면마다 일어나는 시간을 기록해보자. 빛의 변화를 활용하고 있는가? 배경에 직장으로 출근하는 장면이나

학교를 마치고 자전거를 타는 어린이가 나오는가?

6. 드러난 이야기와 비하인드 스토리의 타임라인 만들기

타임라인은 사건을 해결하고 소설의 현재를 쫓아갈 때 더없이 중요하다. '지금'과 '그때'에 해당하는 두 개의 다른 타임라인을 만들자. 주인공과 이야기의 주요 줄거리를 고려해 작성하자(무엇에 관한 이야기인지, 이것이 어떻게 사건으로 표현되었는지 생각해보자).

이미 초고를 썼다면, 앞으로 드러날 이야기와 비하인드 스토리가 있다는 것을 알 것이다. 꽃 뒤에 깔아둔 풀처럼 비하인드 스토리를 배치했다. 그렇다면 이제 무슨 일을 해야 하는가?

이미 초고도 작성했고 처음 글을 쓰기 시작했을 때보다 지금 더 이야기를 잘 이해한다고 생각한다면 초고를 보지 않은 채 타임라인을 써보자. 머릿속으로 지금 생각할 수 있는 최선의 수준에서 소설의 가장 중요한 요소를 찾으라는 말이다. 쓰는 중에 이야기가 바뀔 수 있다는 것도 염두에 두자. 당신이 알고 있는 대로 줄거리를 적어보는 것이 이 연습의 목적이다. 머릿속으로는 이미 글을 고치고 있었는지도 모른다. 타임라인을 모두 작성한 다음 다시 초고를 확인해보자. 이 연습을 하면 '현재로서 가장 마음에 드는 이야기'가 완성된 초고와 차이가 난다는 것을 알 수 있고, 글을 다시 쓰기 전에 새로 추가할 장면과 고치거나 삭제할 장면을 스스로 알아낼 수 있다. 제본한 원고의 빈 곳에 생각을 기록해두자. '나중에 기억하겠지'라고 생각하면 오산이다.

지금 생각하고 있는 바를 타임라인으로 써봤다면 가장 최근 원고를 바탕으로 타임라인을 한 번 더 써야 한다는 점을 잊지 말자. 두 타임라인이 다를 때 이를 바탕으로 글을 어떻게 고칠지 생각해 볼 수 있다.

지금 당장 글을 고치려면 초고에서 비하인드 스토리가 삽입된 부분을 찾아보자. 눈에 띄기 쉽도록 비하인드 스토리에 박스를 치거나 물결선을 긋자. 앞뒤가 맞지 않는 부분이 보여도 당장 고치려고 하지 말자. 기록만 해놓거나 빈 곳에 질문을 적어두고 넘어가자. 어차피 장면이 계속 바뀌기 때문에 불필요하게 시간을 쏟을 필요가 없다. 하지만 이 연습은 초고에서 과거를 어떻게 활용했는지 검토할 좋은 기회다.

멀지 않은 과거, 적당히 먼 과거, 아주 먼 과거를 어떻게 능수능란하게 다루는지 살펴보려면 에탄 차닌Ethan Canin의 『공기의 왕국Emperor of the Air』에 수록된 단편소설 「당신을 알아가는 시간The Year of Getting to Know Us」을 찾아보자. 결정을 잘 못하는 남자가 죽어가는 아버지를 만나 어색한 지금의 관계를 회복하고 어린 시절의 기억을 이겨내야 한다. 이 이야기는 본받을 만한 표준이라기보다는 좋은 공부거리 정도지만, 분명히 배울 점이 많다. 새로운 소설을 쓸 때 이 소설의 양식을 도입할 수 있을 듯하다. 이 소설은 복잡하게 쓰지 않았지만 아주 화려하고 스토리보드로 쓸 수 있을 만큼 잘 썼다. 이 단편을 찾아서 집중적으로 공부해보자.

소설을 펼친 곳부터 드러난 이야기의 타임라인으로 사건이 진척되는 것을 살펴보면서 유사한 사건이 반복되는지 찾아보자(지금 단계에서는 주인공과 관련 사건의 글 타래에 집중해야 한다). 장면 묘사를 다 찾아보고, 그 배경을 확인하는 등의 방식으로 말이다. 같은 갈등이 계속해서 반복된다면 왜 그런지 생각해보고, 그 갈등의 성격이 어떻게 변하는지, 변한다면 갈등이 더 짙어지는지, 아니면 폭발할 단계인지 생각해봐야 한다.

사건이 (어떻게 연결되고) 어떤 흐름으로 드러나는지 살펴보자. 이후 각 장마다 줄거리를 적고 주요 장면 목록을 만들 때 어떤 사항을 고려해야 할지 상세히 설명할 것이다.

다중 플롯라인으로 된 소설을 쓰고 있다면, 각 플롯과 하위 플롯마다 타임라인을 만들어야 한다. 플롯라인마다 나름의 긴장과 플롯의 방점이 있어야 하고, 사건이 부딪칠 때는 각 라인마다 울림 같은 것도 필요하다(과거로 수렴될 수도 있다). 시각적으로 줄거리를 볼 수 있도록 하면 한꺼번에 머릿속에 모든 것을 그리는 데 도움이 된다. 사건을 연결하는 선을 그어볼 수도 있고, 시간에 맞춰 배열할 수도 있다. 좀 더 실질적으로 이해하고 싶다면 가장 모범이 되는 소설을 골라 샅샅이 공부해보자.

타임라인에 얼마나 많은 사건을 둘지는 소설의 범위에 따라 달라진다. 여섯 개에서 열 개 정도의 주요 사건을 원고의 큰 그림을 그리면서 배치해보기를 권한다(연필이나 포스트잇을 활용하자). 타임라인에 이야기의 끌고 가는 힘이 실려있는가? 중요한 것을 빠뜨리지는 않았는가? 타임라인으로 여러 시도를 해보자. 사건 1에서 사건 2로, 사건 2에서 사건 3으로 어떻게 연결되는지 생각해보자.

원고의 타임라인을 매일 볼 수 있는 곳에 걸어두자. 적당히 크게 만들어서 생각나는 것도 적을 수 있도록 하자(포스트잇을 활용하면 변경하기 쉬워서 좋다). 각 장이 시작하기 전이나 후에, 타임라인에 비춰 검토해보자. 차이가 나지 않고 잘 맞는가? 어떤 변경이 필요한가?

-비하인드 스토리

과거 타임라인은 너무 깐깐하거나 상세하게 파고 들지 않으려 한다. 지금 쓴 원고에 등장한 사건 중 주인공이 겪은 과거의 주요 사건을 찾아보자. 주인공이 겪은 사건이나 특정 시기 때문에 생긴 트라우마나 수모, 못 다한 복수가 있는가? 갈등을 현재 상황까지 몰고 왔다면 어느 것이든 무관하다. '현재'라는 타임라인을 완성한 후에 다시 이 부분을 검토할 것이다. 이 한두 개의 장면이 중요해지면서 현재의 사건 주위에 맴돌 것이고, 다른 사건들은 무관한듯 여겨질 것이다. 한 사건에서 발생한 일과 다른 사건을 합칠 수도 있다. 아니, 가능한 한 합쳐야 한다. 보통 사건은 적을수록 좋다. 이야기를 제대로 시작하기도 전에 과거 사건으로 소설을 복잡하게 해서는 안 된다. 끊어지는 중간 장면 흐름을 채울 필요도 거의 없다. 대신, 결과, 주요 사건의 방향, 10년, 50년이 지나도 여전히 중요할 것에 관심을 쏟아야 한다.

때로는 '과거'가 가장 최근이기도 하다. 메그 미첼 무어의 『도착』

에서는 모든 사람이 지난주나 어제 일어난 일에 빠져 있다. 다들 불안과 분노가 넘치지만, 모든 일은 인물의 생각 속에서 펼쳐진다. 과거의 일은 거의 없다. 한 인물의 남편은 다른 여자와 하룻밤을 즐긴다. 다른 인물의 남자친구는 그녀를 떠난다.

과거의 일을 쳐내지 않으면 소설 속 인물들의 삶은 그저 쌓여가는 짐을 끌고 다니는 종이 위의 삶일 뿐이다. 글을 쓰면서 드러나는 타임라인의 사건이 플롯에서 한몫 한다는 것을 알 수 있을 것이다. '지금'은 '조금 전' 일이 되고 다음 사건으로 이어진다. 이를 복합성이라고 하는데, 좋은 구성의 예다.

'알고 있는 이야기'를 '과거의 사건(소설 속 '지금' 이전에 일어난)'에서 시작되는 연속선이라고 생각해보자. 현재의 사건으로만 구성된 소설은 구체적인 과거가 필요하지 않다. 과거는 이야기의를 만들어내는 단순한 촉매 역할만 하기도 한다. 『모두 다 예쁜 말들』에서 텍사스 청년이 일하는 목장 주인 할아버지의 죽음처럼 말이다. 과거는 급하게 마무리된다. 모든 소설에는 지난 삶의 무게를 넣은 가방을 하나씩 멘 인물이 등장하고, 과거 이야기가 지금 이야기의 일부가 된다. 매기 쉽스테드의 『시팅 어레인지먼트』에서 주인공은 과거 비밀에 짓눌려 살기 때문에 지금 사는 세계에 속한다고 느끼지 못한다. 주인공의 과거를 알고 있는 사람 때문에 그는 더 불안해진다(기존 부자의 세계에 끼지 못하는 슬픔이여! 이때부터 독자는 생각지 못하게 점점 더 주인공에게 빠져든다). 이렇게 과거가 주인공을 짓눌러 눈에 띄지 않게 그의 결정이나 행동에 영향을 미친다는 점이 내가 이 소설을 특히 좋아하는 이유다. 주인공의 수치나 두려움 같은 계속된 압력이 그를 나쁜 선택으로 몰아넣는듯하다(사실 주인공은 '다른 출신' 사람이라라는 것 말고는 특별히 나쁜 행동도 하지 않았다). 만약 당신 이야기에도 주인공에게 벗어나지 못하는 가려진 과거사가 있다면, 『시팅 어레인지먼트』는 공부하기 좋은 소설이다. 과거에 실제로 발생한 사건은 거의 없고, 현재 과거 사건에 대한 공명만 있을 뿐이다.

-과거소식

초고를 쓰다 보면 현재 사건을 쓰다 과거에 대한 아이디어를 얻고, 그 아이디어를 한 번에 만들고, 합치고, 끼워 맞추느라 결국 꼼짝 못하게 되는 경우가 자주 있다. 작가는 숨 막히는 사건을 비하인드 스토리와 묶어 실마리와 긴장을 풀어버린다. 다행히 초고일 때는 치명적이지 않은 실수다. 이런 부분을 찾은 후 뒷이야기에서도 중요한 부분을 찾아보자. 그리고 그 부분만 도려낼 틀을 다시 잡고, 글을 고치면서 이를 어디에 배치하면 훨씬 더 영향력이 있을지 고민해보자. 이때 '지금'과 '그때'를 구분해 과거를 드러낼 줄 알아야 한다. 또한 이야기의 사건을 여는 발판으로 과거를 활용할 생각이라면 이 작업을 초반에 하기는 굉장히 어렵다.

소설을 쓰다가 과거 소식을 가져올 알맞을 때를 찾을 수 있는 재능과 기술은 작가에게 필요하다. 데이지 부캐넌과 제이 개츠비가 과거 연인이었다는 사실은 『위대한 개츠비』의 핵심 이야기지만 독자는 데이지의 친구 조단이 화자 닉에게 이 이야기를 하는 4장을 읽기 전까지 그 사실을 알 수 없다. 데이지의 사랑을 다시 얻으려는 개츠비의 열정은 오래된 과거 관계에서 출발하지만, 소설은 지금 여기서 무슨 일이 벌어지는지를 이야기한다. 과거사를 뒤에 두기보다 앞에 둔 것은 편집자 맥스웰 퍼킨스의 제안에 따라 피츠제럴드가 한 결정이었다. 그는 글을 빨리 쓰거나 한 번에 쓰지 않은 게 분명하다.

-중간연결:예제

파혼하고 아이까지 죽는다는 가상의 상황을 두고 주요 사건 위주로 좇아가 보자. 소설의 첫 부분에서는 엘렌의 삶에 찾아온 큰 변화를 소개한다(가상 소설의 도입부를 얘기한 것뿐이다). 세 주요 사건을 정의해보자. 사건이 발생하고 이야기가 전개되지만 아직 해결은 되지 않는다.

1. 톰은 엘렌을 떠난다.
2. 아들 지미가 백혈병 진단을 받는다.
3. 엘렌은 어머니 집으로 들어간다.

모든 장면이 당신의 타임라인에 나오진 않겠지만 주요 사건은 꼭 포함해야 하고, 장면 묘사로도 나온다. 당신은 이야기에서 일어나야만 하는 일을 적는 것이다. 다른 장면 묘사나 요약은 주요 장면을 연결하는 기능을 한다. 위의 경우 첫 번째(톰은 엘렌을 떠난다)와 세 번째(엘렌은 어머니 집으로 들어간다) 사건 사이에 중간 연결로 묶을 수 있는 장면이 세 군데 있다.

사건 1: 1. 톰은 엘렌을 떠난다

연결 1: 사건 1과 2 사이

· 엘렌은 울면서 짐을 싸고, 톰이 남긴 물건을 큰 쓰레기 봉지에 담고 있다.
· 그녀는 앞으로 살 더 저렴한 집을 찾고 있다(장면 묘사와 가능한 서술로 요약).
· 톰은 다른 여자와 살림을 차린다.
· 지미는 아버지의 부재에 격하게 반응한다.

그리고

연결 1: 사건 1과 2 사이

· 지미는 한바탕 독감을 앓고 멍도 들지만, 털고 일어나지 못한다.
· 학교 간호사는 어린이 방치를 의심하고, 사회 복지사가 엘렌의 아파트에 방문한다.
· 톰은 엘렌과 맞서려고 나타나고, 지미를 데려가려 한다.

그리고

연결 3: 사건 2 포함

· 지미는 소아과 의사에게 진료를 받고, 전문의와 상담도 하고 검사도 받았다(서술 요약을 하기 좋은 내용이다!).
· 톰은 입에 담지 못할 비난을 쏟아낸다. 잠시나마 백혈병 진단을 받은 부모로서 측은함을 산다.

그리고

사건 3

· 엘렌의 어머니가 승합차를 타고 집에 찾아와 엘렌과 지미를 집으로 데려간다.
· 한밤중, 화장실에서 엘렌은 쓰러져 울음을 터뜨린다.

이는 이야기 중간부의 첫 갈등이자 이어지는 사건으로, 톰은 엘렌에게 이혼합의서를 들이밀며 아들의 양육권을 주장한다.

여러 연속된 장면의 요약을 보는 것만으로 앉아서 하나하나 쓰고 있는 내 모습을 상상할 수 있다. 요약문 자체가 장면 묘사의 길이를 나타내지는 않는다. 어떤 사건은 서술적 요약만으로도 충분하다. 하지만 어느 장면이 더 중요하고, 장면 간에 어떻게 연결되는지도 확인할 수 있다.

이런 구문은 장면 흐름을 하나로 묶는다. 한 장면이 다음 장면으로 논리적으로 연결되고 이야기 흐름에 따라 플롯을 움직인다. 흐름 자체가 하나의 작은 이야기다. 원고의 일부를 압축해 간결하게 해보면 논리적이고 상호 관련이 있는지 즉각적으로 드러난다. 빠진 부분이 바로 드러난다. 다시 쓸 때 줄거리로도 사용할 수 있다.

'큰 틀'에서 타임라인을 만들고, 원고도 좀 더 면밀하게 검토했으면, 타임라인의 각 조각을 가져다가 (두 가지 사건) 장면 사이에 나오는 흐름을 만들어 상황을 전개하도록 구성할 수 있다. 위에서 제시한 엘렌의 이야기처럼 이런 방법으로 장면의 흐름을 발전시킬 수 있다. 당신이 바닥이나 벽, 큰 게시판을 두고 일한다면, 수평으로 주요 사건을 배치해 두고 그 사이사이에 수직으로 장면 요약을 만들 수 있다. 그러면 이야기가 눈으로 볼 수 있게 변하고, 마음속으로 한 번에 그릴 수 있게 된다고 확신한다.

지금은 글을 평가하고 쓰는 방법을 배우는 중이기에 장면 흐름을 걱정하기 전에 가장 주요한 사건을 확실히 하고 싶을 수 있다. 하지만 각 장을 검토하면서 어떤 구조인지 마음속에 담아 놓고 보는 것도 나쁘지 않다. 또 모델이 되는 소설의 장을 읽고, 새로운 장면 흐름을 생각하는 데 도움이 되는 소중한 연습이다.

<h2 style="text-align:center">연습하기</h2>

- 당신이 모델로 삼은 소설에서 가장 주요한 사건 세 가지를 확인하고, 시간으로 따졌을 때 각 사건이 얼마나 떨어져 있는지 확인하자. 똑같은 연습을 당신이 쓴 소설을 가지고 해보자. 시간 간격을 좀 줄일 수 있는가? 사건 사이에 차지하는 공간에서 필요한 일들이 충분히 일어나는가?
- 시각적으로 볼 수 있도록 도식화하자(엘렌의 스토리를 가지고 위에서 내가 했듯이). 한 상황에서 다른 상황으로 변하면서 중간에 어떤 단계를 거치는지 보면 된다(스토리보딩의 기본적인 방식이다). 더 자주 할수록, 더 많이 배운다. 최소한 세 장 정도는 연습해보자. 자잘한 사건에 너무 빠지지 말고 주요 사건에만 집중하자. 세 개 장에 나오는 큰 사건을 나열해보자.

이제 중간 사건에 들어가서 사건과 사건이 어떻게 연결되는지 보자.

각 장의 유형을 말해보자.

7. 가장 중요한 비하인드 스토리 확인하기

이쯤 되면 당신 이야기에 어떤 기억이 맴도는지 알 것이다. 그 기억을 타임라인에 사건처럼 배치하고, 그 시간에 이런저런 일이 있었다고 적어 보자. 사건들을 하나하나 분석하고, 소설에 어느 것을 포함할지 결정해야 한다. 비하인드 스토리를 여러 장에 걸쳐 포함하고 싶다면, 그 사건은 더는 비하인드 스토리가 아니라 드러나는 사건으로 취급해야 한다고 생각한다. 책의 첫 장부터 이야기를 시작하지 않더라도, 이야기는 과거에서부터 시작하는 것이다. 시간 순서로 배치하는 것이 최선인지는 알지만 (순서대로 차근차근 알고 싶어하니까) 일부러 시간 순서에 맞춰 이야기를 진행할 필요는 없다. 지금 당신이 알고 싶은 것은 이야기가 어디서부터 시작하는지다. 비하인드 스토리를 만들어 주인공을 과거로 밀어버리는 일은 소수의 주요 사건에 한해서만 해야 한다(과거로 깊숙이 들어가는 것은 독자에게는 도움이 될 수 있을지 몰라도 실제 필요보다 더 많이 타임라인을 벗어날 수 있다).

소설의 첫 쪽부터 시작하는 또 하나의 타임라인이 있기에 우리는 1977년에 조지George가 사라Sarah에게 무엇을 했는지, 왜 오래전에 죽은 엄마가 딸보다 아들을 더 좋아했는지를 어느 부분에 적는 것이 가장 적당한지 생각해 볼 수 있다. 일반적으로 과거사를 일찍 알기보다 늦게 아는 편이 독자에게 더 많은 의미가 있다. 독자는 주인공의 과거를 신경 쓰기보다 주인공이 처한 상황이나 요구에 더 빠져 있을 필요가 있다. 초반에 많은 것을 쏟아내고 싶은 욕망을 억제해야 한다. 과거사가 더 재미있고 중요하다고 생각한다면, 아예 그 부분부터 이야기를 시작해 볼 수 있다. 어쩌면 그 부분이 제대로 된 이야깃거리일 수도 있다.

오래전, 국립예술기금National Endowment for the Arts의 글쓰기 부문에 패널로 참석해 수백 편의 원고를 읽은 적이 있다. 40편쯤 읽었을 때부터 나는 표를 만들어서 3페이지 이전에 비하인드 스토리를 소개하는 소설이 몇 편이나 되는지 기록했다. 그 결과는 놀라웠다. 3분의 2 이상의 쟁쟁한 작가들이 단순히 정보를 제공하느라 사건을 멈췄다. 사실이다. 그것도 소설의 도입부인 첫 쪽이나 그다음 쪽이 대부분이었다.

일부는 그런 전략이 적절했다고 생각한다. 하지만 다른 선택도 충분히 가능하다고 이야기하고 싶다. 기다릴 수 있어야 더 성숙한 작가가 될 수 있다. 첫 장에는 펼쳐질 이야기에 대한 기대로 독자를 사로잡는다는 중요한 역할이 있음을 잊지 말자. 과거사를 설명하느라 이 역할을 방해하면 안 된다.

타임라인에서 사건의 진행을 살펴보면 설명할 과거사가 내 생각만큼 중요한지 가늠해 볼 수 있다. 중요하다면, 독자에게 소설의 어느 부분에서 (그리고 왜) 그 사건을 이야기할지 신중하게 결정해야 한다. 사건이 이어지는 가운데 과거를 떠올리게 하는 방아쇠(과거를 떠올릴만한 동기)가 있는가? 주인공이 과거를 생각할 기회나 이유가 있는가? 이 과거가 주인공에게 지속적으로 영향을 미쳤는가? 복수심이

나 절망이 오랫동안 지속돼 곧 폭발할 지경인가? 팻 콘로이(Pat Conroy)의
『파도의 왕자(The Prince of Tides)』에 나오는 남매의 비참한 삶을 설명하는
가족의 과거사(학대, 살인)에서 비롯한 공포감과 학살은 '큰 비하인드
스토리'의 가장 전형적인 예제다. 멜로드라마에 잘 맞는 서술 전략이
지만, 콘로이는 이를 적절히 활용했다.

　포함하고 싶은 비하인드 스토리를 정했으면 이제는 언급해야 할
문구를 알아야 다음 사항을 통제할 수 있다.

1. 방아쇠(이 기억이 떠오른 계기)
2. 기억의 기간(분량으로 따지면 몇 쪽이나 되나)
3. 감정적인 반응의 영향(그 기억이 주인공에게 어떤 영향을 미치나)
4. 과거사가 현재 사건에 미치는 영향(기억이 어떻게 주인공에게 극적 반
   응을 하도록 영향을 주는가)

　이것으로 주인공의 기억(회상)을 통해서 과거를 드러낼지, 아니면
현재 사건을 중단하고 비하인드 스토리를 상세하게 서술할지 결정
할 수 있다. 소설에서는 대화나 과거 장면이 스쳐 지나듯 기억나는
식으로 셀 수 없을 정도로 과거사가 많이 나온다.

　최소한 아래 세 질문에 제대로 대답하기 전까지는 과거사를 통합
하지 말자.

1. 이 비하인드 스토리가 필요한가?
2. 지금 여기가 이 비하인드 스토리를 이야기하기 가장 좋을 때인가?
3. 비하인드 스토리가 주인공에게 끼치는 영향(감정적으로든 육체적으
   로든)이 있는가?

과거사를 들고 올 때마다 이 세 가지 사항을 잊지 말자. 비하인드 스토리를 과거에서 가져와 현재 장면 묘사의 일부(인물 간 관계나 주인공의 회상으로 현재의 사건과 연관지어)에 포함할지, 아니면 독립적으로 플래쉬백(장면 묘사나 서술적 요약, 본래 사건과는 별도로) 방식을 사용할지 정해야 한다는 것을 다시 한 번 강조하고 싶다. 『주변 풍경』처럼 과거와 현재를 넘나드는 소설도 있지만, 이 전략이 제대로 먹히려면 기술이 필요하다. 어떤 선택을 하든, 독자를 헷갈리게 해서는 안 된다.

플래쉬백이나 주인공의 기억을 관리하는 것은 소설 작가로서 성장하는 가장 큰 기술이고, 타임라인 만들기(사건의 배치)는 좋은 출발점이다. 어떤 과거는 요약하면서 완전히 빼버리고 싶을 수 있다. 사건을 통합할 수도 있다. 자서전 작가가 쓰기에는 논란이 많은 기술이겠지만, 소설을 쓸 때는 효과적이고 효율적인 기술이다.

과거사를 '진짜 이야기'처럼 활용하면 소설의 현재를 더 세밀하고 효과적으로 만들 수 있다. 커트 팔카의 『피아노 메이커』가 그 예다. 이 소설에는 세 가지 시간 순서도가 나온다.

1. '지금': 주인공 헬렌이 노바 소코시아라는 작은 마을에 가서 교회 피아노 반주자 겸 합창 지휘자로 일하면서 이야기가 시작된다.
2. '먼 과거': 어린 시절과 청년기 동안에는 가족과 함께 피아노를 만들면서 결혼도 하지만 전쟁에서 남편을 잃는다.
3. '가까운 과거': 북극에서 겪은 박탈감과 공포에 사로잡힌 무서운 이야기인데, 독자에게는 이 이야기가 갑작스러운 고백처럼 느껴진다.

헬렌이 어떤 범죄를 저질렀음을 알기 전까지 독자는 헬렌을 잘 안다고 생각한다(잘 안다는 말은 그녀를 알고, 좋아하고, 어디 출신인지 안다는 뜻이다). 팔카가 이 모든 것을 어디에 어떤 간격으로 배치했는지 공부할 필요가 있다. 소설의 언어는 조심스럽지만 부서질 것 같고, 서정적이지만 달콤하다. 모든 비평가가 내 의견에 동의하진 않지만, 내 생각에 이 소설은 용기 있고 매력적인 소설이다.

글을 고치는 각 단계에서 어떻게 분석하느냐에 따라 비하인드 스토리 중 어느 부분을 소설에 포함할지가 달라진다. 생각을 유연하게 하고 걱정하지 말자. 당신이 가지고 있는 것을 간단히 설명만 하면 된다.

우리가 모든 것을 적어두고 있음을 잊지 말자!

연습하기

· 소설 한 편을 골라 과거 요소 중 소설 속 '현재'를 방해하는 것이 있는지 찾아보자.

- 과거사가 흥미로운가? 흔한 전개는 아닌가?
- 중요한가? 왜 중요한가?
- 어떤 영향을 주는가? 왜 하필 지금인가?

· 당신의 소설에서 과거가 등장하거나, 회상 장면이 있거나 글과 어떤 연관이 있는 곳을 하나 고르자. 어째서 그 장면이 등장하는가(사건의 흐름을 어떻게 방해하는가)? 그리고 그 장면은 이야기에 어떤 영향을 미치는가?

· 이미 완성도가 높은 원고라면 많은 비하인드 스토리가 포함돼 있을 테고, 지금이 그 이야기를 넣을지 말지 정하기 좋은 시점일 것이다. 장별로 분석하면서 어디에 비하인드 스토리가 있는지 찾아보자. 목록을 만들어 상황마다 어떻게 비하인드 스토리가 들어가 있는지, 이것이 이야기에 어떤 효과를 주는지 설명해보자. 당신이 지금 찾아서 지워야 할 내용은 소설 속에서 현재 진행되는 사건에 아무 영향을 주지 않는 지겨운 패턴이나 혼란, 기억이다. 그 글에 다음 중 무엇이 있는가?

- 경제성
- 기능성
- 다양성
- 효과

8. 주인공이 누구를 상징하고, 무엇을 위해 투쟁하고, 어떤 변화를 맞는지 설명하기

소설은 결국 인물에 대한 글임을 굳이 얘기할 필요는 없을 것이다. 물론 그렇지 않은 소설도 분명히 있다. 인물은 밋밋하지만 플롯은 화려한 장르 소설이나 대중 소설은 계속되는 긴장감과 폭력에 따라 주인공이 움직이고, 이해하고 이겨내야 할 외압에 따라 이야기가 진행된다(완벽한 예: 존 그리샴John Grisham의 『그래서 그들은 바다로 갔다The Firm』, 댄 브라운Dan Brown의 『다 빈치 코드The Da Vinci Code』). 하지만 기억에 남는 책에는 뛰어난 주인공이 있으며 또 당신이 쓰고 싶어하는 책에도 필요하다. 주인공은 어디서 와서 어떻게 성장하는가? 주인공은 욕망과 공포,

필요에 따라 점점 더 대담해지므로 독자는 이에 공감해 인물에게 끌린다. 이야기에는 사건과 감정이라는 두 가지 힘이 있기 때문에, 주인공은 겉으로 돌아가는 상황과 마음 속 떨림을 바탕으로 이야기를 이끌어야 한다.

여기서 주인공을 어떻게 만들어야 하는지 방법을 제시해 보겠다. 이미 얘기했지만, 작가 지망생은 주인공이 사건에 조종당하게 하고, 그를 더 강한 사건이나 사람들의 피해자로 만들어 버린다. 당연히 우리는 주인공이 도전에 맞닥뜨리리라 기대한다. 문제는 주인공이 고생 끝에 짊어진 자신의 운명을 스스로 책임질 수 있냐는 것이다. 주인공이 패배하더라도 우리는 주인공이 소극적으로 쓰러지는 모습을 용납하지 않는다. 주인공이 이기면 그가 어떤 노력으로 승리를 쟁취했는지 알고 싶어 한다. 그리고 주인공 스스로 자멸하더라도 반전이나 결과에 수긍한다. 주인공이 어떻게 운명을 받아들이는가도 그가 우리의 기억에 남는 데 큰 역할을 한다. 우리는 복잡한 인물이 잘못된 결정으로 역경에 처하고, 어려운 선택을 맞아 도전하기를 바란다. 우리는 주인공이 도전하는 모습에 전율한다.

— 역할

'주인공이 어떤 역할을 하는가?' 이는 중요한 질문이다. 세인트루이스를 침공한 에일리언에 맞서는 주인공이 똑똑한 엔지니어, 조종사 혹은 군인정신을 가진 마을 사람이라고 하자. 이런 플롯 중심적 소설에서 주인공의 역할은 위협에 대응하는 것이다. 주인공은 바깥

세력과 싸움을 벌이는 영웅이다. 반대로 인물 중심적 소설에서 주인공은 주인공의 상황이나 주변 인물이 아니라 자신이 하고 있거나 좋아하는 일에서 희생을 요하는 도전과 맞닥뜨린다. 주인공은 이야기를 이끌어가는 중심 역할을 한다. 주인공은 선택하고, 행동하고, 그 결과에 수긍한다. 실패도 하지만, 노력이 부족해서가 아니다.

나의 첫 소설『그린가 Gringa』는 젊은 여성 애빌렌 Abilene 이 멕시코에서 1968년 올림픽 기간 동안 겪은 이야기이다. 내가 애빌린을 주인공으로 정한 것은 잘못된 판단이었다고 인정한다. 왜냐하면 그녀는 남자나 운에 따라 쉽게 좌지우지되고 실제 아무런 힘도 쓸 수 없었기 때문이다. 주인공을 여자 영웅으로 만들지 않은 게 그나마 다행이었고, 내 마음대로 주인공을 무뚝뚝하고 이국적인 것을 좋아하고 다소 자지 기만하도록 설정했다. 주인공은 자신에게 좋지 못한 상황을 받아들이려고 노력하고 그 상황에서 최선의 결과를 얻으려고 한다. 오랫동안 자신이 피해자라고 생각하지 않았다. 그녀 자신에게 최선이라고 생각하는 것을 결국 받아들인다. 책은 애빌린이 삶의 고삐를 되잡는 것으로 끝마친다. 그녀는 다른 사람에게 '뭔가'를 하지 않는다. 학대를 당한 맥락에서의 후퇴하는 것이 주인공의 역할이다. 결국 소설은 애빌린에 대한 이야기인 동시에 그 배경에 대한 것이었다. 배경은 그녀의 성장에 아주 중요한 역할을 했고, 이 소설로 나도 한 단계 성장할 수 있었다.

주인공이게 해주는 것은 권총을 찬 경찰도, 말을 탄 카우보이도, 허벅지만큼 두꺼운 알통도 아니다. 주인공은 스스로를 밀고 나간다. 주인공도 잘못된 일을 할 수 있다. 엠마 보바리는 많은 역할을 대변하지만 나쁜 선택이 이어진 끝에 자신을 죽음으로 몰아넣는다. 가끔은 주인공이 잘못된 것을 바라기도 하고, 독자들도 그 욕구를 좇느라 넋이 빠지기도 한다. 이 대목에서 나는 안나 카레니나 Anna Krenina가 생각난다. 독자는 안나가 브론스키 Vronsky와 헤어져야 한다는 것을 알고 있지만 안나의 합리적인 머리보다 가슴의 떨림에 더 끌리고, 그런 안나의 운명에 우리는 격하게 공감한다.

어떨 때는 역할이라는 게 무의미해 보이기도 한다. 『제국이 위대했을 때』에서 일본계 미국인은 전쟁 동안 수용자 캠프로 보내졌다. 여기서 수용자들은 어떤 역할을 할까? 수용자는 자신과 건강, 가족들을 돌보려고 최선을 다한다. 그들의 존엄성과 미래의 희망을 잃지 않으려고 노력한다. 살아남아 또 다른 삶을 살려고 노력한다.

주인공 역할을 하려고 노력해도 실패할 수밖에 없는 경우가 있는데, 이럴 때는 고생 자체가 이야기다(『노인과 바다 The Old Man and the Sea』나 짐 해리슨 Jim Harrison의 중편소설『가을의 전설 Legends of the Fall』의 주인공을 생각해보자).

아무런 힘도 없는 주인공에 관해 쓰고 있다면, 원하는 것을 성취하려 하지만 실패하는 사람일 수 있다. 행동하고자 하는 그 마음을 보여주는 것이 주인공의 역할임을 확실히해야 한다. 힘이 없다고해서 성취하고자 피땀 흘리는 모습이 없다는 뜻은 아니다. 끊임없이 노력하는 것은 (공격받았을 때 흔들리는 모습과는 반대로) 주인공의 역할이다. 다이 시지에 Dae Sijie의 매력적인 소설『발자크와 바느질하는 중국소녀 Balzac and the Little Chinese Seamstress』에서 두 소년은 중국의 문화대혁명 시기에 사상교육을 받으러 시골로 추방된다. 소년은 책더미 속에서 이야기의 진정한 힘을 발견하기 때문에 소년들은 '승리한다'. 노력과 승리는 그들의 머리와 가슴 속에 있다. 마오쩌둥에 맞서 싸우지 않았지만, 우회적으로 마오를 이겨버렸다.

『피아노 메이커』에서 헬렌은 실제로 아무런 힘이 없지만, 강한 여성이고 도덕적 유혹에 흔들리지 않는다. 소설에서 가장 재미나고 효과적인 부분은 작가가 헬렌을 노바스코샤 마을에서 새 삶을 시작하게 하고, 공동체를 이루고 평화롭게 살도록 하다가 그것을 다 산산조각 내버린다는 것이다. 자유도 위협을 받을 때, 그녀의 순수한 자아와 쌓아올린 선의가 주인공으로서 역할을 하는 데 기여한다. 선한 사람이 선한 사람으로서 행동하고, 그녀가 선하다는 것을 알고 있다면, 그 선한 사람은 운명의 잔인함으로 처벌받아서는 안 된다는 너그러운 시각이다.

주인공의 선택이 이야기를 어떻게 끌어가는지 생각해보자. 글을 고치면서 주인공의 의지, 위트, 지혜를 더 보완할 수 있는지 살펴보자.

- 갈등과 전환

원하는 것을 처음부터 손에 넣는 사람에 대한 이야기는 쓸 필요가 없다. 주인공 자신의 욕구를 해하거나 거부하거나, 잔잔한 상태에 파도가 일거나, 사랑하는 사람이 위기에 처하는 갈등이 있어야 한다. 팽팽한 줄다리기가 없어서는 안 된다.

두 단계의 갈등이 필요하다.

1. 쟁취하고자 하는 분명한 목표에 대한 필요성
(안전한 도피처나 발레 학교의 장학금, 파트너에 대한 사랑)
2. 더 나아지고 싶은 조급함

이 두 욕구에서 빚어지는 온갖 질문을 떠올려보자! 주인공이 이룰 수 있는 일인가? 주인공에게 유익한가? 주인공은 원하는 것이 무엇인지 진정으로 알고 있는가? 주인공 외에 그것을 바라는 사람이 있는가? 주인공은 '선함'과 '선행'을 구분하는가? 주인공은 예상할 수 있는 희생에 대해 현실적인가? 이런 질문으로 플롯을 풍부하게 할 수 있다. '만약에……?'

나는 항상 질문만 할 뿐이다. 답을 찾는 과정에서 새로운 플롯, 인물의 새로운 모습, 장면의 완성도를 높여줄 세부 아이디어를 생각하는 것은 당신 몫이다.

나는 한 사람이 좀 더 나은 사람이 되려는 여정을 담은 것을 소설이라고 여긴다. 그럴싸하게 들린다면 이렇게 생각해보자. 당신은 여정을 결정하고, 어떤 도전을 맞닥뜨리는지도 결정한다. '선'이 무엇인지도 정의해야 한다. 그리고 시작할 때와는 다르게 주인공이 얼마나 변하는지도 결정해야 한다. 어쨌든, 주인공이 여행을 시작해서 끝마칠 때까지 여정은 고난이어야 한다. 그리고 그 고난은 감내할 만한 가치가 있어야 한다.

주인공의 목표가 얼마나 선하지, 고난을 무릅쓰고 달성하고자 하는 의지가 얼마나 대단한지, 목표에 다다랐을 때 예상되는 만족감이 얼마나 큰지에 따라 모든 전환이 일어난다. 주인공이 실패하더라도 더 나은 사람이 될 수 있고, 반대로 목표를 달성하거나 이뤘지만, 자신의 모습을 잃어버릴 수도 있다.

최근 소설에서 볼 수 있는 강력하면서 평범하지 않은 영웅은 크리스토퍼 존 프랜시스 부운Christopher John Francis Boone이다. 이 자폐증 증상이 조금 있지만 수학적 재능이 뛰어난 청소년기 소년은 이웃집 개의 살인범을 찾던 중 자신이 어려운 문제를 푸는 일 말고도 다른 것을 할 수 있음을 발견한다.『한밤중에 개에게 일어난 의문의 사건』을 읽은 수백 만의 독자가 주인공 크리스토퍼의 기발한 수사를 좇아가면서 주인공이 독립적인 사람으로 변하는 여정을 함께했다. 주인공에게 닥친 도전과 해결 과정을 리스트로 만들면서 이 플롯을 한 발짝씩 따라가다 보면 어떻게 인물 설정을 해야 하는지 배울 수 있다. 모든 것은 사건에 관한 것이다. 소년의 감정 상태는 변하지 않기 때문이다(최소한 그렇다고 생각한다). 개의 죽음에서 가족의 화합으로 이어지는 플롯이 그 핵심이다. 크리스토퍼 신드롬의 가장 특징은 주인공은 변하지도 않고 변하려고 하지도 않는다는 점이다. 그렇다면 그런 그가 어떻게 주인공이 될 수 있을까? 그가 원하는 것을 얻으려고 어떻게 행동하는가? 단서를 찾고 조사하면서 문제를 풀어야 하는 미스터리를 크리스토퍼가 좋아한다는 점에서 소설을 잘 설정했다. 크리스토퍼에게는 분명한 목표가 있다.

주인공이 변할 수 없고, 변하려는 의지도 없는 이야기도 있긴 하다.『폭풍의 언덕』에서 히스클리프Heathcliff의 악의적인 열정은 전혀 변하지 않고 캐시Cathy는 반항하는 법이 없지만, 갈등은 상당하다! 비타협적인 태도의 강력함, 위협이 되는 혼란은 극적인 힘에 더해져 거대한 효과를 가져온다.

당신의 인물을 이런 관점(역할, 갈등, 전환)에서 살펴보면 플롯이 의도에 맞는지 '실험'해 볼 수도 있고, 얼마나 이런 요소들이 극적인지에 따라 개발한 인물에 얼마나 깊이가 있는지 가늠할 수도 있다. 궁극적으로 스스로와 주인공의 역할을 정의하고 그런 관점에서 이야기의 주요 줄거리가 되는 갈등을 만들어 내야 한다.

이야기 첫 부분에는 주인공이 얼마나 힘이 있었나? 이야기가 진행되면서 힘이 강해지거나 약해지는가? 언제, 어떻게 그런 변화가 생기나?

주인공이 원하는 목표는 무엇인가? 주인공이 여태껏 목표를 달성하지 못한 이유는 무엇인가? 목표는 달성하기 어려운가? 다른 사람도 같은 목표를 위해 경쟁하는가? 주인공이 그 목표를 이뤄서는 안 된다고 생각하는 사람이 있는가?

주인공이 그 욕구를 실현했을 때(또 실현하지 못했을 때), 그 갈등으로 주인공은 어떻게 변화하는가? 그 변화는 주인공의 관계에 어떤 영향을 주는가?

연습하기

- 소설에서 주인공이 날카로운 의지로 행동하는 부분을 찾아보자.
- 주인공이 자신이나 주인공이 사랑하는 사람의 행복을 위협하는 문제를 해결하지 못할 것이라는 생각이 들게 하는 부분이 있는가?
- 이야기의 초반부에 그렇게 행동하지 않아야 했거나 행동하지 않

을 수 있었는데 잘못 행동한 경우가 있는지 찾아보자(위에서 예로 든 크리스토퍼는 노력의 일환으로 런던까지 기차를 타고 떠난다).

소설에서 그런 인물이 아직 없다면, 그런 주인공을 만들 수 있을까?

9. 주인공의 운명과 보여주고 싶은 주제의 관련성 설명하기 - 결론짓기

이번에는 당신의 소설이 어떻게 마무리되는지 알아보자. 이야기가 끝나고 주인공은 어떻게 되는가? 노력한 보람이 있었나? 중요한 점을 배웠는가? 잃은 것은 무엇이고, 얻은 것은 무엇인가? 이야기의 결론에 반전이나 안도가 담겨 있는가? 이야기의 시각이 무엇인지 다시 생각해보고, 소설이 그리는 세계가 어땠는지, 어쩔 수 없는 부분은 무엇이고 권력은 누가 잡았는지 따져보자. 문제가 불거졌을 때 주인공이 처한 상황은 어떠했나? 주인공이 결국 어떻게 되는가? 독자에게 남긴 인상은 무엇인가? 마지막에 필연과 반전을 동시에 느낄 수 있는 결론이 최고의 결말이다. 독자가 결말을 읽고 나서 '그래, 다 끝났구나'라고 깨달아야지, '이럴 줄 알았어'라고 생각하게 해서는 안 된다. 긴장감이 너무 일찍 해소돼서도 안 된다. 아무도 예상치 못한 결론으로 이야기를 끝마치기는 소설 쓰기에서 가장 어려운 부분일 만큼 큰 도전이다. 그런 결론을 찾지 못 했다면, 찾을 때까지 "이러면 어떨까, 저러면 어떨까?"라고 더 고민해야 한다. 좀 더 만족스러운 결론을 찾아낸다는 것은 이야기의 본질에 더 다가간다는 뜻이고, 그것이 바로 우리가 원하는 글 고치기다!

스스로 답해보자. 소설의 마지막에 주인공의 삶이 열렸는가, 닫혔는가? 내가 얘기하는 것은 삶과 죽음의 문제가 아니라, 행복의 가능성을 얘기하는 것이다. 이곳이 주인공이 항상 향하던 곳인가? 주인공이 너무 약점투성이거나 강했기 때문인가? 아니면 이야기의 배경이 너무 영향력이 세서일까? 이 문제에 대한 답은 소설이 그리는 세계에 대한 작가의 시각과 주인공의 역할이 어디에 집중되는지에 달렸다. 독자는 소설의 마지막 장을 넘기는 일을 몇 시간 동안 함께한 누군가와 작별인사를 하는 것과 같다고 생각한다. 주인공은 독자에게 의미 있는 존재이기 때문에 주인공이 쉽게 떠나서는 안 된다. 그렇지만 완전한 끝났다는 인상도 분명히 남겨야 한다.

이야기의 앞으로 돌아가 주인공의 선택 중 이 마지막 결론에 이르도록 만든 결정이 있었는지 찾아보자. 그런 결정을 할 당시 독자가 "거봐, 난 이런 일이 일어날 줄 알았어"라고 생각할지라도, 이런 가능성 외에 다른 일이 발생할 가능성도 여전히 남아 있어야 한다. 최고의 반응은 "그래, 이런 결론일 줄 알았어"가 아니라 "그래, 이런 결론일 줄 진작 알았어야 했는데"가 되어야 한다.

-제목 붙이기

이제 제목을 생각해 볼 차례다. 무작정 적어보자. 지금 제목에 대해 설명하는 것은 소설의 인물과 테마에 연결된다고 생각하기 때문이다. 제목에 배경, 운명, 관계, 사건, 인물의 이름 등 어떤 의미 있는 요소가 반영되는가? 좋은 제목은 독자를 유혹하는 것 이상으로 많은 역할을 한다. 생각지 못한 독특한 새 이야기를 기대하게 만든다. 몇 가지 예를 살펴보자.

『보바리 부인』: 지금 쯤이면 제목이 주인공의 이름인 것을 알아챘을 것이다. 이름이 제목인 것은 맞다. 하지만『엠마 보바리』는 아님을 기억하자. 이야기는 사랑없는 결혼의 덫에 빠진 부인의 이야기다. 부인은 계속해서 나쁜 선택을 하고, 숨 막힐 듯한 삶과 운명에 괴로워 한다. 결국 보바리 씨의 아내에 대한 이야기다.

『위대한 개츠비』: 다른 좋은 소설 제목처럼 이 제목도 반어적이다. 개츠비는 지나칠 정도로 자신감이 많다. 스스로 자기 자신을 지어내는 일에 아주 탁월했다.

『분노의 포도』라는 제목은 존 스타인벡의 아내가 지었다고 한다. 성경(계시록) 을 참고해서 의미하는 바가 무겁다. 좀 더 직접적으로 밝히면 노예폐지주의자의 '공화국 전투찬가'에서 가져왔다. 스타인벡은 이기적인 땅 주인과 은행이 가난한 사람을 탈취하는 위대한 이야기를 썼다. 그의 제목은 정의에 대한 다짐이고 가난한 사람을 착취하는 행태에 대한 분노다.

『누구를 위하여 종을 울리나』도 역시 "그대를 위해 종을 울린다"라는 문구에서 가져온, 심금을 울리는 선택이다. 헤밍웨이 역시 전쟁이라는 장르를 개척했다. 제목만으로 운명과 시각, 시, 슬픔이 느껴진다.
『브루클린에 자라는 나무』는 아름답고 고풍스러운 성장 소설로 장소와 시간이 가장 중요하고, 제목이 이 특징을 잘 잡아낸다. 젊은이가 성장한다는 내용도 역시 잘 드러낸다.

『야만인을 기다리며Waiting for the Barbarians』는 맥락과 관련이 있는 제목이다. 가장 잔인한 시기의 남아프리카 공화국을 그렸다. 독자는 모든 것이 순조롭지 않으리라는 것을 알 수 있다.

『굿 마더』는 제목 자체가 아이러니하다. 수 밀러는 영웅적인 엄마다. 엄마는 아이를 자신의 목숨만큼 소중히 하지만, 여성으로서는 벌을 받는다. 아이를 빼앗기기 때문이다.

좋아하는 소설 목록을 만들어 보고, 당신이 읽은 책의 느낌과 제목이 어떻게 관련 있는지 찾아보자. 어울리는 제목을 단번에 찾아내기가 쉽지 않겠지만, 쉽게 포기하지 말자. 제목은 독자를 끌어들이면서 어떤 내용을 전달할지도 드러내야 한다. 여러 시도를 해보고 다음 목록 중 어느 항목과 제목이 연관 있는지 찾아보자. 시각, 전제, 배경, 설정, 맥락, 인물 등.

연습하기

· 좋아하는 소설 세 편을 골라보자. 소설마다 주인공의 운명을 설명해보자. 당신이나 주인공의 감정이 독자에게 어떤 영향을 주는지 고려해 보자.
· 주인공의 운명에 대한 감정이 드러나도록 당신 원고의 마지막 문장을 새로 써보자. 다양하게 여러 문장을 써보자.
· 좋아하는 소설 목록을 만들자. 각 제목이 책의 어떤 내용을 보여

주는지 설명해보자. 어울리는 다른 제목도 생각해보자.

10. 소설의 다른 주요인물 설명하기

초안을 쓰다 보면 불필요하거나 역할이 제대로 정해지지 않은 인물이 포함되기도 한다. 자기 이익에만 관심을 가지고, 주인공과 밀고 당기는 관계를 맺지 못하기도 한다. 알고 있겠지만, 주인공과 대립 관계를 형성하는 적대자는 주인공이 겪는 고생을 더 심하게 할 만큼 강한 인물이어야 한다. 하지만 모든 인물이 주인공과 중요한 관계에 놓여야 한다. 많은 소설에 조연급 인물이 등장해 이야기를 현실성 있고 충격적이게도 하지만, 이야기를 꾸미려고 인물을 추가할 필요는 없다. 인물이 없어도 사건을 진행하는 데 문제가 없고, 이야기의 구조를 무너뜨리지 않는다면, 그 인물이 꼭 필요한지 재검토할 필요가 있다(매장 점원이나 택시 기사, 콘서트의 음악가처럼 설정의 배경이 되는 엑스트라를 말하는 게 아니다). 이야기에 따라서 지나가는 인물이나 자주 등장하는 조연이 많은 경우도 있게 마련이다. 제2차 세계대전의 독일을 배경으로 하는 알란 퍼스트Alan Furst의 간첩 소설은 이런 조연을 참잘 활용했다. 레스토랑의 웨이터부터 군대의 장교까지 개성이 뚜렷하고 분명해서 플롯(앞으로 전개될)과 맥락(독일 나치 치하)에 모두 도움이 된다.

줄리 오츠카의『제국이 위대했을 때』는 이야기 진행에 필요한 다양한 조연이 등장하지만, 그 역할에 그다지 공을 들일 필요는 없다. 호텔청소부, 이주 캠프로 이동하는 열차에 탄 가족, 경비원이 그 예다. 하지만 캠프의 펜스에서 총을 맞아 죽은 남자처럼 조연이라도 기억에 남을 수 있다. 그 남자는 일부 죄수에게 나타나는 박탈과 절망의 끔찍한 결과를 상징한다. 이 소설에는 주요 반대자가 없다는 점이 특이하다. 가족은 의심과 두려움 때문에 정부가 만들어 놓은 체제와 갈등을 일으킨다.

『모래 언덕을 걸으며』에서 많은 분량을 차지하지는 않지만 이야기에서 감초 역할을 하는 조연을 찾아보자. 시씨Sissy는 데이비드와 같은 골목에서 장사하며 살아가는데, 이것이 기본적인 둘의 관계다. 하지만 시씨는 데이비드를 높이 평가하고 가끔 말을 건다. 그녀는 문제를 일으키는 소녀로, 인기 있는 남자와 엮여보려는 노력은 굳건하지 않은 정신 상태를 악화시키고 만다. 시씨는 일기를 썼고, 데이비드에게 보관해 달라고 부탁한다(시씨는 그녀의 부모가 일기를 보기를 원하지 않는다). 나중에 그녀가 살해당했을 때, 이 일기장은 그녀의 마음 상태를 보여주고 그녀를 쏜 남자의 주장을 뒷받침한다.

- 시씨는 어떻게 데이비드의 인물됨을 반영하고 문제를 만드는가?
- 시씨는 사랑받고 싶어 하는 외로운 소녀다. 시씨는 인기있는 남자의 사랑을 얻으려고 노력해왔다. 딱히 그럴 만한 이유도 없지만, 시씨는 데이비드를 친구라고 생각한다.
- 시씨도 데이비드와 마찬가지로 좀 더 나은 것을 원하는 가난한 어린 애였지만 데이비드만 한 능력이 없다.
- 시씨는 데이비드를 동료로 생각하지만, 데이비드에게 시씨는 그냥 동네 여자일 뿐이다.
- 시씨의 죽음은 데이비드에게 도덕적 도전으로 느껴지면서 시씨가 중요해진다. 데이비드는 시씨의 일기장도 가지고 있고 시씨가 데이비드의 친구에게 자살할 수 있도록 도와달라고 한 것도 알고 있다(그

소년은 아버지의 소총을 가져다가 시씨를 쐈다).

- 데이비드는 야망도 있고 무자비하기도 하지만, 가난을 벗어나려고 애처롭게 노력한다. 시씨는 세상이 그녀에게 준 것이 아무것도 없다는 생각에서 벗어나지 못한다.
- 데이비드는 시씨가 강간을 당했다는 것을 알고 있다. 데이비드는 그런 사실도, 그녀의 존재도 무시했다. 어떻게든 시씨와 엮이는 게 탐탁지 않았던 데이비드는 시씨의 일기장을 검사에게 제공하지 않는다. 사람들이 시씨를 가엾게 생각하고 있는데 그 스캔들에 휩싸이고 싶지 않았다. 시씨는 데이비드의 도덕적 약점을 드러낸다(일기장을 이용할 방법이 없음이 밝혀졌어도 마찬가지다).

소설 속 소녀는 데이비드의 다른 면을 드러내는 역할이다. 시씨는 데이비드가 얼마나 약았고 겁쟁이인지 스스로 깨닫게 하는 역할 외에는 미미한 존재다. 글리는 치어리더고 데이비드에게 반한 예쁜 소녀다. 하지만 데이비드는 글리가 그를 향한 마음 외에 그녀 자신의 욕망에 대해서는 생각하지 못하는 여자라고 생각한다. 패츠는 도덕적으로 가장 강한 인물이지만, 데이비드의 이웃과 계층에서 보이는 또 다른 여자일 뿐이다. 패츠는 예술가가 되고 싶어 한다. 아마 배우인 것 같다. 패츠는 활기차고 충만한 삶을 좇아 텍사스 베이진을 떠나려고 한다. 얼마나 고생할지는 안중에도 없다. 데이비드는 패츠와 얘기하는 것을 좋아하고 그녀의 꿈과 감성에 끌리지만, 그녀가 만들어 내는 메시지와 데이비드의 메시지는 차이가 크다. 그래서 데이비드는 부잣집 딸에게 더 마음을 준다. 그녀를 베이진을 벗어날 수 있는 탈출구로 여기지만 마음속 깊은 곳에서는 김빠진 여자라고 생각한다.

인물 목록을 만들어보고 주인공과 짝을 맺어 이야기의 흐름과 연관해서 인물의 역할을 생각해보자. 인물이 어떻게 주인공을 자극하고 노출하는지 찾아보자. 인물 각자가 자신만의 이야기 속에서 문제가 있는지도 생각해보자. 그 문제가 주인공의 문제와 교차하거나 대치되는가? 이런 면이 하위 플롯이다.

주요 인물 모두 주인공의 이야기에 출현하는 나름의 이유가 있어야 한다. 동시에, 그들 자신의 이야기도 있어야 한다. 교차점을 찾는 것이 갈등이나 합의점을 만드는 방법이다.

이야기의 틀이 얼마나 넓은가? 다른 인물과 역할이 중복되는 인물은 없는가? 다른 보조 인물을 추가하면 이야기에 다양성을 더하고 플롯에 새로운 글타래를 만들어낼 수 있을까? 모두 이유가 있어서 같은 나이인가? 큰 종이에, 선이나 동그라미로 인물을 그려놓고 주인공의 이름을 넣어보자. 관계도, 갈등선, 사랑의 기운을 표시해보자. 관계를 더 좁히거나 강화할 방법이 없는지 찾아보자. 한 인물이 두 역할을 할 수 없는가? 너무 비슷한 인물은 없는가?

연습하기

이번 연습은 쉽지 않다. 차근차근 해결해보자.

· 좋아하는 소설을 골라, 주요 인물을 다 적어보자. 주인공을 제외한 모든 인물을 대상으로 이 인물의 역할이 이 이야기에 중요한지 적어보자. 인물마다 어떤 이야기가 있는지 찾아보고, 주인공의 이야기와 어떻게 관계 있는지 확인해보자. 인물과 연결된 두

세 가지 사건을 찾아보자. 주인공과 무관한 사건인가? 아니면 주요 줄거리와 만나는가?

· 주인공을 제외한 인물을 한 명 골라 아래 질문에 답해보자.

1. 이야기의 초반에 인물은 어떤 상황에 처해 있나?
2. 그 상황은 인물에게 어떤 문제를 제기하는가(질문을 던지나)?
3. 인물이 처한 상황이나 질문이 주인공과 어떻게 교차하는가?
4. 인물은 대항자인가? 동료인가?
5. 인물은 플롯에서 대체 가능한가(다른 인물이 이 상황에서 그런 사건을 연출할 수 있는가)?
6. 이 인물의 특성이나 행동이 주인공과 대조되는가?

· 장마다 검토하면서 모든 인물을 나열해보자. 큰 종이에 이름을 적으면 한 번에 볼 수 있다. 서너 개의 열을 만들어 이름을 적자. 어느 이름이 반복되는지 찾아보자. 이 연습이 만만찮다면 한 장만 먼저 해본다. 그러고 나서 배경을 설정하고 갈등이 시작되는 부분을 책에서 골라서 해보자. 그래도 여전히 어렵다면, 이미 읽었고 좋아하는 단편소설로 먼저 해본다. 그러고 나서 당신의 초고를 가지고 해보자.

· 주요 인물은 크게 적자(이야기에서 사건이 발생하려면 인물이 필요하다. 인물은 이야기의 필수 요소다. 이 목록에 하위 플롯에서 중요한 인물이 들어 있어야 한다).

· 미미한 인물은 작게 이름을 적자(이 인물은 장면마다 제 역할을 하지만 짧게 등장하거나, 사건을 조금만 전개하는 역할을 한다). 도어맨, 택시 기사, 매장 점원 같은 인물은 소설의 배경에 가깝기 때문에 포함

하지 않는다. 플롯에 영향을 끼치지 않으면 굳이 목록에 포함할 필요는 없다. 하지만 미중이 적은 인물이 다 중요하지 않은 것은 아니다. 예를 들어, 『사라 데 보스의 마지막 걸작』에서 중요한 발견을 하는 사설탐정이 나오는데, 긴 장면 중에 한 번 등장한다. 또 보존 과학자(미술작품의 진위를 가린다)도 두 번 나오는데, 그녀가 발견한 내용이 플롯을 뒤틀어 버리기 때문에 중요도는 전혀 떨어지지 않는다. 반면에 처음에 몇 번 등장하고 마는 인물은 별로 언급하지 않겠다.

· 각 인물의 이름과 문구 혹은 직책을 적어보자. 그 인물이 하위 플롯의 일부(주요 이야기 줄거리가 아니라 교차하거나 이어지는)라는 생각이 확실하면, 기록해두자. 이후에 '글타래'를 다룰 때 다시 이 인물을 소환할 것이다.

· 인물이 그들 자신이 아니라 주인공을 대신(확장)하거나 대항하는 역할을 한다는 것을 잊으면 안 된다. 돋보이게 하는 인물이고, 꾸며주는 인물이며 반영하는 인물이다. 그들은 숨은 의미와 삼각관계를 만들고, 돈과 권력에 대한 욕망과 과거의 무게를 상징한다. 하위 플롯은 누가 또 무엇을 하는가에 대한 문제다. 목록을 만들어 놓으면 두고두고 쓸 수 있다.

이제 만든 목록을 살펴보자.
주인공의 목표를 와해하는 역할은 누구인가?
주인공을 보조하는 역할은 누구인가?
삼각관계가 있는가(두 사람이 한 사람에 대항하는가)?

어느 인물이 가장 자주 나오는가(모든 장에서 나오는 인물)? 흥미로운가(기억에 남는가)?

솔직히 등장할 필요가 전혀 없는 인물이 있는가? 이야기를 불필요한 줄거리로 넘치게 하지 말자.

· 소설에서 가장 극적인 장면 중 하나를 골라보자. 누가(주인공은 제외) 그 장면에서 가장 중요한가? 이 인물은 소설 곳곳에 등장하나? 한 번밖에 나오지 않는 인물이라면, 중요한 인물인가? 그 역할을 다른 사람이 대신 수행할 수는 없는가? 다른 극적 사건으로 같은 연습을 반복해보자.

당신이 지금 할 일은 모든 등장인물을 무대에 올려 극 전체를 마음속으로 그려보는 것이다. 다시 돌아와서 보면, 인물 간의 연결고리와 서로 어떻게 부딪치는지를 찾고 있다는 것을 알 것이다. 인물 한 명 한 명을 흥미로운 창조라고 생각하자. 어느 특정 인물이 더 눈에 띄거나, 무섭거나, 매력적이거나, 수상할 수 없는가? 두 인물의 외모나 행동이 너무 닮지는 않았는가? 거꾸로 보면, 특히 '과장된' 인물이 있는가? 반대로 다른 인물이나 소설의 색깔에 맞지 않게 너무 대충 그린 인물이 있지는 않은가?

분석하기

분석하기: 어떻게 이야기를 전달할까?

1. 소설의 시점이 어떻게 활용되는지 설명하기
2. 소설의 구조 설명하기
3. (모으면 이야기의 요약이 되는) 장별 태그라인 쓰기
4. 첫 장 분석하기
5. 연속되지 않은 여섯 장면을 골라 이 장면들이 어떻게 연결되는지 설명하기
6. 비하인드 스토리를 나타내는 장면에 표시하기: 관계, 효율, 자극, 전환인지 분석하기
7. 요약하고 설명하는 구문에 표시하고 평가하기
8. 내면 묘사 찾아서 분석하기
9. 핵심 장면 두 개를 골라 장면 템플릿 이용해 평가하기

본인이 쓴 글을 평가하면서 항상 기록하자. 제본했다면 특정 장면이나 꼭지를 평가하면서 빈칸에 메모하자. 별도로 공책을 만들어서 특이사항을 기록하고 어떻게 수정할지 적을 수도 있다. 원고를 사진으로 찍어 보관하면 작업하면서 어떤 변경이 필요한지 결정하는 데 참고가 된다. 원고를 대충 훑으면서 모든 것을 머릿속에 담기는 불가능하다.

1. 소설의 시점이 어떻게 활용되는지 설명하기

소설을 쓰기 시작했을 때는 시점까지는 고려하지 않았을 것이다. 그

러니까 소설을 시작하면서 이야기가 당신에게 다가온 그대로 썼다는 뜻이다. 머릿속에서 이야기가 생각난 그대로일 것이다. 그대로도 좋지만, 가장 효율적인 접근인지는 다시 한 번 생각해볼 필요가 있다.

어떤 사람들은 시점은 간단히 '—인칭'이라고만 생각한다. '나'나 '우리'라면 1인칭, '너'나 '당신'은 2인칭, '그'나 '그녀'는 3인칭이다. 어떤 시점을 쓸지 결정하는 일은 그렇게 단순하지 않음을 알고 있을 것이다. 거리, 친밀감, 목소리, 권위 등 고려할 요소가 많기 때문이다. 주제에 대한 논지는 있겠지만 어떤 시점으로 서술할지는 우선 마음이 이끄는 대로 따르고 이후에 재고해야 한다.

가장 간단하게 생각해볼 방법은 다음과 같다. 화자가 이야기를 들려주는 것이다. 이야기는 사건에 관한 것이고, 인물은 그 사건의 일부다. 특정 인물이 사건에 영향을 받고 사건에 적극적으로 개입한다. 구경꾼이 이야기하는 편이 아주 효율적이라고 하더라도 우리는 그 주인공이 어떤 생각을 하고 어떻게 느끼는지 관심을 가진다. 당신은 이야기에서 어느 위치에 '서 있을지' 선택해야 한다. 화자는 관찰자인가? 아니면 깊숙이 개입한 상태인가?

시점의 다음 요소를 고려하는 게 도움이 될 것이다.

· 누구의 의식(생각)을 들을 수 있는가?
· 이야기에 얼마나 가까운가(시간이나 친밀도)?
· 의견을 말하는가?

첫 번째 질문은 주인공이나 제3자의 이름을 말하는지 여부로 쉽게 답할 수 있다. 가장 흔한 방법이고 잘못된 선택은 아니다. 하지만 다른 선택지도 있다. 내 학생이 쓴 아주 재미난 소설에는 가끔 집안에 누가 있는지 집이 말한다. 개의 시선에서 이야기를 진행하는 소설도 있다. 전지적 작가시점(모든 것을 보고 알고 있다)에서는 의식이 곧 화자이고 이야기에 손이 닿지 않는 부분이 없을 정도다. 플로베르는『보바리 부인』에서 이 시선을 활용했지만, 목소리(이야기의 어조)를 바꿔 엠마 보바리가 무슨 생각을 하는지, 그녀의 감각이나 태도를 드러내도록 다른 용어를 선택하기도 했다(이것은 혁신이었다. 지금 돌아보면 작가가 '자유 간접화법'을 구사하지 않았다고 생각하기는 힘들다).

거리에 관한 두 번째 질문은 실제 목소리와 관련이 많다. 화자가 멀지 않은 과거나 먼 과거의 일을 회상하는가? 이야기를 진행하는 중에 기억을 불러일으킬 만한 '사건'이 있는가(죽음, 누군가 다시 나타나는 일, 거짓의 발견 등)? 이야기가 서술되면서 드러나는가? 아니면 이미 진실을 알고 있는 누군가에 의해서 드러나는가? 닉 캐러웨이는 개츠비의 이야기를 모두 알고 나서 이야기를 한다. 닉은 자신이 작가라고 생각해 일어나는 일에서 의미를 찾으려고 한다. 닉은 사건에 근접해 있고(관찰자라고 할 만큼 가까이), 이야기에서는 한 걸음 물러서서 단지 비춰줄 뿐이다.

거꾸로『한밤중에 개에게 일어난 의문의 사건』의 화자인 소년은 개의 죽음을 조사하면서 하는 행동을 직접적으로 멋지게 묘사함은 물론 독자에게 어째서 그런 행동을 하는지 기존의 시점과는 다르게 멀찍이 떨어져서 설명한다.

내가 가르치는 작가 지망생 대부분은 근접 3인칭 시점(간접 자유화법)을 활용하려고 한다. 근접 3인칭 시점은 인물의 머릿속으로 들어가서 인물이 보고 느끼고 행동하는 모든 것을 같이 경험하는 것이다. 미국 단편 소설은 오랫동안 이 시점이 대부분이었는데, 최근에 좀 다양해졌다.

근접 3인칭 시점의 가장 큰 단점은 한 사람의 시각에 발목 잡힐 수 있다는 것이다. 작자가 밝히고 싶은 점이 있더라도 인물이 무슨 일이 일어나는지 관찰하고 있진 않은 이상 알 수 없다. 선택한 시점이 이야기를 이끌어 가는데 제한 사항이 된다면, 선택을 재고할 필요가 있다. 인물의 시점으로 계속 이야기를 진행하고 싶다고 하더라도 텍스트까지 굳이 인물의 목소리처럼 만들 필요가 없다는 것을 학생들에게 강조한다. 주인공의 목소리로 얘기하려면 1인칭 시점이 적합하다.

소설에 여러 주인공이 있는 경우 돌아가며 시점이 바뀐다. 주인공 한 사람의 시선만으로는 서술이 어렵기 때문이다. 보통 이런 경우에 근접 3인칭 시점이 관계된 사건과 사람에 따라 바뀌게 되고, 대단히 창의적인 작가라면 이야기의 다양한 요소를 고려해 세대와 인구를 걸쳐 반대되는 시각을 제공하기도 한다.

작가들이 소설 중간에 시점을 변경하는 것에 대담해졌음을 최근에 느꼈다. 같은 장에서, 심지어 같은 장면 묘사에서 여러 주인공이 지금 일어나는 일을 서술한다. 최근에 읽은 소설 중에서 이런 시도에 성공한 소설로는 엠마 스트라웁Emma Straub의『피서객Vacationers』, 낸시 클라크의『힐의 집에서』, 메그 미첼 무어의『도착』등이 있는데, 이것 외에도 충분히 더 있으리라 생각한다. 사람이 생각하고 느끼는 것이 무엇인지 아는 화자가 관찰한 대상이 결국 이야기임을 깨닫기 시작한 결과라고 생각한다. 화자가 어디에 서 있고 어떤 것을 들출지 결정하는 것에 관한 문제다.

근접 3인칭 시점을 적용해 인물의 의식 속에 대부분 있도록 할 수 있지만, 나는 이것을 사건을 관찰하는 만큼 인물의 생각도 관찰하는 소설(서술)의 목소리라고 생각한다. 주인공과 바짝 붙어 있지만(다른 인물의 생각으로 들어가지 않고, 주인공이 자리에 없을 때 무슨 일이 일어나는지 얘기하지 않는다), '머릿속에 들어 있는' 그 정도가 훨씬 덜하다. 주인공이 알 만한 정보를 독자에게 제공하지만 그렇다고 그 순간에 그것을 꼭 생각할 필요는 없다. 주인공의 행동이나 느낌에 의견을 다는 것도 가능하다. 많은 과거사를 서술 속에 포함한다면, 계속해서 "주인공이 기억하길……"이라고 반복할 수밖에 없다('기억한다는 것'은 주인공이 심사숙고하거나, 후회하거나, 분석하는 것을 말한다. 단지 정보를 제공하려는 수단이라면 효율적이지 못하다).

작가 지망생이라면 객관적인 시점으로 글을 쓰는 연습을 할 필요가 분명히 있다. 대화와 묘사를 활용해서 이야기를 전달하고, 내부묘사를 하지 않는 것이다. 눈에 보이고 귀에 들리는 것만 이야기한다. 코맥 맥카시, 엘모어 레오나드Elmore Leonard, 어니스트 헤밍웨이가 그랬고 다른 작가도 그랬다. 이렇게 글을 쓰면 사건이 강하고 분명해져서 독자가 주인공의 생각 없이도 해석하기 쉽고 주인공이 모든 것에 의견을 더하는 엉성한 습관을 고칠 수 있다. 그렇다고 평생 이렇게 글을 써야 한다는 뜻은 아니다.

주인공의 관점과 가까운 곳의 시선을 유지하고 싶다면 3인칭으로 할지 1인칭으로 할지 결정해야 한다. 두 시점 모두 주인공이 알고 있는 것만 글로 쓸 수 있다는 제한사항이 있다. 1인칭 시점에서 독자는 주인공의 의견을 좀 더 자연스럽게 받아들이지만 생각하는 것을 일일이 묘사하기에 쉽게 집중되지 않기도 하고 짜증도 난다. 1인칭 시점은 어떤 이유에서 화자가 이 이야기를 해야 하는지 의문을 가져야 한다. 독자로서 우리는 사건에 참여하거나 들어야 하는가(결과 등)?

작가는 오래전 목격했거나 들은 이야기를 말할 목적으로 1인칭 시점을 선택한다. 내가 보기에 이 방법이 1인칭 시점을 활용하는 가장 자연스러운 방법이다. 아마도 내가 현대적인 '지금 여기에 일어나는 일'이 아니라 고통스러운 스토리텔링이라고 여기기 때문일 것이다. 조셉 코나드Josheph Conard의 『짐 주인님Lord Jim』에서 주인공 말로우Markow는 짐Jim이라는 남자의 이야기를 전하느라 진땀을 뺀다.

과거를 뒤돌아보는 이야기에는 오래전 일의 의미를 끝내 찾아냈다는 후회, 수치, 기쁨의 목소리를 넣을 수 있다. 웬델 베리Wendell Berry의 소설 『한나 클라우터Hannah Clouter』에서는 한 여성이 켄터키 농촌사회의 삶을 보편적이면서 시적인 억양으로 회고한다. 이것이 웬델 베리의 스토리텔링이 보여주는 특징이다.

매릴린 로빈슨Marilynne Robinson은 『길리드Gilead』에서 1인칭 시점을 흥미롭게 활용한다. 나이 든 존 아메스가 열일곱 살 아들에게 편지를 쓰는 방식으로 그의 가족, 친구, 신념에 찬 자신의 여정에 대한 오랜 역사를 드러낸다. 작가는 감정만큼 풍부한 아이디어에서 우러난 독특한 방법으로 긴장감을 일으킨다. 이 책은 죄책감과 믿음 탓에 괴로워하는 남자의 이야기다. 그래서 주인공 존 아메스는 자신의 후회, 기쁨, 두려움을 설명해도 편지라는 장치가 있기에 자연스럽다.

1인칭과 3인칭 관찰자 시점은 긴장과 연관해서 생각해야 한다. 어떤 작가는 현재의 즉흥적인 긴장감을 일으키려고 현재형을 쓴다. '일이 일어난다'고 말하지, '일이 일어났다'고 말하지 않는다. 이 전략은 관리하기가 어렵고, 제대로 사용하지 않으면 제한적이고 답답해 보인다. 또 지금 말하는 이야기에는 의미가 담겨 있다는 통념이 있기에 긴장감을 준다. 하지만 자연스럽게 느껴진다면, 써 보고 도움이 되는지 스스로 판단해 볼 수 있다.

작가 지망생은 1인칭 시점에서는 역사, 사건, 인물, 기분에 대해 직접적으로 의견을 달고, 3인칭 시점에서는 의견을 적지 않으려고 한다. 요즘 더 이상 전지적 작가시점(모든 것을 알고, 모든 것을 보고, 그래서 모든 이야기를 할 수 있는)으로 쓴 글을 많이 볼 수 없지만 근접 3인칭 시점에서 조금만 떨어져 본다면 꼭 그 시점에 맞지 않는 내용도 말할 수 있는 방법을 찾을 것이다.

주인공의 행동에 미미하게 의견을 달면서 큰 효과를 보여주는 시점을 공부하고 싶다면 앨리스 먼로를 모델로 삼는 게 최선이다. 그녀의 작품을 읽어보고 작가가 '주인공이 어떠한지, 주인공이 세상을 어떻게 보는지, 주인공의 행동이 어떤 면을 보여주는지'에 대해 적은 부분을 표시해 보자. 먼로는 인물의 내면과 외면을 동시에 표현하려고 애쓴 작가다.

이야기의 '목소리'나 서술의 '목소리'라고 언급한 부분을 기억하자. '화자'는 단순히 이야기를 전달하는 사람이 아니라, 이야기 그 자체다. 천국이나 역사, 운명이 이야기해준다고 하는 것처럼 말이다.

당신이 지금 이루고자 하는 바는 그 목소리에 딱 맞추는 것일뿐, 당신이 그 사람(화자)도 아니고(당신은 작가다), 화자는 등장 인물도 아니다. 화자는 이야기를 전달하는 그 자체다. 그것은 마법과 같다.

예제

가능성은 아찔하고, 소설가로서는 처음일지 모른다. 먹히는 이야기가 굳이 예쁠 필요는 없음을 잊지 말자. 서술이 명확하고, 참여적이고, 편안한 것이 더 중요하다. 소설가가 이야기를 전달하는 데 신선한 방법을 쓴다면 소설가가 이야기를 그렇게 듣기 때문이다. 복잡함도 이야기의 일부다.

직관적인 3인칭 시점이 당신이 생각하는 것보다 더 유연하고 풍부할 수 있음을 보여주는 몇 가지 예를 살펴보자. 독자는 책을 읽다가 '소설가가 얼마나 똑똑한지' 생각하지 않는다. 이야기를 즐겁게 읽어 나갈 뿐이다. 나는 도나 레온의 최근작『영원한 청춘의 샘The Waters of Eternal Youth』를 최근에 읽었다. 이 소설은 모델로 삼아서 공부하기 좋을 만한 글구조를 갖췄다. 그녀는 커미싸리오 귀도 브루네티Commissario Guido Brunetti의 시점에서 이야기를 풀어나가는데, 그는 지적이고, 열정적이고, 호기심 많고, 능력 있는 형사이자 화목한 가정을 가졌고 자신의 도시를 사랑하지만 사회적·육체적으로 흠결도 가지고 있는 주인공이다. 이 작가의 글은 복잡하거나 화려하지 않지만, 수준이 높다. 그녀의 작품을 직접 확인할 수 있다. 그녀가 시점을 묘사한 부분을 보자.

작가는 형사 일을 하며 살고 있는 주인공을 따라가면서 새로운 정보와 사건을 가져오고, 역사와 배경으로 가득 찬 이야기 속으로 우리를 끌어들인다. 주인공이 무슨 일이 벌어지는지 의견을 가끔씩 덧붙이고, 그 일을 형사로서 소화하기도 하고, 때로는 통찰력 있고 동정심 넘치게 자신을 표현해 많은 독자가 즐길 수 있도록 철학적인 반응을 보이기도 한다. 작가는 부르네티가 생각하는 것을 관찰만 하기도 한다. 나는 부르네티가 살인사건의 피해자를 알고 있는 수감자와 이야기하는 예제부터 시작하려고 한다.

"그가 일했어?" 부르네티가 물었다. 그는 몸에 익은 용감한 행동으로서뿐 아니라 직업적인 책임감으로 카바니스Cavanis의 죽음에 다른 가능한 동기가 없는지 확인했다.

같은 쪽에서 작가는 잠깐이지만 브루네티와 파트너 비아넬로의 관계에 관해 이야기한다. 작가는 그들의 상호작용만 묘사하지 주인공의 '머릿속에' 들어가 있지 않다:

비나렐로와 브루네티는 서로 간단히 아는 척했다. 서로가 말을 시작하기를 기다리며 아무 말도 하지 않았다.

근접 3인칭 시점을 유지하려고 애쓰고 있는 작가 지망생이라면 다음과 같이 썼을 것이다.

브루네티가 비나렐로와 서로 아는 척을 했다. 비나렐로는 아무 말도 하진 않았고, 브루네티도 마찬가지였다. 브루넬로가 말하기를 기다리는 중이었다.

얽매일 필요는 없다.

내부적인 의견도 있다. 예를 들어,

브루네티는 자신에게 말했다. 소리 내서 얘기한 것은 아니다. 마누엘라Manuela만 뇌가 손상된 것이 아닐 수도 있다는 것이다.

나는 형사의 사색을 특히나 좋아하는데, 그는 고전 소설을 읽기 좋아한다. 그의 만만찮은 아내 폴라Pola는 영미문학과 교수다. 예를 들자면:

브루네티는 이단은 지적 고집스러움의 형태고, 잘못된 생각을 버리기 거부한 것이라는 단테의 신념을 떠올렸다. 단테의 경우에 이 길은 저주로 이어졌다. 지적 고집이 그를 실수의 어두운 숲으로 이끌 것이라고 생각했다.

나는 관찰자 시점이라고 하더라도 서술에 역사나 의견을 덧붙이는 데 전혀 문제가 없다고 분명히 하고 싶다. 굳이 "그녀가 생각하길", "그는 알았다" 같은 문구도 붙일 필요도 없다. 내 소설『기대 이상Beyond Deserving』에서 예를 가져왔다. 쌍둥이 아들을 가진 부모의 다섯 번째 결혼기념일에 대한 이야기며, 아내를 중심으로 한 3인칭 시점이다. 예는 우슬라의 관점을 발췌했다. 그녀의 딸 줄리엣은 이중 현악을 듣고 춤을 춘다.

줄리엣은 춤을 추기 시작했다. 처음에는 작은 공간만 차지했다. 움직이기 시작하면서 거의 음악가처럼 훨훨 날아다녔다. 그녀의

팔은 피어나는 꽃처럼 밖으로 펼쳐졌다. 머리는 들고, 그녀의 얼굴은 달콤하고 창백해서 슬프고, 갈망하는 것 같다. 부드럽게 한 번 돌아서고 또 돌아섰다. 음악에서 멀어져 무대 가운데로 들어섰다. 팔은 바람을 일으키고, 그들의 싸움으로부터 멀어져 건물을 넘어 천국으로 밀어냈다.

50년 동안 피셔Fisher는 잘못된 것만 얘기하거나 아예 얘기하지 않아 왔다. 수수께끼와 작은 속임수를 말할 때는 이야기하는 척만 했다. 하지만 여기에 피셔가 있다. 날랜 움직임으로 하루의 악행으로부터 그들을 구한…….

이 모든 것을 우슬라가 관찰했지만 서술에 담겨 화자에 의해 전달되었지 우슬라의 목소리로 전달된 것은 아니다. 우리는 '그녀가 생각한' 것에 방해받거나 문법에 방해받지 않았다. 우슬라는 그저 현재에 위치한 채 화자가 이야기하는 것을 지켜보고 있다.

인기 있는 여성 작가의 소설을 좋아하고(엘리자베스 버그Elizabeth Berg, 조나 트롤럽Joanna Trollope, 사라 그루엔Sara Gruen, 크리스틴 한나Kristin Hannah 등) 당신도 그런 소설을 쓰고 싶다면, 친밀함과 긴장감을 동시에 유지하는 시점을 어떻게 구성하는지 공부할 필요가 있다. 구문을 찾아서 모델로 활용하자. 자신의 문체대로 문장을 적고 '이 문장은 어떤 구조인가?'를 생각해보자. 성공한 작가라면 구닥다리 낡은 노를 젓지 않는다는 것을 잊지 말자. 그들은 신선하고, 상상력을 자극하고, 지적인 소설을 쓴다.

관찰자 시점의 친밀함을 전문가적으로 활용해서 성공한 경력을 쌓은 작가로 조디 피콜트가 있다. 이 작가는 문화의 쟁점을 탐구하고, 그 쟁점을 개인적으로 받아들이고 영향을 미친다. 『스토리텔러』

에서 작가는 어린 여성과 제2차 세계대전에서 아우슈비츠 감옥에서 일한 적인 있는 생존자, 나이 든 남자의 흔치 않은 우정을 다룬다. 작가의 글은 화자의 관찰과 의견이 가득차 있고, 충분한 묘사, 사건, 대화가 담겨 있다. 어떤 장은 현재의 일상을 다루느라 바쁘다. 다른 장은 과거에 대한 풍부한 서술이다. 우리는 우리가 어디 있고 그곳이 어디인지 잘 알고 있다. 우리는 화자가 어떻게 느끼는지 잘 알지만, 그것은 그녀 자신의 과거사, 나이 든 남자의 과거사, 전쟁에 대한 이야기, 가족, 용기, 극악무도함과 같은 맥락에서 드러난다. 그녀가 시점을 바꿔 화자가 전쟁의 경험을 얘기할 때면, 작가는 대화도 없이 문장의 색깔과 리듬을 완전히 바꾼다. 목소리의 대조는 계획적이고 효과적이다. 그녀의 책을 계속 읽으며 이야기에 따라 왜 시점을 바꿔 가면서 이야기를 전달하는지 찾아보자. 주제와 독자에게 끼치는 영향을 고려해 선택했다고 가정하자.

내가 여러 여성소설을 언급한 이유는 '장르' 자체가 내면 묘사가 특징이고 관찰자 시점으로 보통 서술한다는 것을 알고 있기 때문이다. 남자가 선호하는 인기 소설에는 이런 면을 찾아보기 힘들다. 플롯이 중요하지, 감정은 뒷전이기 때문이다. 하지만 문제투성이 탐정 해리 보쉬 Harry Bosch(베스트셀러 작가 마이클 코넬리의 소설)라면 능숙하게 플롯과 인물 중심의 이야기로 균형을 잡는다. 그는 양심에 항상 짐을 지고 있다고 생각한다. 필립 커 Philip Kerr도 솜씨 좋게 내면을 반영해 모사함으로써 삶이 계속 위협에 휩싸이지만 지성과 감성을 드러내는 주인공을 창조했다. 세계 2차 대전 당시 유럽을 배경으로 글을 쓰는 소설가 알랜 퍼스트와 흡사하다. 두 사람 모두 대단한 역사 소설 작가다.

그렇다면 시점을 선택하는 기준은 무엇인가? 이렇게 설명할 수 있다. 당신에게 자연스럽게 느껴지는 이야기 방법을 찾고, 사건과 회상이 균형 잡혀서 이야기가 진행되고, 주인공의 운명에 독자가 잘 빠져들도록 할 수 있어야 한다. 글의 관점을 다양하게 하고 싶다면(시점의 변경), 의도적으로 할 수 있어야 한다. 글을 쓰다가 자신도 모르게 시점이 바뀔 수도 있다. 괜찮다. 글을 한참 쓰고나서 멈춰서 읽어보고 시점을 바꿔야 하는지 생각해보자. 시점을 변경하면서 어떤 경향이 드러나는가? 시점을 변경해서 득이 되는 점이 무엇인가? 맞다고 생각되는 것을 시도해보자. 느낌에 따라 해보고 편견 없이 시도해보자. 글을 고쳤을 때 전체적으로 어떤지 생각해보자. 독자가 시점 변화를 불쑥 느끼게 하지 말고, 어떤 시점으로 이야기가 진행되는지 '알려주는 것'은 중요하다.

자신의 글을 소리 내 읽는 것은 도움이 된다. 듣기에 어색한 글은 티가 난다. 글을 읽는데 막히는 부분이 없이 매끄러우면 글을 쓰면서도 괜찮았을 것이다. 텍스트를 검토하면서 자신에게 물어야 할 사항은 '독자가 헷갈릴 만한 부분이 있는가?'다.

다른 많은 작가가 어떻게 글을 썼는지 읽고 공부해 보자. 얼마나 다양한 접근법이 있는지 알면 놀랄 것이다. 그만큼 자유롭게 글쓰기를 할 수 있다.

독자가 헷갈리지 않도록 시점을 초기에 정했는가? 그 시점이 변경되었다 하더라도 괜찮다.

시점이 이야기의 관점을 전달하는 데 도움이 되는가?

시점이 불편하지 않은가(목소리가 제한돼 있으면 시점을 계속 유지할 수 없다).

목소리 톤이 마음에 드는가(소리 내 읽어보자!)?

흔하지 않은 구조

내 소설『생각보다 가까운 동지 More than Allies 』에서 활용한 시점을 간단히 설명하겠다. 단편이고 글의 얼개가 복잡하지 않기 때문에 이 시점을 선택했고, 도전적인 설계였다. 작은 오레곤 도시에서 두 젊은 엄마의 시선을 번갈아 가면서 이야기를 풀어 나갔다. 두 엄마의 아들이 문제에 휩싸이면서 둘은 동지가 되었다. 그들의 삶을 각각 보여주었고, 이야기의 끝에 다다를수록 둘은 가까워진다. 그들의 삶이 어떻게 이루어졌는지 보여주는 것만으로 그들의 목소리를 들려줄 수 있다고 생각했다. 둘 다 가난하지만, 성실히 일했다. 둘 다 어머니가 없었고, 아이를 어떻게 키워야 하는지 고민이 많았다. 둘 다 남편과 헤어졌고, 두 남편은 마음을 고쳐먹고 가족을 다시 합치려고 했다. 두 사람 모두 깊은 내면의 삶이 있었다. 과거와 기분을 다른 사람이 관찰하는 것만으로는 알아낼 수 없었다. 멕시코 가정부. 입양아였던 시간제 교사. 두 명의 엄마.

또한 나는 장면을 강조하는 가장 중요한 전략을 과거사나 사색으로 방해하고 싶지 않았다. 초고(두 여자가 조연으로 나오는 '최종' 원고에서 또 고쳐 쓴)를 쓰고 난 후, 나는 포위당한 기분이었다. 느끼는 대로 써보고 어떻게 되는지 보자고 생각했다. 나는 처음 고른 시점으로 쭉 글을 써야 한다는 모든 충고를 무시했다. 그러고 나서야 내가 생각한 시점이 사실 구조적으로 서로 섞일 수 있다는 것을 깨달았다.

책의 구조와 관련해 몇 가지 깨달은 사실을 적어 보았다.

1. 머리말과 맺음말 같은 것이 있지만, 사실은 같은 사건이다. 엄마들과 아들들이 오레곤에서 텍사스까지 남편/아빠과 재회하기 위해 여행을 떠난다. 첫 문단은 오레곤을 떠나는 장면이고, 다음 문단은 텍사스에 도착했을 때 장면이다. 1992년 6월에 일어난 사건이다. 그 문단은 매기가 얘기하고, 두클리에 대해 어떤 감정을 느끼는지에 관한 것이다. 그들은 서로를 다시 보지 않을지 모른다. 하지만 그들의 우정은 매기의 헌신으로 빛을 발한다. 그래서 1인칭 시점의 의견이 달렸다.

2. 매기와 두클리를 교차하며 3인칭 시점으로 이야기가 진행된다. 구조가 딱딱하지 않다. 이것은 진행되는 '현재' 이야기다. 장면 묘사를 강조한다.

3. 짧은 텍스트가 군데군데 간지 처럼 등장한다. 매기와 모가 결혼하기 전에 만났을 때 같은 짧은 글이다. 다음은 매기가 열네 살 때 자신이 살았던 마을에 방문해서 거기서 엄마가 죽은 때의 이야기다.

4. 매기는 두클리가 똑똑하다고 생각한다. 두클리는 매기에게 그녀의 꿈을 얘기한다. 매기가 두클리가 얘기한 것을 생각하는 문단이 나온다. 두클리에 대한 문단도 있고, 그녀의 꿈이 1인칭 시점으로 나온다. 이 문단은 이탤릭체이며, '간지' 중 하나다.

5. 매기 어머니의 죽음을 회상한다. 또 다른 간지다.

6. 이혼한 남편으로부터 편지가 온다(이탤릭체로 된 간지).

내 작은 혁신은 이야기와 잘 맞아 떨어졌다. 나는 이 예제를 모델로 제시하는 게 아니라 시점에 대한 두려움을 내려놓으면, 이야기에 더 잘 맞는 방법을 찾을 수도 있다는 것을 얘기하고 싶었다. 주인공의 시점이 어떻게 소설의 구조와 묶여 있는지도 알 수 있다. 작가가 시점을 활용하는 방법에는 수많은 창조와 전략의 세계가 있다. 하지만 일반적인 방법은 직접적이고 복잡하지 않게 말하는 것이다.

소설을 쓰는 유일하고 진정한 규칙은 독자가 계속해서 책을 읽어 나가도록 하는 것이다.

연습하기

· 당신이 쓰고 있는 소설과 시점이 같은 소설을 골라보자. 첫 장을 보고 어떻게 그 시점이 만들어졌는지, 어떻게 작동하는지 공부하자. 다른 시점으로 이야기를 풀어갈 수 없었는지 생각해보자(현시점으로 풀어낼 수 없는 것이 있는가? 어떤 것을 잃었을까?).
소설을 더 공부할수록 글을 쓸 때 더 편한 선택을 할 수 있다.

· 시점을 아래에 맞춰 설명해 보자.
  - 누구의 의식 속에 들어 있는가?
  - 인물의 생각이 '인물이 직접 생각하는 것'인가? 아니면 화자가 관찰하며 풀어가는가?
  - 이야기에 얼마나 가깝게 다가가는가? 아주 오래전에 일어난 일인가? 아니면 우리가 '읽는 중'에 일어나는 일인가? 돌아보

거나 내려다보는 기분이 드는가?
- 인물의 생각 외에 사건에 대한 의견도 나오는가?

2. 소설의 구조 설명하기

플롯은 이야기의 사건을 논리적으로 배치해 이야기의 형태를 잡는 것이다. 사건의 주요 흐름(플롯)과 보조 흐름(하위 플롯)이 보통 있다.

플롯과 하위 플롯이 어떻게 다른지 살펴보자. 플롯은 우리가 가장 관심을 가지는 사건의 주요 흐름이고, 답이 반드시 있는 질문이다. 플롯은 주인공에 대한 것이다. 플롯밖에 없다면, 소설의 두께가 얇을 수밖에 없다. 하위 플롯을 통해 플롯을 보완하고 복잡하게 만들어야 이야기를 더 풍부하고 흥미롭게 할 수 있다.

하위 플롯은 그것 자체로 하나의 플롯이다. 하위 플롯마다 질문이 하나씩 있고, 사건이 이어져 그 질문에 답할 수 있도록 이어진다. 주인공을 중심으로 한 하위 플롯도 만들 수 있지만(다른 사건이 진행인 상태에서), 보통 다른 인물을 중심으로 이야기가 진행된다. 하위 플롯은 주요 플롯만큼 중요하지는 않다. 많은 쪽을 차지하지도 않고, 복잡하게 이야기가 꼬여 있지도 않지만, 이야기에 없어서는 안 될 요소이다. 사실 하위 플롯은 주요 플롯을 복잡하게 하고, 더 풍부하게 하고, 교차하고, 주요 이야기의 일부가 해소될 수 있도록 이야기를 푼다. 하위 플롯은 주요 플롯보다 보통 늦게 시작하고, 일찍 끝마칠 수 있지만, 거의 같이 끝을 맺는다. 여러 개의 결론이 서로 연관될수록 더 좋다.

어떤 하위 플롯은 주요 플롯과는 무관한 사람과 질문에 관계된다.

하위 플롯 없이는 소설을 폭주하는 기관차처럼 주체할 수 없다. 하위 플롯이 있어 주인공의 삶이 더 '현실성' 있어 보인다. 하위 플롯으로 부차적인 정보와 사건, 관계가 더해진다. 그렇다고 지워도 주요 플롯에 전혀 영향을 미치지 않을 만큼 예쁘게 모아둘 필요는 없다. 플롯과 하위 플롯은 주인공이 두 곳 모두에 속해 있을 때만 여러 곳에서 교차해도 된다. 텔레비전에서 인물과 사건을 교차하면서 보여주는 것을 생각하면 하위 플롯의 의미를 좀 더 쉽게 이해할 수 있을 것이다. 톰 셀렉Tom Selleck이 뉴욕시의 경찰청장 프랭크 레이간으로 출연한 <블루 블러드Blue Blood>를 보자. 그에게 언제나 다루어야 할 윤리적인 문제가 있다(하위 플롯). 두 아들은 경찰이고, 딸은 검사다. 각자 나름의 이야기가 있고 누군가는 각 에피소드의 가장 중요한 질문인 '어떻게 범인을 잡을 것인가?(플롯)'을 해결할 때, 나머지 둘은 주요 이야기와 연결되거나, 독립적이지만 덜 복잡한 질문을 해결해야 한다(하위 플롯). 프로그램이 끝날 때면 모든 식구가 모여 저녁을 먹으며 앞서 일어난 모든 일을 의논한다. 이 모든 것이 간단하게 들릴 것이고 실제로도 그렇다. 정해진 공식이기 때문이다. 소설에서 당신만의 공식을 만들고 싶다면, 시간을 들여 좀 더 깊숙이 공명할 수 있도록 만들고, 문제가 해결되기까지 더 오래 걸리도록 만들 수 있다. 하지만 플롯 (가)가 진행되는 동안에 (나), (다), (라)가 서로 교차하거나 평행인 것은 대중 소설에서 흔하다. 좋은 소설은 당연히 플롯을 너무 쉽게 노출하지 않는다. 하지만 당신의 플롯에 문제가 있다면, 그 요소를 줄일 수 있는 만큼 줄여서 간단한 구조로 재구성해보자. 나는 짧은 워크숍에서 이렇게 이야기를 만들어 보고 장난치듯이 서로 바꿔

보라고 한다.

하위 플롯을 관리하는 가장 좋은 방법은 각각 거쳐야 할 단계의 목록(이야기의 줄거리에 해당하는 장면 목록)을 만드는 것이다. 언제 하위 플롯이 시작하고 끝나는가? 어떻게 주요 플롯의 줄기와 교차하거나, 뒤에 숨고, 돋보이게 하는가? 주요 플롯에도 적용한 방법을 하위 플롯에도 그대로 적용할 수 있는가? 무엇에 관한 내용인지 알아보자. (당연히 주요 이야기와 관련이 있는) 사건이 일어나고, 긴장감이 돌고 해소되는 순서를 만들어보자.

나는 여러 개의 주요 플롯이 있는 소설을 어떻게 쓰는지 설명하지 않으려 한다. 단지 그렇게 관리하기가 쉽지 않다는 것만 얘기하고자 한다. 시점이나 플롯을 교차하는 글을 다루는 것은 흥미롭기보다 골치 아픈 일이다. 연결이 제멋대로이기도 하다. 하지만 이런 다중플롯의 소설은 인기가 있다. 다른 시대를 배경으로 하거나, 완전히 다른 설정의 인물을 다룬다면, 평행 구조가 필요한 아주 좋은 소재라고 할 수 있다. 당신이 쓰려고 하는 구조의 소설을 연구해보자. 어떻게 여러 사건과 인물이 연결되고, 교차하는지 설명해보자. 전환은 어떻게 하고, 무엇보다 플롯을 밀집시키는 테마가 있는지 살펴보자. 당신은 이야기 조각과 전체 이야기 관점에서 내가 제기하는 문제를 생각해 보아야 한다. 아주 탁월한 작가라면 이 다중플롯 모델을 아주 성공적으로 활용한다. 어째서 그들의 소설이 잘 작동할 수 있는지 찾아보자. 글을 쓰면서 독자가 플롯 (나)를 읽다가 지겨워서 건너뛰고 플롯 (가)에서 무슨 일이 일어나는지 궁금해하게 하는 경우는 결코 피해야 한다.

이제 당신이 어떻게 플롯을 구성하고 그것을 발전시킬지 설명할 차례다. 머릿속에 당신을 이끌어줄 이야기가 들어 있고 종이 위에 어떻게 담을지 알고 있다고 생각하자.

-이야기 구성하기

이야기를 구성하는 가장 흔한 방법은 시간 순서에 따르는 것이다. 이야기를 시작하고 끝을 볼 때까지 계속하는 것이다. 작가 지망생 대부분이 선택하는 방법이라고 감히 말할 수 있다. 기본적으로 우리는 처음부터 끝까지 순서대로 이야기가 진행되기를 원한다. 이렇게 구성했을 때의 문제는 이야기가 느슨해질 수 있다는 것이다. 시간 순서를 어떻게 배치할지 방법을 찾아보자. 독자가 헤매지 않도록 방향을 알려줘야 한다.

이야기를 보는 다른 방법도 있다. 두 대륙에서 이야기가 진행되고, 자연스럽게 이를 조절할 수도 있다. 한 계절 동안 사건이 일어날 수도 있다.『독일 군사와 함께 한 여름Summer of My German Soldier』, 또『가아프가 본 세상The World According to Garp』처럼 일생을 다루기도 한다.『호밀밭의 파수꾼The Catcher in the Rye』은 사춘기를 다룬다. 집을 떠났다가 다시 돌아오거나 (돌아오지 못하는) 모험일 수도 있다(『로드The Road』). 많은 이야기는 대하소설『콜드마운틴의 사랑Cold Mountain』이나 서사시『미국의 목가American Pastrol』처럼 역사나 여행에 관한 커다란 이야기를 반영하고 극적인 도전을 수반한다.『콩나무The Bean Trees』, 아니면 콜슨 화이트헤드Colson Whitehead의『언더그라운드 레일로드The Underground Railroad』오디세이도 그렇다.

집이 지어지는 동안에도 일어날 수 있고, 아픈 사람이 죽어가면서 이야기가 생길 수도 있다(『축복Benediction』, 『저녁Evening』) 시간 조절은 플롯을 조정하는 가장 흔한 방법이지만, 유일한 방법은 아니다.

『제인 오스틴 북클럽The Jane Austen Book Club』에서 캐런 조이 파울러Karen Joy Fowler는 한 달에 한 번 다섯 여성이 만나서 오스틴의 소설을 읽는 것을 테마로 책의 모양을 잡았다. 『조이럭 클럽The Joy Luck Club』에서 에이미 탄Amy Tan은 중국 여성의 정기적인 모임에서 하는 마작으로 이야기를 전달한다. 『시핑 뉴스The Shipping News』에서 애니 프루Annie Proulx는 해양을 테마로 육지의 소중함을 강조했다. 『분노의 포도』는 여행기고, 『이방인』은 죽음을 준비하는 한 남자의 이야기다. 또한 많은 소설은 기본적으로 전기를 소설화한 것이다(『보바리 부인』, 『마틴 에덴Martin Eden』, 『리포즈의 천사Angel of Repose』).

많은 작가 지망생이 머리말부터 이야기를 시작하고 싶어 한다. 나는 그런 그들이 소설의 프레임부터 만들도록 도울 때가 있다. 나이 든 남자가 나와서 과거를 돌아보거나, 젊은 청년이 미래를 내다보는 식으로 말이다. 하지만 솔직히 얘기하면 이 접근법은 별로 권하고 싶지 않다. 식상해 보이고 혼란만 일으키기 쉽기 때문에다.

한 번 이야기의 관리자를 찾기 시작하면 모든 곳에서 계속 찾게 된다. 내 원고에서 한 발짝 벗어나 글의 형태나 테마 등 '전체를' 바라보고 내가 무엇에 관해 썼는지를 찾아야 한다. 그러다 보면 곁가지나 중심축 같은 하나의 단위로서 완전한 것을 찾을 수도 있다.

이야기가 꼭 복잡할 필요는 없다. 이혼한 딸을 불행에서 '건져내는' 일이 자신의 사명이라고 생각하는 어머니에 관한 이야기인 『척박한 땅의 오팔』을 쓸 때 내 생각은 아주 단순했다. 딸이 집으로 들어와 같이 살다가 다시 나가는 것이다. 이야기는 그 사이에 벌어진 일들을 어떻게 피해가는가였다. 책의 3분의 1 지점에서 나는 여성들의 끊임없는 불행과 그들이 어떻게 아이들을 키웠는지를 다루고 있었다. 그러고 나서 소설은 이야기를 끝마치는 쪽으로 방향을 바꿔 사람을 받아들이면서 필연적으로 독립하게 되는 그들의 삶을 보여준다.

『다시 찾은 엄마』에서는 수십 년간 이어지는 이야기를 하되, 작게 쪼갰다. 소설은 2부로 구성된다. 1부는 로라의 사춘기부터 그녀가 딸을 임신할 때까지의 이야기다. 2부는 로라의 딸이 주인공으로, 사춘기 시절부터 결혼했다 이혼하고 그녀의 딸과 헤어지는 것에 대한 이야기다. 나는 이야기를 좀 더 흥미롭게 만들고자 엄마의 이야기를 엄마에게 실제로 일어났지만 딸이 알 수 없었거나 딸이 핑곗거리가 필요해 만들어낸 것이라고 생각해봤다. 『모래 언덕을 걸으며』는 학창시절에 일어난 일로, 데이비드가 테니스 경기를 시작으로 끊임없는 도전에 맞닥뜨리며 청년으로 성장하는 이야기다. 『기대 이상』은 시간순으로 전개되는 이야기로, 피셔의 아이들의 생일과 결혼 50주년 여름에 벌어지는 사건을 주제로 했다.

이 개념을 이해하고 싶다면 소설을 읽고 스스로 생각해보거나 친구와 이를 주제로 이야기해보자. 저절로 빛이 비칠 것이다. 시간이 어떻게 다뤄지는지 찾아보자. 테마는 접착제처럼 작동하고, 신화와 문화적 모티프가 나타날 것이다.

이제 어떤 방식으로 책이 형태와 부분을 갖추도록 조직하는지 보여주겠다.

이야기의 대부분을 장면 묘사가 차지하는가? 아니면 요약적 서술이 많은가? 많은 인기 있는 소설이 이전 장에서 이어지는 새로운 장면을 묘사하며 다음 장을 시작한다. 장에는 장면 묘사 하나만 있는 게 아니다. 장은 연속된 장면의 연속이다. 각 장의 끝에서 이야기는 새로운 국면을 맞고, 보란 듯이 새 장에서 새로운 장면 묘사가 시작된다. 약간의 요약이나 의견, 설명이 추가되기도 한다.

장을 시작하는 방식은 다양하다(나는 이렇게 다양하게 시작하는 쪽을 선호한다). 장면 묘사, 과거사, 묘사, 시간을 건너뛰며 요약하기 등이 그것이다. 여러 소설을 살펴보면서 선호하거나 각 장에 어울리는 방법을 찾아보자. 한 장의 내용이 어때야 하는지도 스스로 생각해보자.

각 장을 끝마치면서 독자가 다음에 나올 내용을 궁금하게 만들지, 아니면 설명을 마무리짓고 새로운 이야기로 넘어갈지는 당신이 결정하는 것이다. 마무리도 다양하게 하면 좋다. 글을 어떻게 끝마치는가는 상당히 중요하다. 독자의 마음속에 기대감이나 어떤 패턴을 느끼도록 만들 수 있기 때문이다. 독자는 한 장을 읽는 도중에 책을 내려놓기보다 그 장을 끝까지 읽고 내려놓을 가능성이 크다. 그러므로 보통 다음 이야기를 궁금해하거나 방금 다 읽은 이야기에 만족감을 느낀다. 아직 맞고 틀리고를 논할 수는 없지만, 우리는 이때 독자에게 글의 흐름에서 느껴지는 리듬감과 기대감을 심어주어야 한다. 같은 이유로 각 장의 길이를 비슷하게 쓸 필요가 있다.

얼마나 많은 장이 있어야 할까? 서점에 가서 이 문제로 씨름한 적이 있다. 그때 나는 내가 찾아본 거의 모든 책이 30에서 45개의 장으로 나눠져 있음을 보고 놀랐다. 장의 개수와 책의 길이는 크게 상관이 없는데, 책의 길이에 따라 각 장의 길이도 상대적으로 그만큼 길거나 짧아지기 때문이다. 이는 꼭 따라야 할 필요는 없지만 책을 구성할 때 참고할 만하다. 작가에 따라 소설을 단원으로 구분하기도 한다. '1단원', '2단원'처럼 말이다. 각 단원에 이름을 붙이기도 한다. '에바의 단원', '미란다의 단원'처럼 말이다. 또 제목에 '1970년 겨울'처럼 날짜를 적기도 한다. 작가가 다중 시점을 활용한다면 각 장마다 혹은 각 단원마다 시점을 바꿀 수도 있다. 장이나 단원에 날짜, 장소, 사람의 이름 등으로 제목을 붙일 때는 새로운 상황에서 독자가 어떻게 텍스트를 받아드릴지를 고려해야 한다. 소설의 맥락에 큰 변화가 있으면 독자가 길을 잃을 수 있으므로 장의 제목을 들춰보지 않아도 잘 따라올 수 있도록 해야 한다.

나는 두 번째 소설을 쓸 때 각 장을 어떻게 활용하고 시점을 어떻게 쓸지 계산을 많이 해보기로 결정했다. 결국 시점을 다양하게 바꿨고, 오랫동안 타임라인이나 '비트 시트'를 만들어서 사건의 각 단계별로 줄거리를 알 수 있도록 했다. 그러고 나서 녹색과 핑크색의 큼직한 인덱스카드 다발을 준비해 장 별로 이야기를 나눴다. 카드 하나당 이야기 하나를 배치했다. 케이티에게는 녹색을, 우슬라에게는 핑크를 줘 시점이 교차할 때 각 인물의 분량이 얼마나 균형적인지 볼 수 있었다. 몇 주에 걸쳐 이렇게 해보니 이 방식이 여기저기 바꾸거나 앞뒤를 맞춰보거나 무언가를 적거나 순서를 바꿀 때 편리하다는 것을 알았다. 장을 나눈 후에는 큰 카드를 빼고 작은 카드에 각 장의 흐름을 포착할 수 있도록 장면 묘사를 요약해 클립으로 집어 놓았다.

고쳐 쓰기를 할 준비가 되었을 때, 나는 카드 별로 작업을 시작했다. 만약 초고를 쓰는 동안 기본적인 일을 먼저 했어야 했다는 것을 깨달았다면 바로 카드로 돌아가 색색별로 메모를 추가했을 것이다. 그러면 원고를 완성했을 때 내가 추가로 적어둔 수정 사항을 검토해볼 수 있었을 테니 말이다. 이후로 나는 소설을 쓸 때마다 이 접근법을 부분적으로 활용했다. 예외적으로『모래 언덕을 걸으며』는 카드를 적기 전에 단원별로 시나리오를 썼다. '연습하기'에서 글 고치기 과정에서 이 접근법이 어떤 효과를 내는지 보여줄 것이다. 지금까지 이 과정을 컴퓨터로 대체할 수 있는 방법은 없다. 카드를 물리적으로 만지면서 쉽게 섞을 수 있다는 점이 이 과정의 가장 큰 핵심이다. 이 때 묘안이 하나 생각났다. 크고 딱딱한 종이 위에 소설을 재구성해보기로 했다. 카드를 보고 주요 플롯 요소를 적어보는 것이다. 그리고 나서 이리저리 묶어보고, 선도 긋고, 화살표도 그려서 서로 연결되는 부분과 전환되는 부분이 눈에 띄도록 했다. 이야기의 전체 모습을 그리면서 질문과 의견을 바로 적어 넣을 수도 있었다. 겉장에는 장의 서두를 적고, 한눈에 볼 수 있도록 지도를 만들어서 플롯의 주요 사항을 적었다(이렇게 원고를 부분 부분 작업할 때는 한 편의 소설을 쓰고 있다는 사실을 잊지 않는 것이 항상 중요하다). 제인 스마일리는 거대한 소설에 나오는 많은 인물과 사건을 관리하려고 도해를 여러 개 만든다고 한 적이 있다. 이렇게 서로 교차하는 열을 활용해도 된다.

나는 강의에 참석한 작가 지망생들에게 항상 인덱스카드를 가져오라고 한다. 어떻게 사용하는지 특별히 알려주지 않아도 두 번째 수업이 끝날 때쯤에는 대부분이 카드를 여러 장 사용하고 있다.

소설의 구조를 짜고 점검하는 완전히 다른 방법도 있다. 이 방법은 시각적이기까지 하다. 랜디 잉거만센Randy IngerManscen은 눈송이법The Snowflake Method라고 부르는 방법(http:\\www.advacedfictionwriting.com 참조)을 고안했다. 이 방법은 응집력 있고 실용적인 설계법으로, 소설을 줄기 하나에 가지가 여러 개 뻗은 나무처럼 구성할 수도 있다. 주택 평면도나 원이 여러 개 겹쳐지는 모양으로 그릴 수도 있다. 인물의 시점마다 레고 색을 다르게 정한 후 레고를 쌓아 '파란색'의 이야기에서 '녹색'의 이야기로 넘어갔을 때 쌓아놓은 레고가 어떻게 변할지 추측해 볼 수도 있다. 이때 장마다 여러 색깔의 레고 블록을 사용할 수 있다. 아니면 차곡차곡 쌓아서 각 인물의 비중을 확인할 수도 있다. 레고를 서로 교차해보는 방법도 괜찮다. 각 장의 주제가 교차되면서 변화하고, 인물간의 연결과 교차가 강조되는 것을 볼 수 있는 유용한 방법이다. 타임라인 짜기 역시 좋은 방법이다. 나에게는 인덱스카드 활용법이 가장 잘 맞았다. 이야기 가지마다 다른 색의 카드를 쓰면 이리저리 옮겨보면서 구조적인 실험을 하기 쉽다. 또 요약을 따로 모아 큰 차트에 정리할 수 있다. 그리고 카드들을 잘 모아서 그것으로 글 고치기를 시작할 수 있다. 궁극적으로 카드로 구조를 계획하고 이를 바탕으로 책을 만드는 것이다.

소설의 구조에 접근하는 또 다른 방법은 세 가지 문장으로 시작해서 글을 확장하는 것이다.

1. 오팔의 이혼한 딸이 다시 집으로 들어왔다.
2. 오팔은 그들에게 동기를 부여하지만 그들은 새로운 삶의 기회 앞에서 주저한다.
3. 클랜시는 아이를 가지고, 조이는 다른 주로 이사간다.

위 세 문장은 소설을 잘 담아내면서 이야기의 플롯을 만드는 데 필요한 사건의 방향을 제시해준다.

나는 사건과 사건을 연결하는 흐름 쓰기에 대해 이미 여러 번 설명했다. 세 문장 요약으로 접근을 시작하면 각 문장을 바탕으로 주인공이 한 단계에서 다음 단계로 가기까지의 흐름을 적을 수 있다.

1. 크리스토퍼는 누가 개를 죽였는지 찾아내기로 했다.
2. 그는 엄마가 아직 살아있음을 알고 엄마를 찾아 나선다.
3. 잃어버린 엄마를 찾고 아빠도 놓치지 않았다.

초기 계획을 세우면서 이런 작업을 했다면 초기 아이디어가 초고를 관통하는 줄거리를 만들었는지 확인할 수 있다. 지금이 다시 수정하거나 백지부터 시작할 수 있는 때다. 세 문장 요약을 활용해 흐름과 각 장의 비율을 점검해보자.

－브레이크

소설 분량이 많은가? 장편 소설은 단편 소설보다 깊이가 있어야 한다. 단편 소설이 플롯의 진행만으로 독자를 끌어들이는 반면, 장편 소설은 독자를 지적·감정적으로 끌어들이고 책에서 손을 놓지 않도록 해야 한다. 브레이크는 소설의 길이가 길수록 중요하다. 위대한 작가가 어떻게 광범위한 플롯에 그 많은 주인공을 관리하는지 알고 싶다면 리차드 루소의 소설을 읽어보자. 그는 다양한 목적이 있거나 동맹이 파할 때 시점을 옮기는데, 그래서 그가 쓴 장면은 항상 시끌벅적하고 꽉 차 있다. 책을 읽는다기보다 자전거를 타고 사람이 많은 거리를 달리는 것 같다. 1994년에 출간된 소설 『바보없는 마을 Nobody's Fool』와 후속편으로 2016에 나온 『모두 다 바보 Everybody's Fool』를 추천한다 (영화화도 되었으니 함께 보면 좋다!).

브레이크에는 두 가지 기능이 있다.

1. 독자에게 한숨 돌릴 시간을 주며, 때에 따라 책을 잠시 편하게 내려놓기 딱 알맞은 때가 되기도 한다.
2. 독자를 책에 묶어놓아 독자가 다음에 내용이 더 있다는 것을 깨닫게 하고 이야기를 다시 읽기 시작했을 때 헷갈리지 않게 해준다.

작가에게 브레이크는 줄거리의 흐름과 이야기의 완급을 파악하게 해주고 하위 플롯의 중요한 순간에 도달했다는 표시판 역할을 한다.

이런 브레이크의 목적을 염두에 두고 원고를 다시 볼 필요가 있다. 하지만 지금 브레이크를 너무 걱정할 필요는 없다. 앞으로 초안을 많이 고칠 것이고, 그때마다 매번 브레이크를 생각해볼 수밖에 없기 때문이다.

장르 소설 중에는 각 장의 길이가 길고 깊은 경우도 있다. 당신이 그런 소설을 쓰고 있다면 내 얘기가 무슨 뜻인지 알 것이다. 모델 소설을 보면서 작가가 어떻게 장을 구성하고 브레이크를 넣는지 공부해보자.

각 장마다 텍스트 블록을 어떻게 구성할지를 중요하게 고려해야 한다. 시간의 경과나 시점, 배경, 서술 상의 브레이크를 표현할 때 '빈 줄'을 어떻게 활용할지 생각해보자(빈 공간을 꾸밀 필요는 없다. 그건 편집자의 일이다). 이를 '단원 브레이크'라고 부르는데, 독자는 여기에서 한 숨 돌리지만 생각의 흐름은 끊기지 않음을 알고 있다. 이 브레이크는 작은 장 브레이크로서 중요한 역할을 하기 때문에 꼭 필요한 부분에만 써야 한다. 독자는 이 지점에서 책을 내려놓을 것이 분명한데, 독자가 책을 읽으면서 꼭 그때 쉴 필요가 있는지 생각해봐야 한다.

브레이크를 넣을 때마다 왜 여기에 넣었는지 따져보자. 글 분위기가 처진다고 브레이크를 쓸 필요는 없다. 브레이크 전과 후가 아무런 차이가 없다면 쓸 필요 없다. 장면이 끝나고 다른 장면이 시작한다고 해도 브레이크는 필요 없다. 분위기를 전환하는 문장이나 문단 도입구 정도면 충분하다. 브레이크를 구두법의 일종이라고 생각해 불필요하게 넣는 것을 피해야 한다.

단원이 모여 장이 된다는 사실을 알고 있다면 한 장과 한 단원이 전체적인 서술에서 같은 '무게'나 중요도를 지닐 필요가 없다는 것도 알 것이다.

짧거나 긴 문단은 어떻게 설명해야 할까? 많은 작가 지망생들이 도대체 어떤 기준으로 어디에, 왜 브레이크를 넣어야 하는지 모른다.

보통 마음 가는 대로 하는데, 각 문단의 기능을 고려하고 있지 않다는 말이다. 마음 가는 대로 한다는 것은 텍스트의 흐름이 가진 리듬을 알아챈다는 뜻이다. 이는 많은 작가들이 가지고 있는 재능으로, 어쩌면 재능의 기본적인 부분일 수도 있다. 하지만 부분적으로라도 자신이 쓴 글이 지겹거나 문장 구성이 꼬였다고 생각할 수도 있다. 작가가 모든 문단을 분석해야 한다고 얘기하는 것이 아니다. 하지만 작가 지망생이라면 시간을 내 문단의 길이를 결정하고 구성한 합리적인 근거가 무엇인지 분석해봐야 한다. 노아 루크맨Noah Lukeman의『소소한 스타일A Dash of Style』을 참고하고 꼭 당신이 쓴 글을 소리 내 읽어보자. 모든 페이지를 한 문단 한 문단 꼼꼼하게 읽자. 어색한 부분을 찾아낼 때 이것보다 더 좋은 방법은 없다.

까다롭고, 시간도 많이 걸리고, 때로 창피한 작업이라고 생각하는가? 그렇다. 그렇기 때문에 더욱 의식한 채 작업해야 독자가 무의식적으로 당신 글을 거부하지 않을 것이다.

원고를 아무렇게나 쓰지 말자. 중간중간 멈춰서 글의 구조를 따져보자. 의식적이든 무의식적이든 독자가 글의 구조와 설계를 알도록 하는 편이 좋다. 독자가 길을 잃는 것은 분명히 좋지 않다.

연습하기

· 소설 여러 개로 연습해보자. 책 한 권을 세 문장으로 요약해보고 각 '부분'이 소설에서 어떻게 전개되었는지 생각해보자. 구성 단계를 써 보고, 이것이 장 별로 어떻게 드러나는지도 살펴보자.

· 이번 연습은 모델 소설에서 한 장을 골라 먼저 해보고 당신의 소설에 적용해보자.

한 장을 골라 글의 구조를 상세하게 설명해보자. 그 장에 나오는 서술의 요소를 적어 보는 것이다. 이런 식으로 말이다.

1. 모든 장면 묘사를 찾아 네모 표시를 하자. 이를 '장면 구역'이라고 부른다. 장면 묘사 외에 설명이 길어지거나 다른 해설이 곁들여지는 등 다른 서술이 많다면 그 문장에는 물결 모양으로 밑줄을 긋자. 긴 장면에는 요약이 포함될 수 있고, 그것도 장면 묘사의 중요한 부분일 수 있다.

이후 다시 처음으로 돌아와서 장면 구역에 포함된 묘사 외의 서술 요서(내면 묘사, 의견, 설명)을 따져보자(왜 필요하고, 어떤 기능을 하는가?).

2. 이제 다른 색으로 장면 묘사에는 포함되지 않았지만 요약적 서술이나 설명하는 문단이 있으면 표시하자.

좀 더 자세한 분석은 나중에 하겠지만, 이것만으로도 장면과 비장면적 서술이 균형을 이루는지 알 수 있다. 지금은 이것이 맞다 틀리다를 따지는 것이 아니므로 그냥 현 상태를 확인하기만 하자. 다양성은 좋은 것이다. 이제 최소 30쪽 이상 떨어진 다른 장으로 한 번 더 연습하자. 그 장도 같은 패턴을 따르는지 보면 흥미로울 것이다.

· 가능한 많은 소설의 구조를 공부하자.

소설의 구성이 어떤지 먼저 설명해보자.

목차 부분을 보고 일반적으로 어떤 구조인지 찾아보자.

요새는 중고서점에 가면 책 한 권을 천 원이면 살 수 있다. 책에 낙

서하거나 자르기도 하면서 공부해 배우자. 배울 점이 있는 페이지를 뜯어서 벽에 붙여두자. 모아서 파일도 만들자. 소설을 설계하는 데 도움이 되는 예제를 찾아보자.

3. (모으면 이야기의 요약이 되는) 장별 태그라인 쓰기

아주 간단한 연습이다. 각 장마다 무슨 일이 일어나는지 한두 문장으로 요약하는 것이다. 세부사항은 빼고 일어난 일만 적는다. 장 전체가 회상이거나 비하인드 스토리라면 한 문장으로 요약하고 '과(과거)'라고 적어둔다. 하지만 회상이 나오더라도 현재 발생하는 사건이 있다면 항상 그 사건도 요약해야 한다(보통 섞여 있을 가능성이 높다).

각 장에 번호를 붙이자.

장 전체에 하위 플롯만 나오면 'SP(하위 플롯)'라고 표시한다. 주요 플롯을 한눈에 보고 싶다면 하위 플롯까지 태그라인을 만들어보는 것도 좋은 생각이다. 하지만 별도의 종이에 작성하자. 종이에 작성할 때는 장이 넘어갈 때마다 줄을 바꿔 적고, 인덱스카드를 활용할 때는 새 카드에 쓴다. 카드를 사용하면 다시 돌아와 기록하기 좋으므로 더 편하다. 주요 플롯은 하얀색으로 하고, 하위 플롯은 다른 색깔을 쓰자.

장을 길게 쓰는 작가도 있고, 짧게 쓰는 작가도 있다. 우리는 길이와 무관하게 요약할 수 있어야 한다. 장이 길어 중간에 브레이크 되는 부분이 있고 이어서 새로운 내용이 나온다면, 구분해서 요약해야 한다.

각 장의 태그라인을 모두 썼다면 소설의 줄거리를 정리한 셈이다. 편집자에게 보낼 요약본은 아니지만, 스스로가 활용하기에는 충분하다.

밑에 도나 레온의 소설『영원한 젊음의 샘』의 첫 여섯 장의 태그라인을 작성해보았다. 레온의 소설은 사건이 벌어지는 시간 폭이 넓지 않고 시간순으로 진행되기 때문에 태그라인을 작성하기가 쉽다. 이야기가 과거로 돌아가지도 않고, 형사가 사건을 수사하는 동안 이야기가 부분 부분 드러나다 마지막에 모든 조각이 모여 퍼즐이 맞춰진다. 범죄라는 열매가 과일처럼 주렁주렁 열려있다면, 작가는 수사를 진행하면서 잘 익은 세부사항을 하나씩 따서 바구니에 담는다.

장에 하위 플롯이 있을 때는 태그라인을 두 개 작성했으므로 플롯라인을 어떻게 다양화했는지 한눈에 볼 수 있다. 작업할 때 SP라고 적은 장은 다른 종이에 따로 정리하자.

1. 모금 캠페인의 저녁식사 자리에서 돈 많은 여성 후원자가 부르네티 형사에게 개인적으로 연락 달라고 부탁한다.
2. 브루네티는 동료와 함께 초대에 응할지 고민하다 약속을 잡으려고 전화한다.
3. 백작부인은 부르네티에게 15년 전 사건을 조사해달라고 부탁한다. 머리가 깨진 채 죽은 손녀를 운하에서 찾아낸 사건이었다. 과
4. (앞 장에서 이어짐) 손녀의 삶이 어땠는지 더 설명한다. 과
5. [SP 그날 밤 저녁, 브루네티의 딸 키아라가 젊은 남자 이민자가 정기적으로 학교 바깥에서 말을 건다고 얘기한다.]
6. [SP 다음 날, 브루네티가 동료 비아넬로에게 이 문제를 조사하라고 지시한다], 플롯 브루네티가 백작부인의 가족사를 살펴보고 모금 캠페인 파티에 있었던 사람들에 대해 질문한다.

위에서 알 수 있듯 이민자 왕따 문제라는 작은 이야기가 시작되고, 다른 하위 플롯이 차차 드러난다(승마학교에서의 소녀의 과거, 15년 전 운하에서 소녀를 구한 남자의 죽음). 모든 이야기가 빈틈없이 엮여 있어 브루네티의 삶과 일, 친구 이야기도 잘 녹아들어 간다(레온의 소설은 흔히 말하는 코지 미스터리와 유사한 점이 많다). 이민자 이야기와 관련한 하위 플롯은 상대적으로 독립돼 있고, 다른 하위 플롯은 과거 범죄가 해결되면서 저절로 밝혀진다.

프랑스의 도르도뉴 지역을 배경으로 하는 브루네티 시리즈 외에도 비슷한 글을 쓰는 작가로 브루노 시리즈의 저자 마틴 워커를 꼽을 수 있다. 마틴의 소설은 좀 더 복잡하고(하위 플롯이 많다) 네온의 소설보다 더 활기차다. 하지만 경찰관이 주인공인 점과 화려한 배경은 동일하다. 브루네티 시리즈보다 더 인기 있는 브루노 시리즈는 탐욕적인 송로버섯 채취꾼부터 테러리스트까지 주인공만의 세상에 침입하는 외부세력을 테마로 소개한다. 지역 정치, 브루노의 사랑과 개까지 시리즈 전반에 걸쳐 이야기의 흐름이 다양하다.

콜로라도의 작은 마을을 배경으로 한 켄트 하루프의 소설은 이야기의 대부분이 장면 묘사이기 때문에 이 연습을 하기 적당하다. 제인 오스틴의 소설은 설명과 해설이 많지만 단계 별, 장 별로 진행되는 이야기를 파악하기 어렵지 않다. 많은 사람들이 작가의 해설을 좋아하기까지 한다.

익숙한 책으로 이 연습을 해야 빨리 끝낼 수 있다. 내 설명을 이해하려고 하기보다 직접 해보면 훨씬 도움이 된다.

아래는 내 소설 『언제 이집트에 가보겠어』 도입부의 태그라인이다. 장에 제목을 붙였고, 번호를 매기지는 않았다. 이야기가 단순히 시간 순으로 배치되지 않고 과거와 상당히 섞여 있어 이 소설을 꼽았다. 혼자가 된 톰 릴리(Tom Riley)와 그의 아내의 과거와 멕시코로 떠났던 신혼여행 이야기, 같은 장소에서 일어난 현재 사건, 화가에서 작가로 전향한 미국인을 포함한 다른 투숙객과 그들의 이야기가 섞여 진행된다. 1인칭 주인공 시점과 근접 3인칭 시점으로 이야기가 진행되고, 전지적 작가 시점으로 마을을 관찰한다. 아래 요약본을 보먄 어떻게 이야기가 진행되는지 알 수 있을 것이다.

· 「서커스」: 릴리는 멕시코의 한 마을에서 서커스 구경을 간다
· 「포사다에서」: 릴리와 그의 아내는 신혼여행을 간 호텔에 짐을 푼다.
· 「방향의 전환」: 화가이자 화자인 샬롯은 어떻게 뉴욕의 미술 세계를 떠나 작가가 되었는지 얘기한다. 과, 1인칭 시점
· 「새로운 얼굴」: 톰 릴리는 작가 소모임에 참석한다.
· 「위대한 집」: 샬롯은 모델이 된 귀여운 동네 소녀 디비나를 어떻게 만났는지 설명한다. 과, 1인칭 시점
· 「잦은 여행」: 릴리가 어떻게 아내 에바를 만났고, 에바가 죽은 후 왜 다시 신혼여행지를 찾았는지 이야기한다. 과
· 「단순한 헌신」: 릴리가 왜 사제가 되겠다는 꿈을 포기하고 집으로 돌아와 다른 운명을 찾게 되었는지 이야기한다. 과
· 「세례」: 릴리는 글쓰기 소모임 워크숍에서 에바의 기억을 정리한다. 과
· 「혼자 걷기」: 릴리는 포사다를 떠나 마을을 돌아보다 친구가 되어주고 마을도 소개해주는 샬롯을 만난다.
· 「좋은 의도」: 릴리는 신혼여행에서 아내와 버날 목사를 만난 것을 기억한다. 과
· 「에우제비우」: 에우제비우와 디비나가 큰 바위 위에 올라가 미래를

이야기한다. 디비나의 꿈에 에우제비우는 없는 듯하
다.

· 「다소간의 기울임」: 릴리는 여기저기 다니면서 하루를 보내다 음식
을 파는 노점상 여인(디비나의 어머니)을 만난다.
그녀는 그에게 근처의 재미있는 마을에 방문해
보라고 권한다.

· 「꿈꾸는 소녀」: 디비나는 화가의 모델이 된다.

· 「시골에서의 하룻밤」: 릴리는 타팔라에 갔다가 집으로 돌아가는 버
스를 놓쳐 현지에서 묵을 곳을 찾아야 한다.

이 연습은 본받고 싶은 소설이나 직접 쓴 소설을 분석하는 과정이
다. 글의 구성에 따라 아웃라인이 달리 보일 수 있다. 장에 제목을 붙
이지 않아도 된다. 중요한 점은 태그라인을 따라 읽으면서 이야기의
뼈대를 파악하는 것이다. 태그라인을 좀 더 다듬어보자. 최종적으로
글을 고칠 때 참고할 수 있을 만한 아웃라인을 만들 수 있어야 한다.
구조적인 변경이 필요할 때는 아웃라인에 하는 편이 원고에 직접 하
는 것보다 쉽다. 사건의 흐름과 이야기의 완급, 기승전결을 훑어보기
도 편하다. 워크숍에서 글을 쓰고 있다면 다른 작가 지망생의 글을
아웃라인 수준에서 검토할 수도 있다.

나를 포함한 많은 작가들이 소설 쓰기의 첫 단계에서는 손이 가는
대로 글을 쓰기 때문에 초고를 관리하기에 이 방법은 분명히 적합하
지 않다. 하지만 일정 수준에 다다랐을 때부터는 이미 쓴 내용은 무
엇인지, 무엇이 더 필요한지, 어떻게 수정할지 알아야 한다.

쓰려는 글과 구조가 유사한 소설을 고르자. 사건이 막 싹트기 시
작하는 부분을 넘어서 책의 서론 부분만이라도 태그라인 목록을 만
들어보면 분명 도움이 된다. 작가가 어떻게 구성 요소에 옷을 입히

고 다른 사건에 어울리게 '배치'하는지, 어떻게 서로 연결되고 연속된 구성 요소가 깔리는지 볼 수 있다. 이야기의 플롯이 세련될수록 하위 플롯과 과거 이야기가 들어가 태그라인이 자주 끊길 것이다(작가는 어떻게 이야기를 전환하고 연결하는가?). 태그라인과 장면 묘사에 대한 의견을 인덱스카드에 적으면 소설의 스토리보드를 만들 수 있다. 앞에서도 말했듯 하위 플롯에는 색깔 있는 인덱스카드를 쓰자.

자신이 쓴 이야기를 30개 정도의 문장으로 요약해보면 스토리라인이 얼마나 단단한지 저절로 알 수 있을 것이다.

다음 질문에 스스로 답해보자. 다양한 구조적 요소를 활용할 때 패턴이 있는가? 예를 들어, 내면 묘사 후에 요약이나 설명이 항상 뒤따르지 않는가? 이때 중간에 한 줄을 띄고 이야기를 이어가는가? 그 패턴이 괜찮은 방법이라고 생각되면 반응이나 설명이 빠진 부분에 내용을 보완해 일정한 패턴을 만들 수 있다.

아니면 설명, 해설, 반응을 길게 늘어놓는, '이야기하는' 기법을 많이 활용하는가? 많은 작가들이 이용하는 방법이고 우리라고 못 쓸 이유도 없다. 하지만 어디에서 사건이 일어나는지 놓치지 않아야 한다. 원고를 샅샅이 뒤져 사건이 일어나서 이야기가 흘러가는 부분을 모두 확인하자. 사건이 이어지는 설명에 묻혀서는 안 된다. 빈 줄을 신중하게 사용하고, 구문의 순서를 잘 조절해야 한다는 뜻이다.

구조적 요소에 대한 설명 때문에 정신이 없겠지만, 하고 싶은 이야기가 확실하다면 첫 소설을 묘사로 그릴 수도 있다. 설명하는 부분도 과거 이야기도 나오겠지만, 소설을 만드는 주재료는 장면 묘사인 것이다. 실제로 많은 대중 소설이 이런 방식을 취한다. 미스터리 소설,

어린이 소설, 성장 소설 등이 그렇다. '술술 넘어가는' 책이라면 대부분 장면 묘사로 이야기가 그려졌을 것이다.

- 최근 읽은 소설의 태그라인을 써보자. 내용 대부분을 가지고 해야 제대로 할 수 있다. 복잡하게 느껴지는 소설, 많은 과거 이야기가 등장하는 소설의 태그라인을 작성하는 것도 재미있다. 그 후 당신이 쓴 소설의 태그라인도 작성한다. 이 연습은 하면 할수록 도움이 된다. 이야기의 글타래(플롯과 하위 플롯)를 색깔이 다른 포스트잇에 적어 책의 흐름에 맞춰 벽에 붙여두면 책이 어떻게 구성되었는지 알 수 있다. 소설이 새롭게 보일 것이다. 생각지도 못한 자극을 받을 것이다. '나도 할 수 있구나'라는 생각이 절로 들 것이다.
- 각 장에 나오는 사건의 단계마다 태그라인을 작성한다. 한 장에 여러 장면(각각 제목을 붙이자)이 나올 수도 있고, 요약과 섞여 있을 수도 있다. 각 장의 태그라인을 보면 다루는 이야기가 지나간 '발자국'을 볼 수 있다.
- 모델이 되는 소설에서 하위 플롯을 찾아보자. 풀어야 할 문제는 무엇인가(답해야 할 질문은 무엇인가?)? 하위 플롯을 세 문장으로 요약해보자. 하위 플롯이 진행되는 동안 주인공에게 무슨 일이 생기는가? 하위 플롯이 주요 플롯에 어떤 영향을 미치는가?
- 당신이 쓴 소설의 하위 플롯으로도 연습하자. 하위 플롯이 이야

기 스토리라인을 활기차게 하는가, 아니면 복잡하게 하는가? 하위 플롯의 문제를 푸는 것이 주요 플롯이나 주인공과 어떤 관련이 있는가?

4. 첫 장 분석하기

도입 장을 얼마나 잘 썼는지 이야기하기 전에 좀 더 근원적이고 근본적인 질문을 해보겠다. 이야기를 시작하는 장소는 알맞은가? 서술이 어떻게 짜여있는지, 과거 이야기를 언급한 곳은 어디인지 책을 빠르게 넘기면서 살펴보자. 그리고 지나간 사건을 언급하는 부분에 모두 밑줄을 긋는다. 지나간 이야기를 언급한 부분을 빼버리거나 다음 장에 활용할 수는 없는가? 꼭 필요한 내용이라면 이 이야기를 지금보다 앞으로 옮기는 것이 좋다. 소설을 과거 이야기로 시작할 수도 있지만, 상당히 잘 쓰지 않으면 실패하기 쉽다. 독자는 일반적으로 소설의 도입부부터 이야기가 시작되기를 기대한다. 첫 장에서 일어난 이야기가 소설의 나머지 부분을 주도한다. 하지만 첫 장에서 지나간 과거를 이야기하면 두 번째 장이 첫 장이 아닌지 의심해야 한다.

원하는 구조의 모델 소설을 찾았는데 전혀 평범하지 않은 방식으로 이야기가 전개된다면 그 모델을 시작점으로 삼는 것이 아주 좋은 방법이라고 확신한다. 사건보다는 주인공에게 끌리도록 하는 소설을 좋아한다면 이 방식을 내 소설에도 활용해 볼 수 있다. 중요한 것은 많은 모델을 공부하고 당신이 생각하는 이상적인 첫 장이 무엇인지 정하는 것이다. 다양한 도입부를 여러 개 만들어 보자. 시간을 가지고 다시 보고, 더 고민해 봐야 한다.

이야기를 시작하기 좋은 부분을 찾아보자. 이미 결정했겠지만, 잠시 그 결정을 제쳐두고 대체할 만한 다른 도입부와 비교하고 점검하자. 극적인 효과와 절정에 이르는 방법, 지난 일을 설명할 필요성 등을 고려해 소설을 여는 여러 방법을 고려한다. 이야기의 시작은 독자가 긴장감(독자의 궁금증을 유도한다)을 느낄 정도로 압축돼 있고 인물, 플롯, 테마를 소개할 정도로 잘 꾸며져 있어야 한다. 첫 장을 여는 두 문장을 새로 써보자. 이미 쓴 문장에서 개선할 부분을 발견할지 모른다. 그리고 첫 장을 다시 읽어보면서 새로운 도입부를 어떻게 적을지 생각해보자.

소설을 시작하자마자 사건을 보여주고, 긴장감을 일으키고, 뒤따르는 사건에 큰 문제 제기를 하라는 조언을 읽어봤을 것이다. 큰 사건으로 시작해야 할 소설도 있겠지만, 내가 생각하는 도입부는 다르다. 일찍부터 문제 제기를 하는 방식도 나쁘지 않고, 깊은 의문이나 주인공을 괴롭히거나 힘들게 하는 무언가를 보여줄 수도 있다. 하지만 무엇보다 당신의 목소리를 분명히 해야 함을 명심하자.

나는 작가와 독자를 이어주는 것이 도입부가 가진 가장 중요한 기능이라고 생각한다.

여기 화자가 있다. 이제부터 이 화자의 목소리로 이야기할 것이다.

이 사람이 이제 우리가 알아가고 관심을 가질 사람이다.

이야기의 진행 속도는 이 정도고, 이런 방식으로 글을 배치한다.

한 장의 길이는 이 정도며 이 정도 속도로 읽을 수 있다.

이 이야기는 우리를 웃게 하고, 공감돼 슬프게 하고, 의심하게 하고, 정보와 설명으로 머리를 채우고, 이국적인 장소로 데려가고, 작은 세계를 경험하게 한다.

—당신의 소설은 무엇을 할 것인가?

독자가 자신이 어떤 이야기의 세계로 들어가는지 알아야 한다. 개인적으로 나는 첫 장의 긴장감을 그리 중요하지 않게 생각한다. 인위적일 때가 많고, 내가 조종당하고 있다는 느낌이 들기 때문이다. 누군가 『X』라는 소설을 최고의 소설이라고 해도 화자의 목소리와 문장의 유민함이 없고 흥미롭고, 깊고, 미스터리한 주인공의 의식에 끌려 들어가는 기분이 들지 않으면 전혀 흥미를 느끼지 못한다. 신나고 빠른 흐름의 소설을 찾는 독자라면 이런 도입부를 멀리하겠지만, 나는 만족한다. 모험 소설, 공포 소설, 스릴러를 쓰고 있다면 비슷한 류의 소설을 이미 많이 읽었을 테니 첫 장에서 해야 할 일을 잘 알고 있을 것이다. 첫 장만 읽고도 독자가 어떤 소설인지 감을 잡을 수 있어야 한다.

목소리에 따라 독자는 어떤 의식이 이야기를 이끌어가는지 알 수 있다. 그 이후에 어떤 의문이 들지 생각해보자. "사만다가 불타는 집에서 탈출했을까?"라는 의문이 들기에는 아직 이르고, "사만다가 누구지? 사만다가 찾는 것은 무엇이고, 그녀는 어떤 결론을 얻게 될까?" 정도가 적당하다.

도입 장은 '여기서부터 이야기 시작이에요'라는 표시다.

첫 장에서 흐름을 만들어내는 사건이 발생하기도 하지만, 이것이 이야기에 큰 질문을 던지는 '촉매'나 '자극'은 아니다. 오히려 첫 사건은 글의 맥락을 만들어낸다. 버나드 그레바니어 Bernard Grebanier 는 첫 사건이 "이야기가 자랄 수 있는 땅을 다진다"고 표현했다. 땅을 고르고, 문을 열어두고, 불을 켜두는 것이다. 다음 사건이 더 극적으로 진행되려면 필요한 일들이 먼저 일어나는 것이다.

· 아이는 태어나자마자 죽고, 엄마가 이 소식을 듣는다.
· 두 소년이 국경을 넘어 모험을 떠난다.
· 죄를 지은 여자는 한적한 곳으로 떠나 일이 잠잠해지길 기다린다.
· 소년이 개를 죽인 범인을 찾아 나선다.
· 제2차 세계대전이 발발했을 때, 샌프란시스코로 심부름을 가던 한 어머니가 모든 일본인은 이주 센터로 와야 한다는 공지를 본다.
· 눈부시게 아름다운 여인을 태운 작은 보트가 그리스의 한 외딴 섬에 접근한다.
· 여인은 한 번 더 지령을 수행하라는 조국 비밀조직의 명령을 받는다.

촉매가 굳이 크고 화려할 필요가 없음을 잊지 말자. 수 밀러의『굿마더』첫 장의 장면 묘사는 단순히 정보를 전달하는 듯 보이지만, 독자는 엄마와 아이의 관계를 보고 그 관계가 깨질 것임을 알게 된다. 하지만 엄마가 우체국에서 편지를 찾고 난 후에 일어난 일들을 생각해보자. 그녀는 하루 종일 편지를 가지고 다녔지만 저녁에서야 편지를 읽는다. 편지는 그녀의 이혼과 관련한 사소한 사항을 담고 있다. 우리는 알아채지 못했지만, 이 편지는 계속해서 등장하며 독자에게 무언가 일어나리라는 기대감을 준다. 물이 한 방울씩 모여 시내가 되고 그 시내가 강으로 모이는 것처럼 말이다. 이혼 때문에 엄마의 마음이 흔들리지만, 서로 잘 합의해 진행되고 있다고 생각한다. 한 번 자른 옷감을 다시 붙일 수 없고, 후진하는 차의 핸들을 잘못 돌리면 바로잡기 힘든 것만큼 이 편지는 중요하다. 불길한 일의 전조라고 생각할 필요는 없지만, 그 첫 단계라고 할 수 있다.

첫 장을 잘 쓰려면 지켜야 할 몇 가지 규칙이 있다.

1. 배경 묘사에 불필요하게 집착하지 않는다. 소설이 극도로 추운 대서양 모험기라 독자가 배경을 우선적으로 알아야 한다면 배경 묘사를 우선할 수 있다. 시체 더미가 널브러진 미국 남북전쟁의 전장이나 영화 세트장에서 일어난 살인사건도 예외일 것이다. 하지만 이런 꼭 필요한 경우가 아니면 불필요한 배경 묘사는 피하자.

2. 지나간 일을 설명하면서 앞으로 벌어질 일을 설정하지 않는다. 물론 예외도 있다. 하지만 이야기가 시작하는 곳에서 소설이 시작되는 것은 기본이므로 배경 설정을 할 필요는 없다. 독자는 이야기의 '일부가 되고' 싶어 하지 그 이야기의 역사를 듣고 싶어 하지는 않는다. '내가 이야기를 시작하고 있다'는 생각만 해도 틀리지는 않을 것이다.

3. 극도로 흥미롭고 미스터리한 내용으로 독자를 '낚으려' 하지 않는다. 이를 보통 프롤로그라고 하는데, 이런 접근이 가능한 장르가 있긴 하지만 좋은 도입은 아니라고 생각한다. 이야기의 '현재 사건'으로 독자의 관심을 끌 수 없다면 다른 배경을 골라 이야기를 시작해보자. 나중에 올 이야기인 프롤로그 대신에 삶과 죽음, 가족, 운명을 성찰하면서 소설을 시작하는 경우도 있다. 아주 위험하고 도전적인 방식이지만 화자의 목소리가 강하고 독자를 가상의 세계로 끌어들이는 능력이 뛰어나다면 상당히 만족스럽고 매력적일 수 있다. 이런 도입은 첫 장부터 아주 활동적인 사건으로 이어진다.

4. 지금 일어나는 일이 왜 중요한지, 주인공이 무슨 생각을 하는지 보여주느라 글을 낭비하지 않는다. 똑같은 이야기를 이미 했지만, 다시 한 번 강조할 필요가 있다. 사건을 풀어나가는 자체로 독자를 끌어들여야 한다.

우리가 당장 할 수 있는 간단하면서 가장 효과적인 연습은 많은 소설의 도입부 공부하기다. 소설의 첫 문장, 첫 문단, 첫 페이지, 첫 장면, 첫 장을 유심히 보자. 도서관에서 책을 여러 권 골라 근처 커피숍으로 가 카푸치노를 한 잔 시켜놓고 도입부를 읽어나가자. 마음에 드는 부분을 찾으면 기록해두자. 맨몸 운동을 따라 하듯 당신의 소설에도 그 전략을 적용해보자. 잠깐 쉴 때는 당신 소설의 도입부를 가지고 가장 마음에 드는 전략이나 도움이 되는 부분이 무엇인지 평가하며 정리하자.

『한밤중에 개에게 일어난 의문의 사건』의 첫 장에서 크리스토퍼는 아직 온기가 남아 있는 개의 사체를 발견한다. 그 후 다섯 개의 짧은 장이 지난 후에야 크리스토퍼가 개를 죽였다는 의심을 받고 개를 죽인 진짜 범인을 잡으려 한다는 이야기의 진짜 문제가 겨우 드러난다. 먼저 크리스토퍼는 독자에게 자기를 소개하고, 자기가 어떤 상황에 처해 있는지 알려준다. 짧은 장들은 매력적이고 흥미롭다. 화자의 목소리도 흥미를 돋우는 요소다.

특이하게도『보바리 부인』은 주인공 엠마가 이야기를 시작하지 않는다. 주인공의 소개를 미루면서 독자를 기다리게 하고, 주인공의 모습을 엿보고 싶게 만든다. 하지만 도입 장에서 엠마와 찰리가 어떻게 만났고 둘은 결혼을 할 예정이라는 배경을 설정한다. 시간·장소·

기회에 관한 내용이 소설의 전부다. 그래서 더 흥미롭다. 이 소설이 텔레비전도 영화도 없던 19세기 소설임을 잊지 말자.

하지만 『사라 데 보스의 마지막 걸작』의 도입부는 다르다. 주인공과 아내가 호화로운 맨하탄 아파트에서 한 접시에 500불이나 하는 음식이 깔린 자선 파티를 여는 장면에서 시작한다. 다른 부유한 사람들도 많이 와있다. (참여하도록 고용된) 특이한 사람들도 등장해 장면의 일부가 된다. 계속 읽어 내려갈 만큼 재미있었지만, 나는 이 도입부가 소설의 가장 약한 부분이라고 생각한다. 침실에 걸려 있는 그림은 그저 도난당하기 위한 설정이었고, 이후에 등장하지도 않는 인물을 소개하고, 침입자가 파티를 망칠 거라는 위협이 있었지만 결국 아무 일도 일어나지 않았다. 도입부가 끝나는 게 다행이라고 생각하기까지 했다. 나중에서야 든 생각이지만, 서평을 읽고 미술 사기라는 소재에 사로잡히지만 않았다면 이 책을 사지 않았을 것이다.

연습하기

· 좋아하는 소설의 첫 장을 읽어보고 화자의 목소리를 묘사해보자. 앞으로 어떤 이야기가 펼쳐질까? 작가가 독자에게 보여주는 관계는 어떤 것인지 설명할 수 있는가?
　여러 소설로 연습을 반복하자!
· 이제 다음 질문으로 당신이 쓴 소설을 평가해보자.

1. 이 장에서 이야기가 시작되는 것이 확실한가(달리 말하면, 이번 장을 뒤따라 다음 장이 시작되는가? 그렇지 않다면 이번 장은 어느 부분과 연결되는

가?)? 독자에게 잘못된 기대를 불러일으키고 있지는 않은가?

2. 어떤 어조로 쓰였는가? 아이러니, 동정, 슬픔, 기쁨, 심각성이나 자신감이 드러나는가? 이 장이 보여주는 효과가 무엇인지 생각해보고, 그런 효과를 일으키는 구체적인 문장에 표시하자.

3. 독자가 이야기에 푹 빠져 다가올 커다란 이야기의 흐름을 탔다고 느낄 것이라고 생각하는가?

4. '이야기가 제기하는 문제'가 드러나는 느낌이 드는가? 이 문제는 다음 중 한가지일 수도, 두 가지에 모두 다 해당될 수도 있다. (가) 코 앞에 닥친 문제이거나 (나) 아주 중요한 문제다. 이 두 질문에 모두 해당된다면 100점짜리 도입부라고 할 수 있다. 맥락에 맞고 아주 재미있어 독자가 어떤 문제가 나타날 때까지 기다리는 것도 신경 쓰지 않을 정도의 도입부인지는 나중에 확인할 수 있다.

5. 첫 문장이 완벽한가? 소리 내서 여러 번 읽어보자. 다른 여러 소설의 첫 문장도 읽어봐야 한다. <시인과 작가>지에서 격월로 첫 문장의 특징에 관한 글을 연재하니 참고하자.

6. 독자는 첫 장과 다른 장이 동일한 형식이라고 생각할까? 한 장의 분량 같은 것 말이다.

7. 이야기의 큰 그림에서 이번 도입부가 그리고 있는 부분이 무엇인지 적어보자. 첫 장에서 무슨 사건이 발생했는가를 쓰라는 말이 아니다. 독자가 책을 읽으면서 어떤 기대와 가정을 할지 생각해보자(무슨 일이 일어날지는 독자도 알 수 없겠지만 말이다).

8. 도입부의 시작, 중간과 끝이 분명한가? 요약과 묘사, 두 서술 방법을 균형 있게 사용했는가? 책 전체적으로도 균형이 잘 맞는가? 도입부를 읽고 한 편의 제대로 된 이야기를 읽은 듯한 만족감이 드는

가?

9. 도입 장을 읽으면서 가슴이 뛰는가(독자로서가 아니라 작가로서 말이다. 글을 읽으면서 흥분되는가?)?

5. 연속되지 않은 여섯 장면을 골라 이 장면들이 어떻게 연결되는지 설명하기

장면은 어떻게 연결되는가? 사실 장면끼리 알아서 이어진다고 할 수 있다. 하지만 연속되지 않은 여섯 개의 장면을 고르자. 진행 중인 사건의 논리가 판단을 흐려서는 안 된다. 각 장면은 제대로 짜여 있어야 하고, 큰 줄거리에서 독립적이어야 한다.

좀 까다롭긴 하다. 마음에 드는 여섯 장면을 선택할 때 같은 장의 장면이 있어서는 안 된다. 낱장 출력본에서 그 장을 뽑아 순서대로 배치한다. 모든 장면이 앞뒤가 맞지 않을 것이고, 서로 이어져도 안 된다. 임의로 뽑긴 했지만 가장 중요한 장면은 가능한 쓰지 않을 것이다. 중요한 장면은 나중에 따로 다룬다. 꼭 긴 장면일 필요는 없지만, 사건과 긴장감, 터닝 포인트, 주인공의 생각(좋은 장면이라면 이 모든 것이 마땅히 포함돼 있어야 한다) 정도는 들어가 있어야 한다. 모든 장면은 이야기를 끌고 나가는 데 일조를 해야 한다. 그렇지 않으면 그 장면이 거기 있을 필요가 없다! 이번 기회에 불필요한 장면을 잡아내도 괜찮다. 그 장면을 다시 쓸 수 있도록 지금 표시해두자.

당신이 고른 여섯 장면은 이런 식일 것이다.

각 장면을 빈 공간이나 포스트잇을 활용해 몇 줄 정도로 간단하게 요약하자.

각 장면의 '클라이맥스'나 전환점을 찾아내서 표시하자. 이 장면은 어떻게 이야기를 끌고 나가는가? 이야기를 끌고 나가지 않는다면 주인공을 깊이 이해할 수 있도록 해주는 등 다른 기능이 있는가? 소설의 '지금'에 해당되는 부분인가, 아니면 비하인드 스토리인가? 이 장면의 기능을 포스트잇에 기록하자. 맥락 없이 장면을 읽는 것은 말도 안 되는 일이지만, 이런 방식은 객관적으로 장면을 이해할 수 있게 해준다.

장면 각각을 따로 떼어내 읽어보자. 지나간 사건을 얘기하는 것을 제외했을 때 장면은 재미있는가? 한 페이지, 한 문단, 한 문장도 건너뛸 수 없다. 모든 것이 독자에게 흥미로워야 한다. 아무 페이지나 골라 자세히 들여다보자. 설거지 후에 남은 거품, 벽을 타고 넘어오는 웃음, 안경테에 비추는 따사로운 볕. 모든 것이 살아있고, 다른 생각을 불러일으키고, 일체감을 느끼고, 무엇보다 흥미로워야 한다.

장면에 무게감이 느껴지는가? 굳이 장면 묘사를 할 필요가 있는가? 작은 이야기처럼 시작과 중간, 끝이 있는가? 비하인드 스토리나 회상을 대체하는 용도로 활용되지는 않았는가? 이 장면의 기능은 무엇인가?

독자가 책을 펼쳐서 이 장면을 읽었을 때 나머지 부분을 마저 읽고 싶을 만큼 재미있는가?

우리가 고른 장면 중 속 시원하게 질문의 답을 못하는 장면이 있다면 그 장면을 빼야 하는 게 아닌지 다시 생각해보고, 필요하다면 다시 적어야 한다.

이제 장면들을 넘겨가며 기록한 내용을 다시 살펴보자. 장면은 어떻게 연결되는가? 장면이 이야기의 요소와 연결되는 게 잘 보이지 않는다면 배경이나 화자의 어조, 인물을 고쳐보자. 모든 것이 한 권의 책에서 나온 것 같은가? 한 장면이 다른 장면에 영향을 주는가? 주인공이 모든 장면에 등장한다면, 그는 반복적이지 않으면서도 일관적인 모습을 보여주는가? 첫 번째 장면과 여섯 번째 장면 사이에 주인공의 행동에 변화를 줄 만한 사건은 없었는가? 주인공이 등장하지 않았다면 등장한 인물을 다른 장면과 연관 지을 수 있는가? 이야기의 흐름이 느껴지고, 각 장면에서 그 흐름을 모두 느낄 수 있는가?

다음 질문에 답해보자. 한 장면에서 다른 장면으로 어떻게 연결되는지 찾아보자. 바로 위의 예를 들자면 3장에서 7장의 장면으로 어떻게 이어지는지 찾는 것이다(특별한 일이 없어도 시간은 분명히 흘렀을 것이다. 3장에서 일어난 일 중 7장에서 일어난 사건에 영향을 준 것은 없는가?). 뒷장면에서 벌어지는 사건의 '씨앗'이 앞 장면에 들어 있지 않은가? 장면에 다른 인물은 더 없는가? 앞 장면에서 제기된 이야기의 요소가 뒷 장면에서 더 진전하는 경우는 없는가? 장면이 점차 진행되는 동안 인물은 어떻게 변하는가?

다음 짝인 7장과 13장을 분석하고, 마지막 장면까지 동일하게 분석해보자. 각 짝마다 앞 장면의 시간과 플롯의 전개가 뒷 장면에서 어떻게 바뀌었는지 찾아보자. 핵심만 얘기하자면, 두 장면 사이에 일어난 사건이 무엇인지 생략된 부분을 찾아보자는 말이다.

갈등이 고조되면서 이야기가 전개되는 것이 보이는가?

우리가 고른 장면이 밀접하게 연관된 장면이 아니라면 배경에서 어느 정도의 괴리가 느껴질 것이다. 그렇더라도 같은 이야기에서 뽑은 글처럼 읽혀야 한다. 느끼기 어렵더라도 연결되는 부분이 분명히 있어야 한다. 각 장면은 고조되는(그리고 해결되는) 사건, 즉 갈등을 드러내야 한다. 예를 들어, 네 번째 장면에서 일어난 사건이라면 어떻게든 그전에 일어난 장면에 영향을 받기 마련이다. 만약 원고에 어떤 액체가 담겨잇다고 친다면, 우리는 모든 페이지에 같은 액체가 들어있는지 확인해야 한다.

장면들이 서로 어떻게 연관되고 전체 이야기와는 어떤 관련이 있다고 생각하는가? 이것이 책의 샘플이라면 이 장면을 읽은 독자는 나머지 부분도 읽고 싶을까? 장면이 제기하는 문제는 어떤 것인가? 이 문제는 소설에서 얼마나 큰 의미를 가지는가? 긴장감이 있는가?

약한 장면은 수정이 필요하다. 왜 그 장면을 썼는지, 달성하고자 하는 목적이 무엇이었는지 생각해보자. 다른 장면에 그 내용을 넣을 수 있는 방법을 찾고 이 장면은 지우자. 중요한 장면이라면 극적이어야 한다. 에너지와 갈등이 느껴져야 한다. 다른 갈등을 더하거나 심화할 수는 없을까?

이질적인 장면이 있을 때는 '모난' 부분을 적어 놓자. 그리고 연속되지 않은 장면이 서로 낯설지 않고 친근하게 느껴지도록 할 방법을 찾아보자.

연습하기

· 공부하려는 소설로 먼저 연습하자.

각 장면마다 '스냅 사진'으로 남길 만한 순간을 찾자. 시간을 잠시 멈추는 것이다. 그리고 그 마음속 순간을 사진으로 남기고 종이에 그 장면의 제목을 적는다. 이제 적은 종이를 내려놓고, 종이와 나란히 놓인 스냅 사진을 생각한다. 시간이 멈춘 그 순간의 사진을 머릿속에 떠올려본다. 사진이 자극적인가? 서로 비슷해 보이는가? 그 안에 미스터리한 느낌은 없는가? 그 안에 어떤 연결 고리가 있는지 궁금하지 않은가? 그 순간을 선택한 이유는 무엇인가?

각 장면마다 긴장이 가장 고조된 순간을 꼽아보자. 이야기에서 제기하는 전반적인 문제와 어떤 연관이 있는가?

어디에서 이 사진이 찍혔는가(이야기가 흘러가는 현시점의 배경은)? 이 장소와 순간에 특별한 것이 있는가?

· 두 장면을 임의로 골라 다음 질문에 답해보자.

1. 두 장면이 같은 이야기라고 얘기할 만한 요소는 무엇인가?
2. 다른 장면과 차이가 나게 도드라지는 요소가 있다면 무엇인가?
3. 각 장면에서 소설의 세계가 어떻게 생명력을 얻는가?
4. 장면이 진전되면서 등장인물의 어떤 점이 바뀌었는가? 그 변화를 좀 더 극적으로 만들 수는 없는가? 각 장면에서 드러나는 감정을 찾아보자. 좀 더 강하게 표현할 수는 없는가? 누구의 장면인지 어떻게

알 수 있는가? 이 장면은 주인공이 원하는 바와 어떤 관련이 있는가? 두 번째 장면에서 주인공은 원하는 것에 가까워졌는가, 멀어졌는가? 주인공의 감정에 어떤 영향을 주는가? 주인공이 가장 원하는 것으로 장면에 힘을 불어넣을 수 있는가?

이 장면이 주인공의 강점이나 약점을 부각하나(타이밍이 적당하고, 주인공의 변화에 영향을 준다면 어느 쪽이든 상관없다)?

- 이번에는 두 장면 이상 떨어진 두 장면을 골라 총 네 장면의 제목을 읽어보자. 첫 장면에서 마지막 장면까지 중간 장면을 거치지 않고 갈 수 있는 방법이 있는가? 이 방법을 찾다 보면 뽑은 장면 중 한 장면만 빠질 수도 있다. 달리 말하면, 이 모든 장면이 필요한 만큼 충분한 긴장감이 있는지, 아니면 몇 장면을 뺄 수 있는지 판단해야 한다.

- 여섯 장면 모두의 배경을 적어보자. 겹치는 배경이 있다면 의도한 것인지 생각해보자. 배경을 하나의 그룹으로 봤을 때, 그 배경이 소설의 세계를 설정하는 데 도움이 되는가?

  선택한 장면 중 하나를 독립된 장면으로 분리해 이전 장면이나 이후 장면과 통합할 수 있는지 따져보자.

- 어느 장면에서 주인공은 가장 큰 위협을 느끼는가? 당신이 고른 장면에 갈등의 극적인 전환이나 갈등이 없다면, 장면 시퀀스를 만들면서 원고를 전면적으로 다시 봐야 한다.

  우선 여섯 장면 중 하나를 골라서 다시 쓰자. 주인공에게 더 힘든 일이 닥치게 하자. 주인공이 실패를 인정하고, 위협에 맞서고, 어떻게 해야 할지 모를 때 깊은 내면을 드러낼 수 있는 문장을 추가하자.

6. 비하인드 스토리를 나타내는 장면에 표시하기: 관계, 효율, 자극, 전환인지 분석하기

여섯 장면을 모두 살펴보면서 펜이나 마커로 비하인드 스토리에 해당하는 부분을 표시하고 지금까지 나온 비하인드 스토리가 무엇인지 설명해보자.

· 비하인드 스토리가 '현재' 발생하는 사건과 연관이 있는가?
· 지나간 사건을 기억한 계기는 무엇인가?
· 비하인드 스토리가 요약돼 서술되는가? 회상하는 부분이 따로 있는가, 아니면 누군가와의 대화 중 언급되는가? 지나간 일을 이야기하는 것이 아니라면 누군가 생각하거나 작가가 '끼워 넣는가'?
· 비하인드 스토리에서 빠져나와 현재 시간과 사건으로 돌아오는 방법은 무엇인가?
· 비하인드 스토리가 장면을 방해하거나 반대로 풍부하게 한다고 생각하는가?

비하인드 스토리의 쓰임을 검토하는 이유는 그 필요 여부를 다시 판단하려고다. 이미 나쁘지 않을 수도 있다. 하지만 불편한 부분이 있다면 그 비하인드 스토리가 이 장면에 필요한지 재검토해보자.

비하인드 스토리가 여섯 장면 대부분에 유사한 방법으로 나오리라고 생각하지는 않을 것이다. 비하인드 스토리를 보여주는 방법을 좀 더 다양하게 할 수 없을까? 혹시 의도적으로 같은 기억의 우물에 계속 '발을 담그지는' 않는가? 그렇다면 그것은 의도적인가? 효과는 있는가?

같은 기억이 계속 떠오르는가? 만약 그렇다면, 기억이 반복될수록 어떻게 의미가 추가되고 깊어지는가?

7. 요약하고 설명하는 구문에 표시하고 평가하기

앞의 '비하인드 스토리에 표시하기'와 겹칠 수도 있다. 이번에는 장면에서 사건에 해당하지 않는 부분에 모두 표시한다. 예를 들면,

1. 현재 진행 중이고 장면에 포함된 사건의 요약
2. 과거 사건의 요약
3. 사건을 읽어서 알 수 있는 것 외에 덧붙여진 정보
4. 화자의 의견이 더해진 과거사와 설명

역시 같은 질문을 해보자. 필요한 부분인가? 지금 이 장면에 꼭 필요한가? 자연스럽게 삽입되었는가, 아니면 전환을 좀 더 조정할 필요가 있는가?

설명이 필요하다고 생각한다면 어떤 설명이 필요할지 생각할 시간을 가지자. 장면 내에서 일어나고 있는 사건을 설명하는 구문이라 없으면 혼란스러워지는가? 지나간 일에 대한 내용이라서 지금의 사건을 이해하는 데 도움이 되는가?

독자가 요약이나 설명을 읽다가 다시 장면으로 자연스럽게 넘어갈 수 있는 장치가 있는가? 구체적으로 어떤 문장이나 문구가 이런 역할을 하는지 표시해보자.

8. 내면 묘사 찾아서 분석하기

주인공의 말이나 행동이 아니라 생각에 표시한다.

· 지나간 일을 떠올리는가?
· 지금 일어나고 있는 일을 생각하는가?
· 앞으로 다가올 일이 무엇인지 궁금해하는가?
· 더 나아가, 주인공의 생각이 다음에 주인공이 할 행동에 영향을 미치는가?

　장면을 다시 읽어보자.

　내면 묘사가 장면을 방해하거나 진행을 더디게 한다고 생각하는 가? 아니면 긴장감(주인공의 생각이나 행동의 대비를 통해)이나 의미(주인 공의 해석을 통해)를 더하는 데 도움이 되는가? 흥미로운가(독자가 읽지 않고 건너 뛰지 않을까)?

　내면 묘사를 통해 주인공의 감정이나 생각에 다가가 장면의 의미 와 과거 이야기의 다른 요소를 더 이해할 수 있는가? 즉, 주인공을 더 많이 알게 되고, 그에게 깊게 공감할 수 있는가?

　내면 묘사가 그 장의 진행 속도에 어떤 영향을 주는가? 보통 글의 속도를 늦출 것이다. 그렇다면 소설에 긍정적인 요소로 작용하는가 (진행을 잠시 멈추고 주인공의 의식에 들어가 그와 함께 느끼고 걱정하기 적당한 시점인가)?

　내면 묘사 그 자체로 나름의 긴장과 갈등이 있는가? 주인공이 파 급력이 상당한 결정을 내리려 할 수도 있다. 아니면 과거 사건을 새 로운 관점에서 해석할 뿐 지금 할 일에 영향을 주지는 않는가?

머릿속에서 무슨 일이 일어나는지 작가는 정확히 그려낼 수 있어야 한다. 주인공이 상반된 필요나 요구, 선택, 결정 앞에서 고뇌한다면 내면 묘사는 단순히 생각하는 것 이상의 큰 효과를 가진다. 어느 선택을 하든 잘못될 수밖에 없는 상황에서 내려야 하는 결정이라면 더욱 그렇다.

결국 묻고 싶은 질문은 '이 내면 묘사가 꼭 필요한가?'다. 장면을 더 풍요롭게 하지 않는다면 과감히 빼야 한다.

· 여섯 장면 중 좀 더 다듬을 수 있는 장면은 없는가?
· 내면 묘사를 더 추가할 장면은 없는가?
· 일관된 테마를 여섯 장면 모두에서 발견할 수 있는가?

연습하기

· 장면은 희곡처럼 적어야 한다. 대화와 행동(무대 동선)만 적는다. 수정한 후 원래 원고와 비교해보고, 내면 묘사가 조금이라도 나올 때마다 그것이 필요한지 다시 생각해보자.

이제 내면 묘사 전부를 다시 읽어보고 이를 출발점으로 해서 장면의 마지막에 올 문구를 적되, 그 어떤 내면 묘사도 장면에 포함하지 말아보자. 두 전략을 비교해보니 어떤가? 늘어난 구문에서 새로운 무언가를 발견했는가?

· 임의적이든 특별한 기준을 두든 최소 열 페이지 정도 연속된 원고를 골라 읽으며 모든 내면 묘사에 밑줄을 긋는다.

각 내면 묘사가 어떤 종류인지 빈칸에 적는다.

내면 묘사가 생각, 회상, 조사, 설명인가?

아니면 과거나 현재, 미래에 관한 내용인가?

한 종류의 내면 묘사를 주로 사용하는지, 아니면 다양한 내면 묘사를 활용하는지, 정해진 패턴이 있는지 찾아보자.

내면 묘사의 일부로서 비하인드 스토리를 활용했는지도 확인해보자.

최근 워크숍에서 작가 지망생들과 자신이 쓴 원고를 가지고 이 연습을 거의 한 시간 동안 했다. 지망생들은 협조적이긴 했지만 적극적이지는 않았다. 아마 연습의 본질을 제대로 이해하지 못한 것 같다. 하지만 마지막에 분석한 내용을 보고 자신들이 사용한 내면 묘사의 종류가 얼마나 한정적인지 깨달았고, 내면 묘사를 세심하게 다듬어서 좀 더 효율적으로 주인공을 발전시키고 드러낼 수 있도록 소설 전체를 다시 보겠다고 다짐했다.

9. 핵심장면 두 개를 골라 장면 템플릿 이용해 평가하기

어떤 장면으로도 이 연습을 할 수 있다. 마음에 드는 장면과 좀 더 보완이 필요한 것 같은 장면을 고르자.

장면의 약점이나 의문이 드는 부분을 찾았다면, 표시해놓거나 빈칸에 적어놓고 나중에 다시 찾아보면 된다.

사건의 핵심을 알 수 있는 제목을 각 장면에 단 후 분석하자.

장면 템플릿

1. 이 장면의 목적이 분명하고 그 목적에 충실한가(장면의 목적은 대치, 결정, 촉매, 전환점, 굴복으로 구분할 수 있다)?
2. 극적인가(갈등과 사건이 발생한다는 뜻이다)?
3. 회상, 설명, 내면의 반응을 드러낸 구문이 있는가? 이 구문이 장면의 흐름을 방해하는가? 방해한다면 줄이거나 빼버리면 어떤가? 아니면 그 장면에 좀 더 감정적으로 균형을 잡을 필요가 있는가? 그렇다면 내면 묘사를 추가해야 하는가? 지금이 이야기의 진행을 늦추고 인물의 내면을 깊이 들여다볼 시점인가?
4. 사건 진행이 순조로운가? 이야기의 클라이맥스까지 끌고 나가는가?
5. 장면의 배경을 '분명하게' 그려 넣었는가? 우리가 어느 곳에 있는지 알 수 있도록 감각을 사용했는가? 눈으로 보고, 코로 냄새를 맡고, 귀로 들려야 한다.
6. 시점은 분명한가? 인물의 시점에 분명한 목적이나 의도가 드러나는가?

샘플 장면을 분석하면 장면을 어떻게 완성했는지 제대로 이해할 수 있고, 소설이 서로 어떻게 연결되는지도 알 수 있다. 소설이 길어도 낭비할 순간은 어디에도 없다. 버릴 만한 내용이 없어야 한다.

'공부거리' 장의 '장면 묘사 템플릿' 파트를 보고 좀 더 자세히 분석할 수 있을 것이다.

멈추기

지금까지 낸 결과를 다시 살펴보고 간단히 정리하자.

잠시 원고를 멀리한다.

다시 돌아와 원고를 큰 그림 위에서 평가하고 검토해보자.

소설을 통해 말하고자 하는 바를 이야기했는가(어느 정도라도)? 구조가 단단하고 이야기를 지탱해주는가? 시점은 적당한가?

마음에 들지 않는 곳을 찾으면 원고에 적어둔다.

지금까지 원고를 쓰면서 깨달은 점을 적어보고, 글을 고치면서 어떤 부분을 다시 다뤄야할지도 적어본다.

또한 글 고치기에 대비해 장면 묘사 기술을 검토하자.

일부 연습을 다시 해보고, 모델 소설도 계속 공부하자.

두 번째 단계: 계획하기

이번 단계는 '이야기 글타래'같은 새로운 개념 소개를 제외하면 설명할 내용이 적은 편이다. 지금까지 책을 읽고 글을 쓰면서 남긴 메모와 질문이 상당히 많을 것이다. 책의 앞부분에서 제시한 아이디어와 연습문제를 다시 볼 필요가 있다. 무엇에 관한 글인지 재검토해보자.

이번 장의 목표는 소설 고쳐 쓰기 계획 세우기다. 따라서 앞에서 공부한 내용의 연장선상으로 생각하면 된다.

글은 어떻게 고치나?

1. 글의 플롯, 이야기의 문제 제기, 위기 시점, 그리고 해결에 관한 짧은 요약글 작성하기

2. 새로 소설 요약하기
3. 주인공의 운명을 간단히 요약하고 소설을 통해 보여주고 싶은 주제를 어떻게 그렸는지 설명하기
4. 주요 장면의 틀 다잡기
5. 글타래의 구조 만들기
6. 서론·본론·결론에서 주요 장면 시퀀스 찾기
7. 초고에서 가져올 구문, 장면, 장 찾기
8. 새로 써야 할 문구, 장면, 장 확인하기
9. 초고를 고쳐 쓸까? 아니면 완전히 새로 쓸까?
10. 자신이 이야기를 얼마나 사랑하는지 설명하기

1. 글의 플롯, 이야기의 문제 제기, 위기 시점, 그리고 해결에 관한 짧은 요약글 작성하기

우리는 이야기(인물) 혹은 플롯 중 어느 하나에 '중심'을 두고 소설을 쓴다. 어느 방법이든 사건이나 의미가 더해지겠지만, 지금 당장은 어느 쪽에 더 무게를 실을지 결정해야 한다. 필요하다면 다른 방식으로 요약해 볼 수도 있다. 하지만 다음 사항을 기억하도록 하자.

1. 이야기(인물) 중심 소설은 맥락에 맞춰 떠나는 주인공의 여행이지만, 진짜 주제는 바로 인물이다. 깊이, 복잡함, 내적 갈등, 동정이 글의 플롯에 따라 인물을 통해 드러난다. 한 문단 정도로 요약하면 적당하다.

2. 플롯 중심 소설에는 꼬이거나 뒤집어지는 강한 스토리라인, 전환, 의문과 불안감, 위기, 극도의 긴장, 그리고 이 모든 것을 꿰뚫는 해결책이 있다. 주인공의 여정은 어려움을 이겨내고 문제를 해결하거나

목표를 달성할 수도 있고, 대항마를 무찌르거나 주인공이나 그 주변 인물에게 위협이 되는 상황을 극복할 수도 있다. 세 개의 짧은 문단 정도면 충분히 설명할 수 있다.

2. 새로 소설 요약하기

원고에 얽매이지 말자!

요약문을 서론·본론·결론의 세 '부분'으로 만들어보자(긴 문단 세 개면 된다).

1. 서론: 이야기의 배경을 설정하고 질문을 던진다.
2. 본론: 글의 플롯을 전개하고 갈등을 만든다.
3. 결론: 갈등을 고조시키고 문제를 해결한다.

지금 쓴 요약문을 다른 연습에서도 활용할 것이다. 글을 고치기 위한 청사진을 만든다고 생각하자.

이번 단계를 건너 뛰면 안 된다. 서두르지 말자. 이번 연습은 위에서 한 몸풀기 연습보다 더 깊고 넓게 파고 들어야 한다.

요약을 하면 장면에 어울리는 '알맞은' 단어를 고르고 모든 자아의식을 글로 옮기느라 골치 아파할 필요가 없다. 지금은 이야기를 생각해야지, 문체를 고민할 때가 아니다. 또한 이 연습은 작가를 위한 것이지, 독자를 위한 것이 아님을 기억하자.

이야기 전체를 세 문장으로 요약하는 것부터 시작하자. 왜 그런지 모르겠지만, 이 연습을 작가 지망생들이 아주 좋아했다. 연습이 이야기를 좀 더 명확하게 하고, 소설에 이야기가 분명히 포함돼 있다는

'반증'이기 때문인듯하다. 어떤 지망생은 요약문을 더 '파고들어' 각 문장을 또 다른 세 문장으로 확장하는 연습을 하기도 했다. 총 아홉 개의 요약문을 만든 것이다. 이 과정을 지나면 스키에 기름을 먹이듯 저절로 요약문 사이사이에 무슨 일이 있었는지 적을 수 있다.

이제 원고와 지금까지 만든 자료를 조금 멀리 두자. 가능하다면 며칠 동안 작업을 하지 않는 편이 좋다. 이렇게 뜸을 들인 후 다시 이야기를 살펴보자. 다시 한 번 말하지만, 원고에 얽매이지 말자. '어떻게 바꾸지?'라는 생각에 너무 휩싸이면 안 된다. 길이가 생각보다 길거나 짧아도 잠시 걱정은 접어두자. 부분 부분 잘못이 눈에 띄어도 그냥 넘어가자. 가만히 앉아서 이야기를 다시 요약해보기만 하자. "여기 이야기가 있어요"라고 말하는 스스로를 상상해보자.

서술의 흐름을 따라가다 예상치 못한 사실을 발견하더라도 그것이 진짜인지 아닌지 신경쓰지 말고 계속 하자.

그렇게 물 흐르듯 요약문을 작성했다면 다시 검토하고, 고민하고, 다시 한 번 더 써야 할지 생각해봐야 한다. 어떻게 바꿔야하나 싶을 수도 있다. 아직 명확하지 않은 부분을 찾을 수도 있다. 지금까지 글을 쓰면서 만들어 놓은 메모를 다시 한 번 보고 싶은 생각이 들 수도 있다. 새로 쓴 요약문을 발견한 것을 바탕으로 수정할 수도 있다. 지금 당장 필요한 것은 글을 고칠 때 필요한 가이드라인이다. 질문이 떠오를 수도 있고, '애매한 부분'이 눈이 띌 수도 있다. 요약문은 이야기의 앞뒤가 맞는지, 극적인지, 구조가 잘 짜여있는지 확인할 정도는 돼야 한다. 이 요약문은 '무슨 일이 있었는지', 즉 사건에 관한 것이다. 비하인드 스토리나 의견, 내면 묘사는 담겨 있지 않다. 만약 당신의 소설이 그런 요소들에 관한 것이라면 비하인드 스토리를 요약하고 그것이 어떻게 이야기에 영향을 주는지 설명하는 요약문을 적어 볼 수도 있다. 그리고 그 의미를 이야기하는 글도 따로 적을 수 있다. 스스로가 만든 틀에서 벗어나야 한다. 자신의 글을 낯설게 대하자. 원고에서 떨어져 생각해 볼 필요도 있다.

보통 3~5페이지 정도의 분량으로 이 연습을 하지만, 15~20페이지 정도를 가지고 해도 상관없다. 이야기의 분량과 이야기가 얼마나 복잡한지, 또 느낌에 따라 달라진다. 나는 짧은 요약과 긴 요약, 두 가지를 모두 적어 보는 편을 선호한다. 소설에 거의 같은 비중의 이야기가 병렬로 진행된다면, 각각 따로 요약하자. 이렇게 하면 겹치는 부분이 있을 수 있다. 아니면 원고에 나오는 대로 이야기를 교차시키며 단원 별로 쓸 수도 있다. 하위 플롯 요약문을 적을 수도 있는데, 이는 후에 따로 다룰 것이다.

요약문을 보면서 어떤 부분에서 장면 묘사를 할지 결정할 수 있어야 한다. 다른 부분은 요약할 수 있다. 아무 생각 없이 기존에 적어 놓은 장면 구조를 가져다 쓰지 말자. 새로운 생각을 막아서는 안 된다. 그런 단원은 색연필로 칠하든 별표를 쳐두든 자신만이 알아볼 수 있는 표시를 해두자. 장면과 요약을 구분해서 생각하자. 아주 '중요한 장면'이라면 밑줄을 여러 번 긋자. 왜 중요한('없어서는 안 될') 장면인가? 그 장면 안에서 무슨 변화가 일어나는가? 이어지는 사건은 무엇인가? 지체되면 안 될 '촌각을 다투는' 일이 있는가?

요약은 한 번 하고 마는 작업이 아니다. 시험도 아니고, 시간제한도 없다. 스스로가 이야기를 제대로 잡아 냈다는 만족감이 들어야 한다. 글 고치기를 계속하면서 요약문도 계속 수정하자. 요약하는 동안 좋은 영감이 떠오른다면 제본해놓은 초고에 적자.

나를 믿고 따라해보자.

이 연습의 두 번째 부분은 이야기를 좀 더 구체적으로 만드는 작업이다. 당신은 요약을 세 부분으로 구분해서 다시 적을 것이다.

한 파트당 한 페이지에 따로 적자.

서론: 이야기의 첫 부분이다. 누가, 어디에서, 무엇을, 어떻게 사건이 일어났는지 충분히 설명하고, '이야기의 문제'가 드러나 소설 속으로 독자를 끌어들인다. 문제를 야기하는 상황이 일어난 조건, 즉 '이야기의 배경'을 따져봐야 한다. 이야기를 촉발하는 사건, 즉 촉매도 확인해보자. 주인공이 되돌아올 수 없는 선을 넘게 되는 사건은 무엇인가(주인공은 그 사실을 모를 수도 있다)? 서론 요약으로 책의 4분의 1 정도(여러 장)를 정리할 수 있다.

이야기가 제기하는 문제는 무엇인가? 주인공이 어떻게 느끼고 있고, 무엇을 두려워하고, 무엇을 원하는지, 누가 주인공을 도와줄 수 있는지에 관한 내용을 적는다. '주인공이 처한 현재 상황'도 적는다. 원고에 넣을 게 아니라 우리를 위한 참고용이므로 어떻게 읽힐지 걱정하지 말고 써도 된다.

본론: 긴장을 고조시키고, 독자가 주인공이나 등장인물에 관심을 쏟게 하고, 주인공을 극한에 다다르게 하는 '갈등'의 단계를 적는다 (문학 작품이라면 이 부분이 생각보다 심심할 수 있다. '요란'하지 않은 대신 '깊

이'가 있기 때문이다. 문학 작품의 주인공을 좌절하게 만들 만한 어려움이 있어야 한다. 그 어려움이 내적 요소일수도 있다). 주인공이 상실을 겪고, 좌절하고, 실패의 나락으로 떨어지는 장면을 골라보자. 이야기의 갈등이 고조되는 각 단계를 몇 줄의 제목이나 문장으로 적을 수 있을 것이다. 이야기의 지도에 언덕과 계곡을 그려 넣는다고 상상하면 된다. 과장하거나 무관한 내용으로 이야기의 물을 흐려서는 안 된다.

결론: 긴장이 최고조에 달하는 순간과 그 결과, '그리고 긴장이 어떻게 해소되는지' 적어보자. 주인공은 원하는 결과를 얻었는가? 승자나 패자가 있는가? 서로 화해하는가? 마무리 부분의 느낌은 어떤가(독자는 슬픔, 화, 기쁨 등의 감정을 느끼는가)? 샤건의 흐름에 반전이 있는가? 주인공의 긴장이 극에 달한 시점과 일이 모두 해결되는 시점에 주인공이 어떻게 느끼는지(만족하든 그렇지 않든) 자연스럽게 적는다.

다시 도입부로 가서 서론에서 나온 이야기의 문제를 다시 한 번 생각해보자. 이야기의 배경을 설정하는 요소를 가리킬 수 있는가? 이야기가 진행되기 시작하는 지점은 어디인가? 문제 제기가 시작되는 곳은 어디인가? 소설이 그 문제에 제대로 답했다고 생각하는가? 사건이 발생한 후 필연적으로(그렇지만 뻔하지 않게) 결론에 다다른다고 생각하는가?

내면 묘사와 의견 달기: 이제 요약문을 다시 읽어보면서 비하인드 스토리에 해당되거나 설명, 내면 묘사를 확장하는 부분이 있는지 찾아보자.

예를 들어,

- 여기가 작가가 결국 제레미가 어떻게 죽었는지 보여주는 부분이다.
- 밤을 꼬박 새워 고민한 끝에 엘리스가 벤과 이혼하기로 결심하는 부분이다.
- 화염에 불탄 집과 물건들이 얼마나 처참한 상태인지 묘사하는 부분이다.
- 존이 어떻게 회사를 무너뜨렸는지 설명하는 부분이다.
- 모든 의사가 왜 패트리시아를 제대로 진단하지 못했는지 화자가 설명해주는 대목이다.
- 어머니는 아들의 악의를 눈치채지 못한다.

더 이상 초고에 얽매여서는 안 된다. 이야기를 더 재밌게 바꿔보자. 플롯을 달리해 볼 수도 있다. 여유를 가지고 해보자.

이제 소설의 고쳐야 할 부분이 모두 드러났다. 이야기에 구멍이 보이거나, 장면의 균형이 맞지 않거나, 주인공이 맥빠져있거나, 내면 묘사가 과하거나 모자랄 수도 있고, 비하인드 스토리가 빠졌을 수도 있다.

모든 수단을 동원하자. 분위기가 바뀌는 부분에서 좀 더 강하게 나가거나 극적으로 보이게 만들거나 좀 더 중요하게 만들어 보자. 싸우는 장면에서는 더 과감해지자. 눈물이 흐르는 장면이라면 소리 내서 흐느껴보자. 내가 과장해서 말하긴 했지만, 드라마를 극적으로 만든다고 해서 나쁠 건 없다.

이제 요약한 문장을 시각적으로 표현해 보자. 서론·본론·결론에 해당하는 제목을 빈 종이 가장 위에 적자. 왼편에는 장 번호를 적고 각 장이 서론·본론·결론 중 어느 부분에 해당하는지 체크한다. 균형이 맞는가? 본론에 체크 표시가 많아야 한다. 그렇지 않다면 서론과 결론을 제대로 썼는지 다시 생각해봐야 하고, 본론에 더 무게가 실리도록 이야기를 재구성해야 한다.

서론과 본론, 본론과 결론 사이를 '연결'하면서 이야기의 플롯, 긴장감, 분위기에 변화가 있는지 감지할 수 있어야 한다. 서론에서 본론으로 넘어가면서 어느 정도의 기대와 걱정으로 책을 잠시 내려놓는 순간이 있어야 하고, 본론에서 결론으로 이어질 때는 걱정과 기대가 고조된다. 어느 경우든 이야기가 진행된다는 느낌이 있어야 한다.

도표를 크게 만들어 포스트잇으로 필요한 부분에 글을 추가하거나 변경하면서 글을 고쳐나갈 수 있다.

- 문제제기

이제 문제 제기라는 측면에서 소설을 이해해보자. 문제 제기는 이야기가 진행되게 하는 또 다른 장치다. 주어진 문제의 답을 구해야 하고, 답을 구하려면 주인공이 행동할 수밖에 없다.

아래 예를 보면서 자연스럽게 떠오르는 질문을 살펴보자.

『한밤중에 개에게 일어난 의문의 사건』

크리스토퍼는 이웃집 개를 누가 죽였는지 알고 싶어한다. 수사 과정에서 주인공은 죽은 줄 알았던 엄마가 살아 있다는 사실을 알고 엄마를 찾으려 한다.

→ 크리스토퍼는 여태껏 혼자서 마을을 떠나본 적이 없다. 엄마

를 잘 찾을 수 있을까? 엄마는 크리스토퍼를 반가워할까?

『사라 데보스의 마지막 걸작』

마틴은 17세기 걸작을 베낀 여자를 벌주고 싶다. 또한 40년이 지난 후에야 자신이 저지른 잘못을 속죄하고 싶어 한다.

→ 가능할까? 그녀가 신경이나 쓸까? 그녀는 대서양 건너에 산다고!

『생각보다 가까운 동지』

두 엄마는 아들과 아버지를 다시 만나게 할 방법을 찾는다.

→ 허락 없이 침입한 아버지를 용서할 수 있을까? 자신의 진짜 집이라고 생각하는 곳을 떠날 수 있을까?

『굿 마더』

애너는 딸의 양육권을 얻으려고 싸웠지만, 스스로를 자책할 수밖에 없는 상황이다.

→ 지금 그녀가 성관계 때문에 부당하고 악의적인 처벌을 받았는데도 그녀의 애인을 평생 용서할 수 있을까?

『피아노 메이커』

헬렌은 일을 하면서 소박하게 안분지족 하면서 살고 싶어 한다. 하지만 그녀는 이미 무죄라고 입증된 사건으로 다시 구속된다.

→ 이번에도 그녀는 무죄를 증명할 수 있을까?

『위대한 개츠비』

제이 개츠비는 사랑을 되찾으려고 막대한 부를 쌓는 데 시간을 쏟았지만, 데이지는 상상할 수 없을만한, 깡패 같은 부자와 결혼했다.

→ 데이지는 개츠비를 원할까? 그녀의 남편은 가만히 있을까? 이들은 도대체 뭐하는 사람들인가?

『인디언 신부』

노르웨이 경찰은 비행기에서 내린 뒤 실종된 여자에게 무슨 일이 있었는지 알아내려고 한다. 그녀가 살해됐다고 추정한 경찰은 살인자를 찾으려고 한다.

→ 시체가 있다면 어디에 있을까? 그리고 알지도 못하는 여자를 죽이는 사람은 대체 누구일까?

『모두 다 예쁜 말들』

존 그래디는 목장의 딸과 결혼하고 싶어 하지만, 자신의 목숨까지 걸 수는 없다.

→ 어떻게 그래디는 아버지에게서 달아나 감옥을 탈출하는가? 집으로 돌아오는 그 험난한 길에서 어떻게 살아남는가?

『축복』

암 선고를 받은 시한부 남성이 후회하지 않고 죽고 싶어 한다.

→ 무슨 잘못을 바로 잡아야 하는가? 작별인사를 하지 않는 사람은 누구인가?

『고딕 소녀』

프랭키는 누구에게도, 어디에도 소속되지 않았다는 기분이 든다.
→ 그녀는 어디에 속하고 싶은 걸까? 누가 그녀의 사람됨을 알아
볼까?

『미스터 비스바스의 저택』

부인의 가족에게 조종당하는 비스바스는 자신만의 집을 갖고 싶
어 하고 자기만의 삶을 살고자 한다.
→ 비스바스는 독립하려고 쉬지 않고 어떤 노력을 하는가? 또한
실패했다는 괴로움을 어떻게 감당할까?

『이방인』

목적 없는 무자비한 화에 휩싸여 한 남자가 다른 남자를 모래 언덕
에서 총으로 쏴 죽이고 사형을 선고받는다.
→ 그는 어떻게 자신이 한 일을 이해하고, 잔인하고 되돌릴 길 없
는 자신의 운명을 받아들이는가?

문제를 제기하면 그와 연계된 질문과 요구가 즉시 떠오르고, 그
답을 찾으려고 한 걸음 내딛으면 또 한 발 올라설 수 있다.
그렇다면 제대로 된 문제 제기는 어떤 것인가?

· 쉽게 답할 수 있는 문제가 아니다.
· 중요하다.

· 감정적이고 윤리적으로 주인공을 곤경에 처하게 한다. 플롯 중심적인 소설에서는 물리적인 난관이 있을 수도 있다.

반대로 제대로 되지 않은 문제 제기는 어떤가?

· 누구도 관심 없고, 익숙하고, 문제의 깊이가 얕다.
· 너무 빨리 해결된다.
· 너무 복잡하다.

-흔하지않은 이야기 플롯

혹시 플롯이 독특해 분석하는 틀에 맞지 않을까 봐 걱정되는가? 글의 구조를 고치는 모든 방법을 설명할 수는 없지만, '시간 순서 따르기가 가장 좋은 방법'임은 확신할 수 있다. 이야기를 전하는 순서도 중요하지만, 이야기 자체가 훌륭해야 한다. 이야기를 기본적인 논리 흐름에 따라 말할 수만 있다면 극적인 효과를 노리고 이야기를 꼬아도 독자는 흐름을 놓치지 않는다. 이야기의 발단부터 이야기의 전환점과 반전을 지나 결론에 다다를 때까지 시간을 따라가며 분석하자. 시간 순으로 이야기가 잘 들어맞으면 시간 순서를 바꾸거나 시점과 배경을 다양화하는 등 자신만의 색깔로 글을 꾸밀 때 좀 더 자신 있게 할 수 있다. 자신만의 디자인을 하면서 모든 플롯을 알 수 있게 되는 것이다.

작가들은 이야기의 구성(전달하는 방법)이 어떻든 그저 독자를 끌어들여 관심을 끌만한 질문을 던지고, 이야기가 만들어지도록 관심과 사건을 더 일으키고 싶어 한다. 이때 독자를 궁금하게 만들되 당황하게 해서는 안 된다. 이야기를 전하면서 '예기치 않는 변화'가 있을 때는 어떤 상황에서 벗어나 어디로 들어가고, 이것이 독자에게 무슨 기대를 하게 만드는지 분명히 생각해둬야 한다. 독자가 미스터리를 풀어나가면서 만족할 만한 요소가 있어야 한다.

하위 플롯에 관한 설명

사건이 많은데도 주인공이 직접 등장하지 않는 하위 플롯이라면 주요 플롯처럼 장면을 더 세분화할 필요가 있다. 하위 플롯도 결국 하나의 작은 이야기다. 나름의 흐름이 있고, 사건이 일어나고, 작가의 시각을 드러낸다. 하지만 주인공은 보조적인 역할만 하고 다른 인물이 등장하는 것이 일반적이다.

하위 플롯은 주요 플롯을 더 심화시킨다. 주 이야기의 분위기와 엇갈리면서 위안을 주거나 다른 흥밋거리를 제공하기도 한다. 하위 플롯을 주요 플롯을 좀 더 단단히 하는 소설의 세계를 만드는 데 유용하게 쓸 수도 있다. 하위 플롯은 주요 플롯과 다른 이야기를 하긴 하지만, 다른 인물의 삶과 얽히면서 주요 플롯에 더해지기도 한다. 소설을 이야기의 그물망이라고 본다면, 서로 교차하는 이야기도 있고 그렇지 않은 이야기도 있을 것이다. 주요 플롯과 관련 없는 하위 플롯은 필요 없다. 주요 플롯보다 더 많은 분량을 차지하는 하위 플롯도 필요 없다. 하지만 독자는 하위 플롯 덕분에 주인공(하위 플롯에 등장하는 인물도 해당된다)이나 기댈 수 있는 친구, 피해야 할 동료를 다시 볼 수 있다.

3. 주인공의 운명을 간단히 요약하고 소설을 통해 보여주고 싶은 주제를 어떻게 그렸는지 설명하기

주인공 이야기를 해보자. 아주 자세할 필요는 없다. 이야기의 처음과 끝에서 주인공은 각각 어떤 모습인가? 주인공은 일어난 사건에 어느 정도의 책임이 있는가? 주인공이 통제할 수 없는 범위에서 일어난 일의 결과는 어떤가? 이를 고려했을 때 이야기의 마지막에 나오는 결론이 어쩔 수 없는 결과라는 데 동의하는가? 이 이야기를 읽은 독자는 어떻게 느낄까?

플롯 중심 소설은 세상을 보는 작가의 시각과 환경에서 필연적인 요소가 나온다(존 르 카레John le Carré의 소설처럼). 인물 중심 소설이라면 등장 인물이 누구냐가 중요한데, 그가 변할 수 있다고 믿거나(제인 오스틴의 『엠마』), 최선을 다해도 운명이나 외부적인 힘을 감당하지 못하는 경우도 있다(토마스 하디의 『테스』).

소설을 다시 읽어보고 이야기에서 주제가 잘 드러나는지 검토하자. 잘 드러나지 않는다면 하나씩 뜯어보면서 주제, 의도, 맥락 등이 맞는지 확인해야 한다. 또한 이야기의 어느 요소가 맥락에 맞지 않는지 찾아보고, 글의 플롯이나 구조에 변화를 줘 모든 장이 '전체 이야기의 합'에 맞도록 해야 한다.

· 과거의 상태는 이랬다.
· 이런 사건이 일어났다.
· 이렇게 문제가 해결되었다.

· 이렇게 인물의 삶이 바뀌었다.

4. 주요 장면의 틀 다잡기

소설의 길이가 크게 길지 않다면 이야기의 기승전결에 따라 이를 6~10개의 주요 장면으로 나눌 수 있다. 우선 여섯 장면으로 나눠 이야기를 평가해보자. 다중 플롯과 다중 시점 소설을 쓰고 있다면 각각의 줄거리를 따로 구분해서 검토한 후 어디에서 합쳐지는지 살펴봐야 한다. 300페이지가 넘는 긴 장편소설이라면 본론에서 네 개에서 여섯 개의 장면을 뽑아 분석한다.

주요 장면은 이야기를 끌고 나가는 주요한 순간으로 변화, 갈등, 새로운 상황을 만드는 주요 사건 주위에서 형성된다. 주요 장면은 이야기의 한 부분이며 긴장과 감정에 따라 움직인다. 위험에 처한 주인공은 결정을 해야 하거나 도움을 구하고, 도망치거나 승리하려 하고, 전환점을 맞는다. 이런 장면은 이야기가 흘러가도록 배치되어야 한다. 책을 읽고 몇 달이 지나도 기억에 남을 만한 장면이어야 한다. 또한 주요 장면에 주인공이 빠지면 안 된다.

각 장면으로 이 연습을 해보자.

1. 장면 제목달기(간단한 요약)
2. 배경 확인하기
3. 주요 사건 설명하기(긴장의 원인은 무엇인가? 시간에 쫓기고 있는가?)
4. 장면의 핵심 설명하기(갈등이 폭발하거나 소멸되는 가장 중요한 순간)
5. 주인공의 감정상태 정리하기
6. 결론 설명하기("결국 어떻게 됐는가?")

왜 어떤 장면은 기억에 남을까?

인덱스카드나 큰 종이에 이 연습을 해보면 이야기를 한눈에 그릴 수 있다. 모든 장면의 제목을 읽은 후 아래 질문에 답해보자.

1. 미스터리, 원하는 바, 긴장감이 고조되는가? 무슨 일이 일어나야 하는가?

2. 배경이 동일한가? 아니면 달라졌는가? 배경이 적절하다고 생각하는가? 이 배경을 고른 논리적인 근거가 있는가?

3. 각 장면의 제목을 시간 순으로 배치하자. 어떻게 하면 사건들이 좀 더 긴밀하게 전개될까? 각 사건 사이에 일어났어야 하는 일이 있는가? 시간의 흐름이 논리적인가?

4. 주인공이 문제를 해결하려고 가장 애쓰는 장면은 어디인가? 그 이유는 무엇인가?

5. 주인공이 희망을 잃고 포기할 것 같은 장면이 있는가? 독자는 주인공 편인가?
6. 장면에서 드러나는 전환점은 무엇인가? 예를 들어,
    - 무언가가 드러난다.
    - 무언가를 잃는다.
    - 힘에 변화가 생긴다.
    - 중요도가 올라간다.
    - 주인공이 앞으로 나가기를 포기하려고 한다.
    - 희망이 가능성으로 바뀐다.
    - 적막한 가운데 반향이 있다.

위와 비슷한 전환점이 있다면 따로 적어보자.

7. 어느 장면에서 주인공의 마음, 감정, 욕구, 두려움 등이 극명하게 드러나는가? 어떤 내적 갈등이 드러나는가?
장면이 가진 효과를 더 키우는 방법은 없는가?
어느 장면이 가장 강력한가? 그 장면이 이야기의 큰 전환을 만드는가, 아니면 어려운 문제를 해결하는가?
장면들을 다시 보자. 장면의 진행속도와 에너지가 다양한가?

이제 장면을 하나씩 살펴보면서 모든 장면이 꼭 필요한지 검토하자. 단순히 정보를 전달하는 장면이라면 요약해서 다른 장면에 넣자. '밋밋해'보인다면 뻔한 내용이라 장면으로 만들 필요가 없는 것일 수 있다. 이런 경우 필요한 내용만 뽑아 주변 문장에 넣자. 효율성도 고려하면서 글을 써야 한다. 길게 늘어지는 내용이나 극적이지 않은 사건은 장면으로 만들지 않아야 한다. 반면, 장면을 통해 인물이 도움을 바라거나, 위험에 처하거나, 괴로워하거나, 행복한 결론에 다다랐음을 보여 줄 수도 있다.

장면이 어정쩡한 것 같으면 장면의 전후 내용을 다시 살펴보자(주요 장면의 전후를 보라는 말이 아니다. 원고를 다시 보면서 의문이 드는 장면의 전후를 다시 보자). 장면을 나누면서 사건의 힘을 희석시켰을 수도 있고, 이전 장면에서 충분한 근거를 갖지 않은 일이 벌어졌는지도 모른다.

모든 장면이 꼭 완벽하다고 생각하면 이제 주요 장면의 전후 장면을 보자. 여기에는 이야기의 흐름이 들어있어야 하며, 최소한 그 흐름이 시작되거나 끝나기라도 해야 한다. 다시 말해 주요 장면이 다른 장면들과 잘 어울리는지 보자는 것이다(「자세히 살펴보기」 장의 '드러난 이야기와 비하인드 스토리의 타임라인 만들기'에서 다룬 장면 시퀀스의 예를 살펴보자).

이 장면들을 좀 더 탐구하자. 꼭 바꿔야 할 부분이 있다면 바꾼 후 다시 요약해보자.

장면에서 일어난 일의 요지를 보여주는 순간을 잘 포착하자. 사진을 찍는다고 생각하면 쉽다. 보이는 것을 설명해보자. (보여주고 싶은 감정에 따라) 관계, 감정, 긴장, 안도의 순간 등을 잡고자 '스냅 사진'을 찍는다. '사진' 여섯 장이 재미있는 구도를 보여주는가? 각 장면마다 그리고자 한 바가 잘 들어가 있는가? 감점이나 변화를 좀 더 극대화해야겠다는 생각이 들면 표시했다 글을 고칠 때 수정하자. 또 사진으로 담기 직전과 직후에 무슨 일이 일어나는지 살펴보자. 이제부터 주요 장면과 그 전후 장면을 한 세트로 생각해야 한다. 주요 장면은 한 장면 시퀀스의 정점에 해당하고, 그 이후 장면에서 새로운 장면 시퀀스가 시작된다. 만약 그렇지 않다면 해당 장면뿐만 아니라 그 전후 장면도 같이 살펴볼 필요가 있다.

제대로 된 6~10개의 장면을 가지고 있다면 이것들로 소설의 주요 사건 지도를 만들 수 있다. 먼저 가로로 쭉 펼쳐놓고 각 장면을 잇는 연결고리를 만든다. 이렇게 두 번째 장면에서 세 번째 장면으로 넘어가는 모든 단계를 정리해보자. 다른 장면도 똑같이 작업하자. 이것이 장면 시퀀스로, 여기에는 주요 장면을 연결해주는 이벤트와 사건이 있다. 집을 지을 때 골조를 만든 후 벽을 쌓는 것과 같은 이치다. 중심 이야기의 타임라인을 살펴보자. 주요 장면을 분석해 더 괜찮게 바꿔야 할 필요가 있을 것이다. 이제 각 사건을 잇는 장면 시퀀스를 만들자. '주요 장면과 주요 장면'을 이으려면 두세 장면 정도의 장면 덩어리가 필요하다.

이야기가 방대할수록 이 작업을 하는 동안 메모를 많이 해야겠지만, 꼭 해야 하는 작업이다. 지금쯤이면 눈앞에 소설의 모습이 '그려지기' 시작해야 한다. 무슨 장면이 빠졌는지도 보여야 한다. 사건이나 감정을 불필요하게 반복하지 않았는지도 알 수 있다. 지금까지 만들어 놓은 많은 노트와 메모, 기록을 글을 고치조가 논리적이고, 작업 가능하고, 깔끔한 구조로 바꾸는 모습에 안심하기도 할 것이다. 신문지처럼 큰 종이에 글의 구조를 그리거나 인덱스카드를 가지고 장면을 배치해보자. 각 장을 구분해 집게로 집어두면 편하다.

원고에 서술적 요약이나 의견이 너무 많아 장면 시퀀스의 구조가 이야기의 흐름을 제대로 보여주지 못한다면 서술의 부가적인 (장면이 아닌) 요소를 표현할 방법을 찾아 해당 흐름에 붙여 넣어야 한다. 각 구문을 이야기에서 담당하는 역할에 따라 요약한 예를 들어보면 이런 식이다.

· 아기가 태어난 후의 결혼 생활
· 엄마의 역할에 대한 회상
· 조사실에서 일어난 갈등에 대한 분석
· 네덜란드 화가의 그림이 어떤 가족에게 가지는 의미
· 영국식 정원에 대한 설명
· 학생 데모 결과 요약

이제 소설을 가지고 스토리보드를 만들 수 있어야 한다. '공부거리' 장에서 어떤 과정인지 살펴보자.

5. 글타래의 구조 만들기

'글타래'란 무엇인가?

이야기를 관통하는 사건과 의미의 줄기를 말한다.

하지만 이미 주요 플롯과 하위 플롯으로 모두 드러나지 않았나?

음…… 맞는 말이긴 하지만, 다르게 생각해보자.

이야기의 답을 보고 떠오르는 질문은 무엇인가?

소설에서 의미가 부여되는 모티프는 무엇인가?

주요 감정적 쟁점은 무엇인가?

비하인드 스토리의 어떤 요소가 이야기를 빛내는가?

설정은 어떻게 이야기를 단단하게 만들어주는가?

이번 연습에서 가장 중요한 것은 이야기에서 '어떤 문제가 언제 제기되느냐'다. 이것이 바로 주요 플롯과 하위 플롯의 흐름이다.

다른 글타래에 대한 생각이 떠오르면 기록하고, 글을 고치면서 마지막 즈음에 이 기록을 다시 검토하면 된다.

—문제

소설의 첫 40페이지를 읽어보자. 의문이 생기면 따로 적어 둔다. 첫 40페이지를 읽는 동안 답을 찾았다면 몇 페이지에 답이 있는지 적는다. 하지만 초반에 해답을 찾지 못할 질문이 대부분일 것이다.

『한밤중에 개에게 일어난 의문의 사건』의 주인공 크리스토퍼 존 프랜시스 부운과 죽은 푸들 웰링튼을 예로 들어보자.

크리스토퍼는 살인자를 찾아낼 수 있을까(이는 당연히 생각해볼 만한 사건이자 즐거움이다)?

크리스토퍼가 감옥에 갇혔다. 개를 죽였다고 비난받을까(금세 아니라는 것이 밝혀진다)? 이것은 전체 플롯에서 아주 짧은 부분을 차지한다.

크리스토퍼의 아버지는 왜 그렇게 화가 났을까(노발대발하고 울기까지 했다)? 이 문제에 대답하려면 크리스토퍼의 부모에 대한 정보가 필요하고(아버지는 크리스토퍼에게 어머니가 죽었다고 속였지만, 실제로 어머니는 살아있다), 이는 중요한 하위 플롯이 된다.

아버지는 사건의 변화에 어떻게 대응할까(아버지는 크리스토퍼가 기절할 만큼 세게 때린다)?

크리스토퍼의 아버지는 자기가 웰링튼을 죽였음을 인정한다. 하지만 이야기는 여기서 끝나지 않고 '크리스토퍼가 어머니를 찾는다'는 두 번째 플롯라인으로 이어진다.

크리스토퍼는 런던까지 무사히 갈 수 있을까?

어머니가 크리스토퍼를 반가워할까?

질문 하나하나가 사건 흐름의 덩어리다. 예를 들어, 크리스토퍼가 런던까지 가는 과정은 쉽지만은 않다. 만원 열차에서 밀실 공포증을 이겨내고, 기차역에서 길을 헤매고, 어머니가 사는 아파트까지 찾아야 한다.

그때쯤 또 다른 질문이 생각날 것이다. 크리스토퍼의 아버지와 어머니는 (바람을 피웠다는) 그들의 과거를 극복할 수 있을까? 크리스토퍼는 아버지, 어머니와 함께 살 방법을 찾아낼 수 있을까?

그리고 소설을 읽는 내내 '크리스토퍼가 A레벨 수학시험에서 합격할까?'라는 질문이 반복해서 떠오를 것이다.

처음에는 단순한 플롯을 가진 소설처럼 느껴진다. 하지만 크리스토퍼의 독특한 능력과 한계 때문에 실제로 플롯이 단순하지는 않다. 가장 흥미로운 점은 옴짝달싹할 수 없는 공포, 혼란, 결심, 분석, 발명 등의 과정을 거치면서 크리스토퍼가 차근차근 문제를 풀어나간다는 것이다. 크리스토퍼의 목소리, 설명, 감정(느끼지 못한다고 주장하지만)은 매력적이고 흥미롭다. 크리스토퍼는 계속 책을 쓰고 있다. 바로 그의 모험담이 담긴 이 책이다. 무슨 일이 일어났는지, 어떻게 개를 죽인 범인을 잡고 별거 중인 부모를 다시 만나게 했는지, 새로운 삶에 적응했는지, 이 모든 사건을 글로 풀어냈는지 등 할 말이 참 많았다.

책의 구조를 이해하려면 떠오르는 질문을 모았다가 그 질문에 답을 보여주는 사건의 흐름을 좇아야 한다. 또한 크리스토퍼는 자신만의 전략으로 특별한 조치를 취해 지금의 결과를 만들어냈는데, 나는 '조치'를 '모티프'라고 부른다. 그래서 우리가 흔히 보는 글타래는 보통 이런 구조다.

이야기가 제기하는 문제 → 답을 보여주는 사건
→ 인물의 특별한 조치

- 모티프: 반복되는 생각이나 사물

누구나 알듯 『보바리 부인』에는 모티프가 넘친다. 그중 가장 튀는 모티프는 '거짓말'이다. 엠마의 삶 전체가 거짓이다. 엠마가 진실을 이해하지 못할 때도 있었지만, 진실을 도저히 인정하고 싶지 않은 경우도 있었고, 감추지 않으면 안 된다고 느낄 때도 있었다.

이 소설은 병과 죽음에 관해 셀 수 없을 만큼 얘기하고 있어 플로베르가 다소 병약하지 않았나 하는 생각까지 들 정도다. 감자, 다리, 거지의 피부 등 많은 것이 썩는다. 플로베르는 분명 이런 묘사를 사실적이라고 생각했을 것이다. 이 모든 죽음과 소멸에 대한 언급은 불쌍한 엠마를 죽음으로 한 발자국씩 다가갈 수밖에 없게 만든다.

『모두 다 예쁜 말들』에서 말은 그 어떤 사람보다 주인공 그래디에게 중요한 존재다. 그래디는 말과 대화를 나누고 사람도 말과 같았으면 좋겠다고 생각하며 말을 훈련시킨다. 그리고 폭력이 있다. 사람이 총에 맞는다. 말이 죽는다. 그래디도 죽는다. 그래디의 애인은 그의 손을 깨물고 피를 빨아들인다. 단호하게 맞서는 한 남자, 서부인, 카우보이가 소설의 대부분을 차지하고, 온갖 고통이 등장한다.

작가는 처음부터 모티프를 계획하고 소설을 쓰지는 않는다. 그저 이야기를 쓰다 보면 저절로 표면에 떠오른다. 원고를 검토하다 눈에 띄기도 하는데, 그때서야 그 모티프를 잘 활용할 수 있다. 아버지가 없는 소년들이 곤란에 빠지듯 갑자기 모든 문이 다 닫혀 버렸다고 느낄 때도 있다. 그 사진은 감성적이지만 잔인하기도 하다. 그 차를 운전하는 일은 스릴 있지만 위험하다. 등장인물이 우리에게 선물을 가지고 올 때도 있지만, 이내 사라져 버리곤 한다.

반복해서 등장하는 모티프도 있다. 글을 고치면서 모티프를 유심히 관찰하고, 그 효과를 가늠해 보고, 도드라지도록 강조하거나 없애

보자. 독자에게 너무 자주 보여줄 필요는 없지만, 이런 반복적인 모티프는 이야기 전체에 반향을 일으킬 수 있다. 내 이야기에 그런 반향이 존재하는지 찾아보자.

- 감정적인 문제

내면 묘사를 살펴보자. 주인공의 마음속에 계속 떠오르는 문제는 무엇인가? 지금 일어나는 사건이나 원하는 것에 반응하는 것은 당연하다. 하지만 주인공이 두려워하는 것은, 또 주인공을 옥죄는 것은 무엇인가? 주인공은 말하지 않지만 그의 행동 뒤에 숨겨진 내면이 보여야 한다. 여태껏 절대 하지 않으려고 했지만, 결국 하게 되는 것이 무엇인지 알아내야 한다.

- 비하인드 스토리

과거 사건은 인물에게 여전히 영향을 미치는 감정적인 문제와 관련이 많다. 글을 고치면서 비하인드 스토리를 수정해보자. 온갖 종류의 기억으로 혼란스럽지 않은가? 좀 더 압축해 한 사건, 인물의 대표적 특성, 아니면 엄마가 항상 말씀하시던 말 한마디가 계속 반복되면서 영향을 미칠 수는 없는가?

『모래 언덕을 걸으며』에서 데이비드는 부모님의 과거를 생각한다. 아빠는 뉴욕에 사는 유대인이고 엄마는 웨스트 텍사스에 사는 간호사다. 두 사람은 전쟁통에 뉴욕 병원에서 만나 텍사스로 돌아갔다.

데이비드는 어머니가 데이비드를 어떻게 키울지 선택했다는 생각에 항상 골치를 앓는다. 그는 아버지가 어머니에게 육아를 전적으로 맡겼다고 생각하지만, 이 생각을 두려워하면서도 경멸한다. 그의 미래가 그를 사랑하는 예쁜 소녀와 연결되어 있고, 이것이 더 나은 삶으로 향하는 연결고리이기에 그에게는 아주 중요한 문제다. 남자는 그저 이용당할 뿐인가? 여자가 모든 권력을 가지고 있는가?

『다시 찾은 엄마』에서 루시는 어머니의 죽음을 도저히 받아들일 수 없었다. 배신당한 기분이었다. 어머니가 없어서는 안 될 시기(루시는 10대였다)에 어머니를 잃은 것 같았다. 루시는 여자가 된다는 게 무엇인지 배울 방법이 없었고 어머니가 한 실수를 반복하지 않을 방법도 없었다!

─배경

배경에는 엄청난 힘이 숨겨져 있다.

『위대한 개츠비』에서 사건이 일어나는 지역은 큰 의미를 지닌다. 이스트 에그와 웨스트 에그는 두 종류의 부를 대비시킨다. 대대로 재산을 물려받는, 귀족적인 '구식' 부자와 신흥 부자의 대결이다. 또 비윤리적인 이스트와 반대로 웨스트는 정직하다. 비가 쏟아지거나 대지를 태워버릴 듯한 햇볕이 내리쬐는 등 날씨도 활용한다.

『모든 다 예쁜 말들』역시 지역이 소설에서 큰 역할을 한다. 존 그래디는 카우보이(선과 능력의 상징)가 될 수 있는 진정한 서부를 찾아 텍사스를 떠나서 살을 태우는 날씨, 광활한 대지와 풍요로운 목장의 아름다움을 목격한다. 하지만 멕시코는 자신의 땅이 아님을 깨닫고 다시 떠나고 만다. 맥카시의 풍경 묘사는 생생하다 못해 잔인하고, 정확하고, 시적이다.

이미 얘기했듯이 감정에 강하게 호소하는 배경을 선택하는 것 외에도 다양성을 고려해야 한다. 배경이 아주 다양할 필요는 없지만, 심심하면 안 된다. 배경을 장소로만 치부하면 안 된다. 특정한 진실이 드러나고, 사건이 발생하는 곳이어야 한다. 사건을 필연성의 일부로 취급할 수도 있고, 독자의 기대에서 벗어나게 할 수도 있다. 젊은 연인이 한가한 장소로 소풍을 갔는데 강한 바람을 만나 옷도 날아가버리고 챙겨 온 점심도 못 먹게 되어버린다면 어떨까? 그들의 흔들리지 않는 사랑을 표현할, 서로를 껴안을 수 있는 더 나은 곳이 있을까?

이야기에는 중요한 사건의 배경이 될 의미 있는 장소가 있어야 한다. 배경에는 방해, 위안, 괴롭힘, 조화, 위험 등이 담겨 있다. 원고를 고칠 때 지겹고 재미없는 기본 배경에서 벗어나 여러 가능성을 열어둘 수 있도록 모든 장면의 배경을 검토하자. 묘사에 많은 단어를 쓰고 싶지 않더라도 써야 할 단어는 신중하게 고르자. 나무와 식물, 하늘, 방, 창문을 구체적으로 표현할수록 소설이 더 신빙성 있고 생생해지기 때문이다.

연습하기

· 원고에서 장면을 하나 고른 후 다른 장면이나 장으로 연결되는 글타래(사건이나 의미의 줄기)를 찾아보자. 이어지는 글타래가 바로

다음 장면에 나오지는 않겠지만, 무엇이 글타래인지 찾아내고, 원고를 뒤지며 서로 연결해보자.

글타래가 언제, 어떻게 처음 소개되는가? 이것이 다음에 계속 등장할 글타래의 발단이다.

글타래가 논리적으로 마무리되는 곳은 어디인가(책의 끝부분이 아닐 것이다)?

· 중요한 사건이 일어나는 이야기 포인트를 고르자. 거기에서 시작해 단계별로 거꾸로 올라가며 분석을 시작한 시점의 결과의 발단이 되는 씨앗이 묻힌 장면을 찾아보자. 사건이나 테마의 진행 흐름에 '방해' 요소가 없는지 찾아보자. 장면 사이 공백이 너무 많지 않은지도 생각해보자.

원고를 관통하는 강력한 글타래가 있으면 좋지만, 과하면 혼돈이 일어나거나 오히려 거슬린다. 하위 플롯으로 집중도와 긴장감을 높이되 진행되는 이야기의 흐름을 급작스럽게 바꿔서는 안 된다.

6. 서론·본론·결론에서 주요 장면 시퀀스 찾기

이것은 장면을 모두 고르는 연습이 아니다. 그 중 가장 중요하고 강력한 장면만 선택해야 한다.

핵심 장면에 관한 연습 문제를 잘 풀었다면, 장면 시퀀스에 대한 작업을 이미 상당히 한 것이다. 하지만 이번에 할 연습을 위해 먼저 소설의 각 부분에서 핵심 시퀀스 세 개를 뽑아보자. 첫 번째 시퀀스는 문제가 드러내기 시작한 직후에 있을 것이다. 하지만 나머지 부분에서 가장 중요한 시퀀스를 짚어내기는 좀 더 힘들다. 하지만 '나는 여기에 돈을 걸겠어'라고 말하며 손으로 가리키는 것만으로도 소설의 구조(이야기가 어떻게 구성되었는지)와 의미(이야기에 어떤 의미를 더하는지)를 아주 구체적으로 공부하는 데 도움이 된다. 장면 시퀀스는 연속된 여러 장면으로 구성돼 있기 때문에 작가는 각 단계마다 속도와 리듬, 감정의 흐름이 느껴지도록 글을 쓴다. 상황이 전환될 때 서로 '어울리는' 장면이 나온다면 우리는 장면과 장면 사이에 무엇이 오는지 확인해야 한다(없을 수도 있다). 예를 들어 첫 장면과 다음 장면 사이에 긴 분량의 비하인드 스토리를 끼워 넣었다면, 독자가 원래 사건의 흐름으로 잘 돌아올 수 있도록 장치를 마련해 놓아야 한다.

우리는 원고에서 가장 흥미롭고 이야기를 이끌어나가는 부분이 어디인지 찾는 중이다. 세 시퀀스를 찾았다면 이것들의 구성 요소를 연결해 다른 장면 세트를 찾을 수 있다. 스릴러 소설을 쓰는 게 아니라면 쉬지 않고 사건이 이어질 필요는 없다. 장면 시퀀스에서 한 숨 돌리는 장면도 나와야 하고, 반응이나 의견이 들어갈 공간과 다소 느린 움직임도 필요하다. 장면은 다양해야 한다. 아직 이런 시퀀스를 완성하지 않았어도 걱정하지 말자.

이 작업은 어려울 수 있다. 나는 장면을 세트나 시퀀스로 제대로 만들지 못한 원고를 종종 볼 때가 있다. 장면이 느슨한 끈에 꿴 구슬처럼 그저 나열되어 있을 뿐이었다. 당신의 원고가 그런 것 같다면, 줄을 팽팽하게 당기고, 장면을 좀 더 가까이 모으고, 사건과 사건 사이 어디에 쉬는 틈을 둘지 신중하게 생각해야 한다.

이 분석은 소설의 긴장감을 다룰 때와 이야기에서 벗어나 배경, 내면이나 의견의 의미를 설명하는 문장을 배치할 최적의 위치를 찾는 데 도움이 된다. 글타래를 검토하면 장면과 그에 대한 반응의 균형을 맞출 수 있다.

7. 초고에서 가져올 구문, 장면, 장 찾기

지금까지 한 것을 다시 상기해보자.

1. 초고에 많은 메모와 기록, 연습의 결과가 적혀 있다.
2. 소설의 서론·본론·결론을 요약했다.
3. 소설 각 부분의 주요 장면 시퀀스를 찾았다.

나머지 장면 시퀀스는 나중에 채우면 된다. 먼저 초고를 보면서 그대로 가져오거나 약간만 고쳐서 쓸 내용과 버릴 내용을 구분하자.

핵심 장면과 (서론·본론·결론에 대한) 세 개의 장면 시퀀스를 목록화하면 언제든 참고할 수 있다. 제본된 초고를 볼 때 지도로 활용할 수 있기 때문이다. 글을 고치면서 흠잡을 곳이 없어 그대로 옮길 만한 글을 찾는 것이다. 그런 장을 찾았다면 낱장으로 된 원고에서 뽑아 따로 한 켠에 모아서 클립으로 묶고 '합격' 등 마음에 드는 이름을 붙이자. 모든 문장이 완벽할 필요는 없다. 그대로 가져올 정도로 충분하다. 물론 하나씩 다시 평가해서 필요한 만큼 고치겠지만, 그 이전에도 수정본에 '들어맞고' 제 역할을 하는 글이어야 한다. 그런 장을 만나면 립스틱을 바르고 뽀뽀를 해주고 싶을 만큼 신이 난다.

이제 원고 중 얼마나 이렇게 활용할 수 있을지 찾아볼 시간이다.

분석을 하면서 쓰고자 하는 소설의 컨셉이 달라졌을 수도 있으므로 이번 연습은 새 소설의 대략적인 요약 정도라고 생각하면 된다. 위에서 요약한 내용과 3단 구조의 주요 장면 시퀀스도 준비됐다. 이제 활용할 재료가 충분하다.

연결이 약하거나 필요 이상으로 얽혀있는 갈등에 좀 더 관심을 가지기 아주 적당한 때다. 이 연습이 이야기에서 갈등이 좀 더 밀접해지고, 독자가 주인공에게 더 관심 갖게 만들고, 주인공의 내면이 깊게 드러나는 기회가 되어야 한다.

어느 부분을 다시 쓸까 결정한다는 말은 제 기능을 하지 못하는 장면이나 장을 통째로 덜어내고 처음부터 끝까지 분해해서 새로 써야 한다는 뜻이다. 장면이나 장의 기본 기능은 마음에 들지만 구조나 전개가 마음에 들지 않는 경우일 수도 있다. 어느 쪽이든 이 과정에서는 글을 읽으면서 어떤 점이 더 필요한지 생각해본 후 처음부터 새로 시작해야 한다. 빠진 부분만 채우거나 괜찮은 문장만 가져오겠다는 생각은 틀렸다. 우리에게는 물 흐르듯 앞뒤가 맞고 살아있는 글이 필요하다.

다시 쓰려는 부분에 그동안 기록한 메모와 기록이 많이 남아 있다면, 시간을 가지고 그 의견을 정리해 낱장으로 된 초고의 해당 장 가장 앞에 붙여놓자. 이렇게 하면 나중에 다시 검토할 때 별 문제없는 장을 고치기만 하는지, 아니면 완전히 새로 쓰는 것인지 쉽게 알 수 있다. 사용하지 않을 장면을 포함한 장이 있다면 두꺼운 마커로 완전히 덜어낸다고 표시하두되, 원고까지 빼지는 말고 그냥 순서가 헝클어지지 않게 정리한다. 활용하지 않겠다고 판단한 문장은 그냥 지울지 새로운 문장으로 대체할지 구분해서 표시한다. 앞에서 한 연습에서 기록한 메모가 있다면 해당 페이지에 붙이거나 적절한 위치에 삽입하자.

(페이퍼 클립으로 장면이나 장 별로 모아 둔) 낱장 원고는 그대로 쓸 수 있는 원고와 구분해서 순서에 맞춰 정리하자.

이제 낱장 원고 뭉치가 두 개 생겼다.

1. 약간 수정만 하면 그대로 활용할 수 있는 장면이나 장
2. (다시 한 번 더 검토가 필요한) 사용하지 못할 것 같은 장면이나 장

그리고 소설 요약과 장면 시퀀스도 준비됐다.

만약 소설에 대한 영감이 솟구친다면, 어쨌든 적자. 계속 분석을 하고 싶다면 원고는 옆에 잠시 치워두고 분석을 계속하자.

9. 초고를 고쳐 쓸까? 아니면 완전히 새로 쓸까?

이는 쉽게 결정할 수 없는 문제고, 일반화해서 어느 것이 낫다고 말할 수도 없다. 소설의 대부분의 장에서 문제(긍정적으로 해석하면 개선 가능성)를 발견하거나 이야기에 에너지와 힘을 더 실을 수 있다면 첫 페이지부터 다시 시작하는 편이 낫다. 새로 쓰는 쪽이 오히려 재미있고, 생산적이고, 따지자면 가장 효과적인 진행 방식일 수 있다.

다시 쓴다는 말이 '백지 위에' 처음부터 써야 한다는 뜻은 아니다.

우리는 연습을 하면서 많은 아이디어와 메모를 준비했고, 장면도 마련했다. 이미 장면 시퀀스를 만들 밑그림도 그려 두었기 때문에 글을 새로 시작하기 전에 소설을 완성할 수도 있다. 글을 쓰면서 초고에서 다시 읽어야 할 문장을 참조할 수 있도록 주석을 달 수도 있다. 원고와 고쳐 쓴 글을 오가면서 당신이 꿈꾸던 이야기를 새로운 글에 담아 보자. 초고에 적은 모든 글, 연습을 통해 만들어놓은 글, 지금 이 단계('계획하기')에서 한 활동 등 처음부터 끝까지 모양을 다잡고 고쳐 쓰면서 모든 글거리를 활용하자. 그것이 바로 고쳐 쓰기다.

이쪽에서 저쪽으로 그대로 긁어다 붙일 때는 아주 조심해야 한다. '여기 두쪽'을 그대로 쓰고 싶다면 다시 한 번 타이핑해보자. 단어 몇 개를 바꾸거나 한두 문장을 빼버려도 글의 일관성과 흐름을 유지할 수 있을 것이다.

다음 항목으로 구성된, 정리된 요약글을 새로 적자.

1. 핵심 사건을 알 수 있는, 겉으로 드러나는 타임라인
2. 소설 전체 요약본
3. 소설의 서론·본론·결론 요약본
4. 주요 사건에서 주요 사건으로 이어지는 장면 시퀀스 세트
5. 장으로 구성된 장면 시퀀스와 장별 태그라인

옛날 얘기를 하나 하자면, 나는 모든 소설을 타자기로 쳤기 때문에 다시 쓰지 않으면 소설을 수정할 수 없었다. 아무리 마음에 쏙 드는 장이라 해도 원고를 새로 만드는 과정에서 어느 정도의 고치기는 항상 필요했다.

인덱스카드를 활용하는 것도 내가 좋아하는 방법이다. 카드에 초

고의 장과 페이지를 써놓고 필요할 때 참고할 수도 있고, 수정하면서 이를 가이드로도 활용할 수 있기 때문이다. 컴퓨터만 너무 믿으면 안 된다는 말이다. 어떤 방법을 택하든 글을 고치면서 새로운 파일을 만들어 한 글자 한 글자 적어야 한다. 그래야 이야기의 어조를 일정하게 할 수 있고, 글의 흐름을 살릴 수 있다.

서두르지 말자. 꾸물거리지도 말자. 의심도 하지 말자.

10. 자신이 이야기를 얼마나 사랑하는지 설명하기

지금까지 쓴 소설과 만들어낸 결과를 떠올려보자. 당신의 결심을 다시 상기하고, 작업의 결과를 겸허히 받아들이자.

이 단계를 건너뛰면 안 된다!

책 초반부의 '소설의 연속선' 파트에서 한 질문을 다시 생각해보자.

'이야기의 소재'는 신선한가? 조금이라도 식상한 내용이 느껴진다면 솎아내자. "만약에?"와 "다른 방법은?"이라는 질문을 던져보자. 인물의 특징을 살짝 틀거나 글 구성 요소를 변경하는 것만으로도 충분히 이야기를 더 재미있게 만들 수 있다.

줄거리는 잘 구성되었는가? 각 장이 만족스럽게 연결되었는가? 결론이 너무 빨리 나오지 않는가? 이야기가 예측 가능한가, 아니면 의외인가?

사랑하는 사람이 있는가?

두려워하는 사람이 있는가?

성장하는 사람이 있는가?

소설에서 화자의 목소리가 들리는가?

더 시끄럽거나, 조용하거나, 강하거나, 무섭거나, 사랑스럽거나, 외롭거나, 강조해야 할 부분은 없는가? 있다면 왜 그렇게 만들지 않았는가?

위 사항을 생각해보고 마음에 걸리는 부분이 있다면 지금까지 기록한 메모를 다시 보면서 이를 이야기 요소를 재고하는 출발점으로 삼자. 그리고 일주일 정도는 글에서 멀어지자. 다시 돌아와 읽어보면 자신이 너무 부정적이었음을 깨달을지도 모른다. 잘못된 부분을 바로 찾아내 고칠 수 있을지도 모른다.

세 번째 단계: 과정

워밍업

아직까지 몇 가지 연습을 하지 않았다면, 꼭 시간을 내서 해보자. 즉흥으로 답을 찾는 과정은 새로운 틀에서 문제를 볼 수 있게 하고, 글을 고칠 때 더 많은 것을 이끌어낼 수 있다.

1. 새로운 자료를 검토하거나 만들어내기: 스스로를 실험에 들게 하자. 일부분만이라도 새로운 시점으로 다시 써보거나, 소설의 배경을 달리해서 이야기를 전개하거나, 서술 방법을 바꿔보자. 아니면 새로운 이야깃거리를 찾아보거나 줄거리를 변경해보자.
2. 전제를 좀 더 세심하게 다듬기: 독자나 에이전트, 편집자에게 보여줄 수 있도록 두세 문장으로 설명해보고 '전제'를 적어 벽에 붙여두자.

3. 표지에 들어갈 문구 적기: 기대하는 서평이 있다면 적어보자.

1. 새로운 자료를 검토하거나 만들어내기

문장을 새로 적었으면 우선 초고에 우선 둔다. 기존 글과 어울리지 않고 전환이 매끄럽지 않아도 지금은 신경 쓰지 말자. 글의 방향이 엉뚱한 곳으로 튀더라도 나중에 언제든 돌아올 수 있으니 그냥 두자. 자신이 꿈꾸는 것, 만들고 싶은 것, 느끼는 바를 과감히 몰아붙여 표현하자. 격하게 공감 가는 부분이나 풀고 싶은 퍼즐, 시도해 보고 싶은 새로운 아이디어를 골라보자. 전혀 다른 시각을 보여줄 수 있는 장면을 150페이지 정도 새로 써보자.

2. 전제를 좀 더 세심하게 다듬기

누구도 이 연습을 만만하게 볼 수 없을 것이다. 전제를 수십 번 이상 적어봐야 다른 사람에게 내놓을 만한 글이 된다. 이 책을 읽는 내내 우리는 이 연습을 했고, 당신은 개요문이 점점 진화하는 것을 느꼈을 것이다. 스스로에게 등대(안내자)가 되어주자. 전제가 다른 동료 작가나, 편집자, 에이전트에게 보여줄 정도로 무르익었는지 다시 한 번 생각해보자. 본인이 적은(적을 예정인) 것을 정확하게 표현하는 전제를 적어야 한다. 그 전제는 독자를 사로잡을 수 있어야 한다. 좋아하는 잡지의 책 소개란이라고 생각하면 좋다. 한 번 더 다듬어보자.

3. 표지에 들어갈 문구 적기

표지에 들어갈 문구나 서평을 적기 전에 여러 예시를 읽어 봐야 한다. '표지 문구'의 역할을 생각해보자. 어떻게 너무 많은 내용을 노출하지 않으면서 독자를 사로잡을 수 있을까? 나는 표지 문구를 항상 원고의 맨 앞장에 둔다. 표지 문구는 에이전트가 책에 대해 얘기할 때나 편집자가 다른 동료에게 이야기할 때 참고가 되고, 마케팅에도 활용한다. 누구도 당신에게 표지 문구를 기대하지 않겠지만, 자신 있고, 또 쓰고 싶다면 주저하지 말고 쓰자. 지금 당장 적어보면 이것이 이야기의 핵심만 추리는 데 도움이 된다고 느낄 것이다.

사람들이 책을 어떻게 '소개'하는지 보자. 당신 책을 읽은 사람들이 어떤 평을 했으면 좋겠는가? 아니면 (내가 좋아하는 방법인데) 페이퍼백 판본의 소개글을 보자(페이퍼백은 책날개가 없어 표지 문구가 더 짧다). 어떤 점이 독자를 사로잡을 만한가?

서평을 읽고 어떤 얘기가 오고 가는지, 독자를 투덜대게 하거나 독자가 칭찬하게 만드는 것이 무엇인지 찾아보자. 서평가들이 당신이 읽은 책을 어떻게 평가했는지 보고, 당신도 동의하는지 생각해보자. 당신의 이야기를 두고 서평가가 뭐라고 할지 상상해보자. '진가를 알아보는' 이가 있을 것이다. 과감하게 시도하자.

수정하기

1. 초고 검토하지 않고 소설을 새롭게 요약하기: 지금까지 모인 요

약문을 비교해서 최신 요약본을 좀 더 다듬어보자. 이야기를 세 부분 (처음, 중간, 끝)으로 나누고 각각 요약해보자. 이것이 글 고치기 길라 잡이다.

2. 단원 별로 개요 만들기: 각 장의 시나리오, 각 장면 시퀀스의 단계를 적어보자.

3. 초고에서 가져올 문구, 장면, 장 검토하기: 변경할 사항은 기록해 두고, 새로운 장면이나 장은 적어서 원고에 끼워 넣자.

4. 이 글을 어떻게 고칠지 전략 적기: 달력과 일정표를 준비한다. 언 제 쉴지와 중간 성과 보상을 고려해 전략 일정을 적자.

5. 첫 장 다시 쓰기.

6. 원고의 흐름에 맞춰 삽입할 새 장 쓰기.

1. 초고 검토하지 않고 소설을 새롭게 요약하기

지금까지 모인 요약문을 비교해서 최신 요약본을 좀 더 다듬어보 자. 이야기를 (처음, 중간, 끝) 세 부분으로 나누고 각각 요약해보자. 이 것이 글 고치기 길라잡이다.

드러나는 타임라인을 검토하고 필요하면 수정한다.

지금쯤이면 요약하는 법은 충분히 익혔으니, 다시 한 번 요약해보 자. 이 요약본은 압축된 형태의 이야기 흐름이다. 세부사항도 아니 고, 설명도 아니다. 이야기에서 퍼져나가는 단순한 울림일 뿐이다. 또한 기대와 확신에 차 있어야 한다.

2. 단원 별로 개요 만들기

각 장에 태그를 붙이고 그 장의 시나리오를 적자. 그 후 각 장의 장면 시퀀스 단계를 적어보자. 그러면 각 단계별로 극적 사건, 서술적 요약, 비하인드 스토리를 확인할 수 있다.

전체 소설의 장면 시퀀스를 모두 담아내야 한다. 장 별로 차근차근 단계를 작성할 수도 있지만, 글을 쓰기 시작하기 전에 모든 장의 요약은 미리 해둬야 한다.

이 길라잡이 요약본은 깔끔하게 작성하자. 이 요약본이 소설의 개요이자 압축본이다. 이야기에 나오는 사건을 빠짐없이 단계 별로 점검했다면, 이제 글쓰기 자체에 집중할 수 있을 것이다. 자신이 만들어 낸 꿈 속에 푹 빠질 수 있을 것이다.

지금까지 말한 연습을 빠짐없이 했다면 지금까지의 결과물을 검토하고, 끼워 맞추고, 다시 타이핑해서 출력하는 것이 앞으로 할 일의 전부다.

이야기의 플롯마다 맥락을 이루는 장면 시퀀스가 있다. 각 장면 시퀀스가 만들어 낸 이야기를 간단히 요약해보자. 그리고 각 장면에 간단하게 제목(문구나 문장)을 붙이자. 이 제목을 모으면 장면 시퀀스가 된다. 지금 우리는 이야기의 극적 요소를 검토하고 있다는 것을 인식하자. 그러면 장면 시퀀스에 포함된 발걸음(단계의 기록)이 보일 것이다.

만약 장면 시퀀스가 상당한 양의 서술적 요약(장면을 이어주는 다리)이 포함돼 있다면 'NS(서술 요약)'라고 적는다. 같은 방식으로, (장면에 포함되지 않은) 중요한 비하인드 스토리라면 'BS(비하인드 스토리)'라고 적는다. 비하인드 스토리에도 이름을 붙이거나 제목을 달아야 한다.

최종적으로는 장의 주요 사항을 모두 확인해야 한다.

글을 쓸 때는 이야기의 작은 조각을 가까이에서 보기도 하고, 장 단위의 큰 그림을 멀리에서 봐야할 때도 있다. 이제부터 장면 시퀀스 요약본을 장 단위로 만들어보고 각 장도 간략하게 요약하자. 그다음 각 장마다 태그라인을 적고 글을 쓰면서 볼 수 있는 곳에 이 태그라인을 붙여두자.

그리고 태그라인을 제대로 읽어보자. 그럼 소설의 큰 그림을 볼 수 있다. 장 별 요약도 샅샅이 읽어보자. 당신이 하고자 한 이야기가 무엇인지 보일 것이다. 지금까지 이야기를 찾아내고, 이해하고, 구조를 짜는 대단한 성과를 냈다. 이제 글 고치기 과정에서 새로운 것을 만들거나 다음에 무슨 일이 일어날지, 주인공이 무엇을 느끼는지, 무엇을 설명해야 하는지 고민하지 않아도 돼 글쓰기에 좀 더 집중할 수 있을 것이다.

자, 드디어 개요가 준비됐다.

3. 초고에서 가져올 문구, 장면, 장 검토하기

변경할 사항은 기록해두고, 새로운 장면이나 장은 적어서 원고에 끼워 넣자.

이만하면 낱장으로 된 '종이 뭉치'가 장 단위로(장마다 종이 색이 다를 것이다) 모였을 것이다. 그리고 제본한 초고의 뒷장에도 많은 메모가 붙어 있을 것이다.

4. 이 글을 어떻게 고칠지 전략 적기

달력과 일정표를 준비한다. 언제 쉴지와 중간 성과 보상을 고려해 전략 일정을 적자.

제본에 적어둔 기록과 인덱스카드의 순서와 내용을 낱장의 초고에 어떻게 옮길지 생각해보자. 나라면 색깔이 다른 종이를 쓰고, 깔끔하게 적은 적은 내용을 전부 관련 있는 곳에 붙여두겠다. 아니면 각 장 별로 나눠서 노트를 옮길 수도 있다. (2단계에서 만든) 개요는 별도로 두되, 어떻게든 붙일 수 있다면 더 좋다. 지금까지 놓친 부분이 없는지, 어떤 부분을 작업하고 있는지, 이미 완료한 작업은 무엇인지를 구분하고 추적할 수 있는 방법이 있어야 한다. 이렇게 종이 더미가 섞이며 제자리를 찾아간다.

이제 지금까지 만들어 놓은 것과 씨름하면서 앞뒤가 맞도록 배치를 다시 해야 한다. 시작하는 방법은 알려줄 수 있지만, 끝까지 알려주기에는 책과 작가에 따라 변수가 너무 많다. 계획 단계에서는 많은 종이와 색연필, 카드가 필요하다. 커피숍에서 자판만 두드린다고 될 일이 아니다. 글 고치기를 시작했다면 한 장씩 하도록 하자.

앤 라모트가 작가들에게 한 "새는 한 마리씩 따라가야 한다"는 충고는 이 단계에 딱 들어맞는 말이다. 그녀의 아버지가 학교 숙제로 새에 대한 글을 쓰는 어린 동생을 보고 말했다는 충고 그대로다. 모든 것을 한 번에 할 수는 없다. 앞에 도전을 앞두고 움츠리고 있을 수도 없다. 눈 앞에 놓인 일을 끝냐고 다음으로 넘어가야 한다. 끈기만 있다면 마칠 수 있다. 끝까지 버티는 인내야말로 글쓰기 재능의 진정한 동반자다.

5. 첫 장 다시 쓰기

이미 써놓은 첫 장이 흠잡을 곳이 없을 정도로 만족스럽다고 가정하자. 그렇더라도 다시 한 번 그대로 옮겨 적어보라고 권한다. 딱 맞는 문구나 생각지도 못한 생각이 갑자기 떠오를지 누가 아는가? 설사 글이 완벽해 고칠 곳을 찾지 못하더라도, 조금 짜증이야 나겠지만 크게 만족하며 타이핑을 마칠 수 있고, 자신감이 충만한 상태에서 글 고치기를 시작할 수 있다.

새로운 장을 써야겠다고 생각하는가? 우리에게는 이미 집을 지을 재료가 충분하다. 무슨 이야기를 할지, 어떻게 전할지 알고 있기 때문이다. 이 집의 불을 밝히는 사람은 바로 당신이다.

소설의 어조와 느낌을 독특하게 하는 당신만의 '색깔'이 묻어나는가(도입부를 아주 많이 읽어봐야 알 수 있다!)? 독자에게 어떤 약속을 했는가? 이 이야기가 가볍고 재미있을 거라고 했는가? 또는 아주 감정적이고 중요한 테마에 관한 것이라고 했는가? 아니면 독자를 생각지 못한 시공간으로 안내할 것이라고 했는가?

6. 원고의 흐름에 맞춰 삽입할 새 장 쓰기

자신의 본능에 충실해야 한다.

전체 장을 다 검토하지 말고, 주요 핵심 장면만 우선 검토하라고 말하고 싶다. 이미 머릿속에 핵심 장면이 자리 잡고 있어야 한다. 그 후 어떤 변화를 진행할지 적어둔 내용을 보면서 글을 고쳐 나가야 한다. 너무 자세하게 쪼개서 걱정이 될 수도 있다. 이걸 다 일일이 어떻게 확인하지? 하지만 그렇기 때문에 개요와 장면 시퀀스, 낱장의 종이 뭉치와 그동안의 기록에 충실한 것이 오히려 논리적인 방법이다. 눈 앞에 놓인 문제에 집중하자. 나중에 또 다른 변화를 시도할 수도 있겠지만, 그건 그때 가봐야 알 수 있다. 글을 고치면서 이야기를 따라간다는 기분이 들어야 한다. 이야기가 여기저기 뛰어다니면 안 된다.

서두르지 말고 꾸준하게, 힘들이지 않고 글을 쓰고 고쳐야 한다. 이미 이야기를 잘 알고 있으니 풀어놓기만 하면 된다.

또 원고를 검토할 때 꾸준히 자신감을 가지고 고치자.

네 번째 단계: 다듬기

　　　　　　　　당신의 이야기, 구조, 전략에 자신이 생겼다면 군더더기를 덜어내고 핵심이 드러나게, 즉 유려하게 느껴지도록 수정할 차례다.

　이제 원고를 다시 한 번 검토하면서 모티프를 찾고 보완할 때다. 모티프는 원고에 이미 포함되어 있다. 지금은 다듬는 단계일 뿐이다. 먼저 원고를 넘기면서 의도치 않게 자주 나오는 이미지를 집어보자. 에드위지 당티카Edwidge Danticat의 소설 『숨, 눈, 기억』에서는 고통과 피, 거짓과 배신, 어머니와 딸의 이미지가 강하게 반복되었다. 당신의 이야기에서는 어떤 모티프가 드러나는지, 모티프가 의도대로 이야기의 테마를 잘 보완하는 데 활용되었는지 살펴본다. 폴 보울Paul Bowles의 『무너지는 하늘The Sheltering Sky』에서 볼 수 있는 더위, 빛, 목마름이 그 예다. 어떤 배경 설정 방법이 있는지 찾아보고, 책의 앞에서 나온 것이 나중에 다시 나오지만 사건에 따라 의미가 달라지지 않았가도 살펴보자. '첫 번째 단계: 자세히 살펴보기' 장의 '소설의 배경 설명하기' 단원을 다시 읽어 보고, 내 마음에 들 만큼 글을 잘 썼는지 보자.

예를 들어 냄새나 소리로 독자의 감각을 본능적으로 끌어들이려 한 부분을 샅샅이 뒤져보자. 세부사항을 효과적으로 활용했는가? 비중이 큰 장면일수록 이 연습을 더 많이 해야 한다. 짧은 장면이나 지나가는 장면, 사건의 요약 등에서는 이렇게 상세하게 그려낼 필요가 없다. 하지만 반들반들한 탁자에 비치는 한 줄기 빛이나 시들어가는 장미의 냄새가 사건의 본질을 더 잘 드러내 감정을 자극하기도 한다.

원고의 아무 곳이나 펼쳐서 몇 장 읽어보기를 네댓 번 해보자. 그리고 스스로 다음 질문에 답을 해보자. 방금 읽은 장면에 시간과 공간이 드러나는가? 소설이 평범해 보이면 안 된다. 텍사스에서 일어날 수 있는 이야기와 로드 아일랜드에서 일어날 이야기는 달라야 한다. 겨울과 봄에 일어나는 일도 다르기 마련이다. 그 장면의 분위기는 어떤가? 어떤 단어나 문구가 그렇게 느끼도록 만드는가?

소설의 완급도 다시 보자. 적당히 진행된다고 생각하는 장면을 고르자. 사건이 일어나면 변화도 일어난다. 그 장면도 그런가? 왜 그렇게 생각하는가? 대화가 생생한가? 문장이 다른 장보다 짧지 않은가? 사건이 서로 부딪치지 않는가? 사건을 걷어내거나 압축해 진행 속도를 좀 더 빠르게 할 수는 없는가? 불필요한 설명을 빼버릴 수도 있다. 예를 들어 사건이 뒤집히거나 해결의 순간에 다다랐지만 주인공이 큰 타격을 입고 아무런 손도 쓸 수 없는 상황이라면, 이때 소설의 어조는 주인공의 감정 상태를 잘 드러내는가? 주인공은 무슨 일이 일어났는지 생각하는가? 독자가 그 감정을 '느낄 수 있는' 기회가 있는가?

주요 장면을 다시 한 번 검토하자. 당신을 사건으로 끌어들이는 에너지가 느껴지는가? 인물의 마음속으로 들어가 그처럼 느끼고, 그의 아픔에 공감할 수 있는가?

책을 훑으면서 사진같이 '포착'할 수 있는 다섯 개의 장면에 이름을 붙이자. 아름다움, 추함, 자극 등 이 순간이 마음을 사로잡는 이유는 무엇인가? 이 장면이 그 순간에 작가가 그리려고 하는 인물의 모습을 제대로 전달하는가? 독자의 기억에 '쾅'하고 새겨질 만한 무언가가 필요하다. 이미지나 느낌, 인물이 말한 것일 수도 있고, 한 순간의 긴장, 반전, 기쁨일 수도 있다. 좀 더 기억에 잘 새겨지도록 바꿀수는 없는가? '그 순간'을 감싸는 상자를 스스로 그린다고 생각해보자. 자신의 글이 상자 역할을 하는가? "독자 여러분, 이것을 기억해주세요!"

만약 독자의 입장에서 친구에게 내 소설을 설명한다면, 다음 빈칸을 무엇으로 채우겠는가? "나는 □□□를 절대 잊지 못할 거야."

쓸모없어 보이는 단어들을 솎아 내자. 그리고 조금 도전적인 작업을 하자. 모든 부사에 동그라미를 쳐보자. 그리고 그것이 진짜 필요한 부사인지 다시 한 번 생각해보자. 그리고 '구문'으로 시작되는 문장에도 표시하자. "고통에 차 의자에 털썩 주저앉았다", "적대감을 마음껏 드러내며 뛰쳐나갔다", "빨랫감을 치우고, 샌드위치를 만들면서 TV를 보았다(이 문장은 실제 원고에 들어있는 문장이다!)" 같은 문장에 말이다.

'말하다' 대신 '더듬거리다', '속삭이다', '소리치다'로 바꿀 수 있는 곳이 있으면 최대한 바꾸자.

이 작업을 얼마나 하면 될까? 가능한 많이 할수록 좋다.

단어 사용, 문장의 구조, 대화, 그리고 문체와 관련된 사항은 이 책에서 다루지는 않는다. 문장 작법은 다른 책으로 공부를 더 해야 한다. 문법도 다시 한 번 볼 필요가 있을 것이다. '공부거리' 장에서 도움이 될만한 책을 추천했다. 교정 편집자의 도움을 구할 수 있으면 더욱 좋겠다.

동료 작가가 당신의 원고를 읽고 잘못된 부분을 찾아내 줄 수도 있다. 스스로 원고를 멀리하는 시간을 가지고 다시 볼 수도 있겠다. 글쓰기와 관련한 문제가 있다면 해결책을 찾아보자. 예를 들어 당신이 일종의 독서 장애가 있다면, 최종 원고를 넘기기 전에 검토를 받자(내 친구 중 맞춤법을 잘 모르는 작가 친구가 있다. 그 친구는 자기 잘못을 모른다. '매우'를 '메우'라고 쓰고, '미래'를 '미레'로, '휴대폰'을 '휴데폰'이라고 쓴다. 일종의 독서 장애다. 그래서 나는 그 친구의 마지막 원고를 검토하고 모두 교정해준다. 그렇게 그 친구는 지금까지 다섯 편의 미스터리 소설을 출판했다).

이번에는 각 장의 첫 페이지만 쭉 읽어보자. 첫 페이지에서 흥미가 느껴지는가? 아니면 서술 방법이 반복되거나 이야기의 진척이 너무 느린가? 느리거나, 재미없거나, 헷갈리거나, 너무 흔한 이야기는 다시 쓰자. 각 장의 첫 문단은 보석처럼 빛나야 한다.

수정한 원고 한 줄 한 줄에 내가 전하고자 하는 의도가 최대한 잘 표현되도록 존경과 사랑과 애정을 쏟자. 모든 문장을 소리 내서 읽어

보기를 특히 추천한다. 입을 움직여 낭송해봐야 한다. 문장을 너무 꼬면 안 된다. 조금이라도 꼬인 것 같으면 문장을 쪼개자. 또, 궁극의 명료함을 추구하자. 스스로에게 집중하지 못하면서 이야기에 집중한다는 것은 말이 되지 않는다. 나는 독자의 의식을 각성시키는 방법으로 낭송만큼 좋은 방법을 알지 못한다.

한 줄 한 줄, 한 문단 한 문단, 한 페이지 한 페이지.

마지막까지, 끝까지 낭송하자.

"독자를 끌어들여라"라는 규칙 말고는 모두 잊어라. 여기에서 모든 것이 시작한다. 주제와 문체, 풍부함과 플롯의 모든 것을 고려해야 한다. 혼란스럽다면 마음이 이끄는 대로 하자. 무엇을 할지 모르겠다면 소설 그 자체에 집중하자. 텍스트를 설명하는 일 자체로 글쓰기 전략의 아이디어가 만들어진다. 다음 단계를 생각한 후 가능한 전략을 그려보는 것이다. 올라가고 싶은 산을 그려보는 것이다.

모든 것이 잘 될 것이다.

당부하건대, 결과물은 잘 모아두도록 하자.

소설 어떻게 읽고 써야 하는가?

부록
공부거리

실제 소설에서 배우기

로이스 로이의 『별을 헤아리며』 : 맥락과 구조

이 책은 청소년을 대상으로 한 소설로 1989년 출판된 후 꾸준하게 판매되고 있다. (재밌고, 잘 쓰인 이야기이므로) 읽는 것만으로도 좋고, (깔끔하고 선명한 구조이므로) 분석하기에도 알맞다. 독일이 덴마크에 사는 유대인을 '이주'시키기로 결정한 1943년 코펜하겐을 배경으로 한 소설이다. 당시 덴마크 사람들에게만 이런 역사가 있는 것은 아니었다. 7만 명이나 되는 유대인을 바다 건너 스웨덴으로 피신시키려는 목숨을 건 조직적인 지하운동도 진행되고 있었다. 아주 오래전 일이라 대부분이 모르는 이야기이기 때문에 아이들뿐만 아니라 어른이 읽기에도 아주 극적이고 흥미롭다.

이야기의 첫 부분에서 안네마리 요한슨의 가족은 같은 건물에 사는 그녀의 단짝인 엘렌 로젠을 거둬 숨겨준다. 두 소녀는 자매인 척하지만, 엘렌이 금발이 아니라서 덴마크인이 아니라는 것이 들통날 수 있었다. 요한슨 가족은 평범하게 숨어 살다가 자신들이 들통날 수 있음을 깨닫고 엘렌의 가족 모두가 독일을 탈출할 수 있도록 돕는다.

소설은 17개의 장으로 구성되어 있으며 각 장마다 제목이 달려 있고, 각 장이 하나의 작은 장면 모음이라고 볼 수 있다. 시간의 흐름은 아래 발췌한 3장의 도입부처럼 간단히 요약해 처리한다.

9월의 모든 날들이 지났다. 하루하루가 크게 다르지 않았다. 안네마리와 엘렌은 걸어서 학교에 갔고 같이 돌아왔다. 언제나 키 큰 군인과 그 조수를 피해 먼 길을 돌아 집으로 왔다.

겨울이 왔지만 기름이 없었다. 누구에게나 어려운 시기였다. 하지만 들키는 것만큼 겁나지는 않았다. 군인이 들이닥쳐 머리카락이 검은 소녀가 누구인지 물어보면 끝장이었다. 다른 한켠에서는 안네마리의 오빠가 가족 모두가 바다를 건너 도망갈 수 있도록 친척의 농장을 작전기지로 활용해 돕고 있었다. 상황이 점점 위험해지면서 남아있는 엘렌마저 위험해졌음을 깨달은 가족들은 엘렌을 시골로 보내 다른 가족과 함께 보트에 태워 스웨덴으로 보내려고 했다. 그런 활동을 막으려고 눈에 불을 켜고 감시하는 독일의 위협은 여전했다.

이야기가 모두 현재의 위험을 말하고 있기 때문에 비하인드 스토리는 딱히 필요하지 않다. 대신 덴마크의 레지스탕스 운동, 유대인의 용기, 독일 군인의 폭력적인 침략, 단단한 우정, 믿음, 가족, 시민의식 같은 드러나지 않는 요소들이 있다. 화자를 소녀들로 설정해 이야기를 풀어가기 때문에 일어나는 일들이 위험함에도 불구하고 보는 시선이 침착하고 사건이 겁나게 느껴지지는 않는다.

(위 문단에서 언급한) 몇 개의 모티프를 골라 장마다 어디에서 그 근거를 찾을 수 있는지 찾아보는 것도 유익한 연습이다.

이 소설은 모든 장이 생생하고 흥미롭다. 감정이 크게 드러나지 않은 채 벌어지는 사건과 사람들의 말과 행동만으로 이야기가 진행된다. 그렇기 때문에 모든 장에서 맥박이 강하게 뛰어야 좋은 이야기가 된다는 것을 소설가에게 깨닫게 해준다. 이 소설은 구조를 파악하려는 목적의 스토리보드를 만들기가 쉬운 책일 것이다.

힐러리 맨틀Hilary Mantel의 『울프 홀』: 장 도입부

맨틀의 글에서 본받을 만한 점은 사실적, 풍부한 디테일, 군더더기 없음, 위트, 신빙성 있는 대화, 독자의 지능까지 한두 가지가 아니다. 웬디 레저Wendy Lesser가 '북포럼www.bookforum.com'에서 평가한 말이 딱 맞다고 생각한다. 맨틀의 소설은 한결같이 "맨틀만의 특징이 있다. 강철같이 날카로운 지능에 그에 못지않은 넓은 포용력이 더해진 생각이 문체에서 드러난다."

『울프 홀』은 헨리 8세가 남자 상속자를 고대하던 1520년대 영국을 배경으로 한다. 왕은 앤 불린Anne Boleyn을 내치고 다른 왕비를 맞으려 하지만, 왕비를 내친다는 게 쉽지만은 않다. 이때 토마스 크롬웰이 등장한다. 맨틀은 꼬일 대로 꼬이고 인정사정없는 크롬웰을 독창적인 방법으로 그려낸다. 이 소설은 내가 가장 좋아하는 소설 중 하나다.

하지만 여기서 내가 주목하고 싶은 부분은 맨틀이 장 도입부를 얼마나 다양하게 쓰는가다. 그녀는 전지적 작가 시점을 활용한다. 그래서 맨틀의 화자는 모든 것을 보고 모르는 것이 없다. 이제 소설 초반부의 몇몇 장의 첫 문단을 가져와 그녀가 얼마나 손쉽게 독자를 유혹해 얼마나 빨리 사로잡는지, 그리고 그 전략이 얼마나 다양한지 보여주겠다.

제1부

I. 해협을 건너

"이제 일어나."
그는 넘어진 채로 정신을 못 차리고 임을 다문 채 쓰러져 있었다. 마당의 자갈길에 완전히 뻗은 채였다. 머리는 옆으로 돌아가 있었고, 눈은 입구로 향해 있었다. 누군가 들어와 그를 도와주기를 바라듯이 말이다. 제대로 한 방만 더 맞으면 죽을 것 같았다.

II. 아버지 같은 존재

그래서 스티븐 가디너는 들어오자마자 다시 떠났다. 비가 왔지만, 4월의 밤 날씨치고는 따뜻했다. 가디너는 기름기가 줄줄 흐르는 검은 털 같아 보이는 모피를 입고 있었다. 가디너는 곧 일어서 모피를 엉클어뜨리며 검은 천사의 날개만큼 커 보이는 옷을 추슬렀다.

III. 오스틴 프라이어스에서

리지는 아직 깨있었다. 하인들이 그를 들여보내는 소리가 들리자 리지는 반항하며 깽깽대는 그의 개를 품에 안고 나왔다. "사는 집도 모르는 거야?"

제2부

I. 방문

그들은 추기경의 집을 탈탈 털고 있다. 왕의 부하들이 방마다 돌며 요크 플레이스의 주인을 찾으며 양피지, 두루마리, 미사 전서, 각서와 개인 기록의 자료를 모으고 있다. 잉크와 깃펜까지 챙기고 추기경의 문장이 새겨진 판자도 벽에서 떼어내고 있다.

II. 영국의 가려진 역사

태곳적 아주 먼 옛날에는 33명의 딸을 가진 그리스 왕이 있었다고 한다. 이 딸들이 반란을 일으켜서 남편을 모두 죽였다. 어떻게 그런 반역자를 키웠는지 당황하면서도 자신이 낳은 혈육을 죽이고 싶지 않았던 왕이자 아버지는 그 딸들을 추방시켜 방향키도 없는 배에 실어 떠다니게 했다.

무라카미 하루키의 『태엽 감는 새』 1장: 구조적 신호

하루키는 장면, 설명, 의견을 활용해 그의 의도를 텍스트에 잘 담아낸다. 첫 장만 봐도 그가 주제에 어떻게 접근하는지 알 수 있다. 하루키는 서술방식을 바꿀 때마다 점을 찍는다. 여기에서는 이 점으로 분리된 각 부분이 어떻게 서술되었는지 살펴보겠다. 내 노트는 아주 짧은 시나리오라고 할 수 있겠다.

장면: 장면으로 시작한다. 전화기가 울릴 때 화자는 요리를 하고 있다. 여러 쪽에 걸쳐 활동이 계속되다가 주인공은 잃어버린 고양이를 찾아 나선다는 결심을 한다.

설명: 점으로 서술방식이 바뀌고, 화자는 일을 그만 둔 것을 주제로 이야기한다. 왜 그만뒀는지와 아내의 반응이 어땠는지 등을 설명한다. 마지막 문장은 "그렇게 일을 그만뒀지"로 끝을 맺는다.

장면: 아파트 장면으로 돌아온다. 유혹적인 이방인으로부터 다른 전화가 걸려 온다.

장면에 삽입된 설명: 다음 구문에서 주인공은 벽을 넘어 길로 나간다. 길거리를 설명하고 집과 정원 따위를 묘사한다. 몇 쪽 정도 묘사한 후 정원에서 한 소녀를 발견하는 장면으로 자연스럽게 넘어가고, 소녀가 음료수를 가지러 자리를 비울 때까지 고양이 이야기를 한다.

장면: 잠시 장면이 끊겼다가 소녀가 콜라를 가지고 돌아오는 장면으로 돌아온다. 소녀와의 장면이 오랫동안 계속된다. 장면 전부가 대화다.

장면: 다음 내용은 "내가 일어났을 때 나는 혼자였다. 그녀는 사라

지고 없었다"로 시작한다.

장면, 내면 묘사: 이어서 나오는 짧은 문단에서 주인공이 집으로 돌아와 저녁을 준비하는 내용이 나온다. 주인공은 태엽 감는 새에 대한 시를 쓰려는 생각을 한다.

장면, 내면 묘사: 아내가 집으로 돌아왔다. 사라진 고양이에 대한 이야기가 계속된다. 시적 영감이 떠오른다. 전화가 다시 울린다.

내 설명이 작가의 글과 완벽하게 똑같지는 않지만, 서술 요소의 배치는 아주 명확하다는 점만은 분명히 말하고 싶다. 하루키는 점을 찍어 새로운 장면이나 내면으로 전환한다는 분명한 신호를 독자에게 보낸다. 너무 단순화했다고 생각할 수도 있다. 뻔해 보이기도 한다. 하지만 연습이라고 생각한다면 뒤죽박죽인 글을 깔끔하게 정리하는 데 유용하게 사용할 수 있을 것이다. 당신만의 신호로 서술방식이 바뀌는 곳에 표시할 수도 있다. 나중에는 그 신호를 빼고 빈칸으로 바꿀 수도 있고, 전혀 표시를 하지 않을 수도 있다. 어느 쪽이든 각 텍스트에 어떤 전략을 썼는지 분명히 의식할 수 있다는 사실이 중요하다. 예를 들어:

대화와 사건으로 이뤄진 장면을 묘사한다.
주인공의 과거 이야기를 한다.
주인공이 걷고 있는 주변을 묘사한다.
장면 묘사로 돌아간다.

이후 서술의 전환이 분명하고 균형이 맞는지 평가할 수 있을 것이다.

연습하기

자신이 쓴 글의 한 장을 골라 서술의 전환을 표시하는 '자신 만의 점'을 찍어라. 잘 안 된다면 왜 그런지 생각해보자. 글이 뒤죽박죽인가? 아니면 쓸데없이 화려하게 연결되어 있나? 생각과 사건의 흐름을 독자가 따라갈 수 있는지가 중요하다.

· 좋아하는 장면을 골라 화자의 필요나 욕망을 드러내는 문장을 적어보자. 그것을 어떻게 알았는가? (대화나 주인공의 생각을 통해) 겉으로 드러나는가, 아니면 사건에서 유추했는가? 이 장면에 드러나는 욕구가 전체 주인공의 여정과 어떻게 연결되는가?
· 한 장에 여러 장면이 담긴 장을 검토해보자. 각 장면의 시작과 끝이 분명한가? 두 장면 사이의 이야기를 작가는 어떻게 다루는가?
· 이미지를 고난도로 활용해 감각적인 인상과 감정을 전달하는 작가를 좋아하는가? 글을 읽고 어떤 이미지가 포함되어 있는지 적어보자.

케이트 디카밀로Kate DiCamillo의 『이상하게 파란 여름』: 이야기 문제와 시놉시스

어느날 손녀에게 선물할 만한 책을 찾는 중이었다. 이 책의 뒷표지에 적힌 글을 읽자마자 이 글이 소설에는 큰 목적(아버지가 돌아오게 하기)과 그와 함께 하는 작은 목표(리틀 미스 센트럴 플로리다 타이어 대회에서 우승하기)가 있어야 한다는 것을 정확하게 보여준다고 생각했다. 사실 책 표지의 자극적인 문구만 읽어봐도 이야기에 어떤 문제가 주어지는지, 어떤 어려움이 닥치는지, 그 결과가 만족스러운지까지 알 수 있다!

성인 독자에게는 무슨 일이 일어날지 구체적으로 다 이야기할 필요가 없다. 하지만 나에게 도움이 되도록 시놉시스를 비슷하게 써본다고 잘못될 일은 없을 것이다. 중요한 점은 구조를 관리하는 것인데, 디카밀로는 이 연습을 하기에 아주 훌륭한 모델이다.

표지에 적힌 아래 문구를 읽어보자.

레이미 클라크는 모든 것이 자기 두 손에 달렸음을 깨닫는다. 누구 하나 그녀를 도와줄 수 없다. 다행히 레이미에게는 이미 계획이 있다. 레이미가 리틀 미스 센트럴 플로리다 타이어 대회Little Miss Central Florida Tire competition에서 우승한다면 이틀 전에 치위생사와 떠난 아버지가 레이미가 우승했다는 기사를 보고 (어쩌면) 다시 돌아올 수도 있을 것이다. 우승하려면 레이미는 사고를 치지 않고, 배턴 트월링도 배워야 한다. 또 연예계에 몸 담은 전적이 있는, 여리여리하고 시도 때도 없이 기절하는 루이지애나 엘레판테, 대회를 방해하려고 마음먹은 불같고 대책 없는 버벌리 태핀스킨과 함께 경쟁해야 한다. 하지만 대회가 가까워질수록 외로움, 상실, 대답할 수 없는 질문 덕분에 세 소녀 사이에 예상치 못한 우정이 싹트고, 예상치 못한 방법으로 서로를 구해야 하는 도전과 맞닥뜨린다.

알베르 카뮈의 『이방인』: 사건과 의견 분리하기

이 책을 공부하겠다면 처음에는 '무슨 일이 일어났는지'에만 집중해보자. 사건과 관련이 있는 문장에 모두 밑줄을 치자(묘사나 의견은 제외하자). 책의 대부분이 뫼르소가 생각하는 어머니의 죽음, 자신이 무슨 일을 했고 앞으로 무슨 일이 생길지에 대한 생각, 궁극적으로 자신이 생각하는 죽음에 대한 내용이다. 하지만 어머니의 장례식장부터 단두대 처형을 기다리는 감옥에 이르기까지 이 이야기를 서로 묶어주는 장면의 끈이 분명히 있다. 의견 속에서 사건을 찾아보는 연습은 우리에게 분명히 도움이 된다. 무엇에 관한 글인지 써보고 배경의 역할을 생각해보는 것도 역시 큰 도움이 된다.

좀 더 도전하고 싶다면, 책을 한 장 한 장 넘기면서 뫼르소가 성찰하는 주제의 목록을 만들어보고 비슷한 내용은 서로 묶어보자. 목록이 완성되면 처음부터 다시 보면서 주인공의 생각에 어떤 변화가 있는지 찾아보자. 결국 이 변화가 책에서 얘기하고 싶은 바이자 '뫼르소가 받아들이는 세상'이다.

켄트 하루프의 『축복』: 장면 전개과 비하인드 스토리

이 책은 장면의 연속일 뿐이다. 하지만 '아버지인 루이스가 애지중지하는 아들과 이별한다'는 비하인드 스토리가 장면에 영향을 준다. 말기암 시한부 환자인 루이스의 투병 중에도 아들에게 작별인사를 하려는 마음이 한 줄기의 이야기가 된다. 루이스가 삶을 마감하는 동안 조용하던 마을에서도 가족과 마을 사람들의 삶을 조금이나마 움직이는 일들이 일어난다.

이 소설은 스토리보드를 만들어 보기에 알맞은 소설이다. 또렷한 주요 플롯과 아들의 부재라는 드러나지는 않지만 강력한 비하인드 스토리를 통합하는 모델이므로 공부해볼 이유가 충분하다.

마크 해던의 『한밤중에 개에게 일어난 의문의 사건』: 모티프

이 소설은 아주 재미있는 책이고 이어지는 장면을 파악하기 어렵지 않다. 크리스토퍼가 한 가지씩 배울 때마다 그의 질문에 어떤 변화가 생기고 그에 따라 목적을 어떻게 바꾸는지 관찰해보자. 크리스토퍼가 자신이 어떤 삶을 살았고 어떻게 문제를 해결하는지 설명하면서 이야기하는 주제를 찾아볼 수도 있다. 어느 방법이든 우리가 이야기에 빠져들게 만드는 논리적 흐름을 볼 것이다.

장면 배치를 달리해 본다는 측면에서 다른 방법으로 분석해 보는 것도 도움이 된다. 크리스토퍼만 가지고 있는 독특함 때문에 존재하는 테마와 모티프를 생각해보고 그 테마를 기준으로 장면을 엮어보자. 당연히 한 장면이 여러 고리에 연결될 수도 있다. 예를 들어 크리스토퍼가 고분분투하는 모습을 보자. 우리는 그가 A레벨 수학 시험을 통과하려는 가장 큰 목표가 무엇인지 잊지 말아야 한다. 이를 달성하는 동안 그가 불편함과 당혹감을 어떻게 표현하는지, 그리고 '그것을 어떻게 이겨내려고 하는지' 관찰해보자. 비논리적이고 차근차근 일을 하지 않는 사람 때문에 크리스토퍼가 피해를 받고 곤란해진 상황을 찾으면서 소설을 읽으면 또 다른 측면에서 소설을 이해할 수 있다. 크리스토퍼는 어려움을 어떻게 이겨내는가? 때로는 런던까지 찾아가는 등 실제로 '행동해야' 한다. 하지만 규칙에 따라 지극히 논리적으로 작용하는 일을 검토할 기회만 있어도 어려움을 돌파할 때도 있다. 사건, 주제, 생각이라는 모든 맥락이 이야기에 탁월하게 녹아 있다. 내가 말한 글타래 외에 다른 부분에서도 이를 찾을 수 있을 것이다.

어니스트 J. 게인스Ernest J. Gaines의 『죽음 앞의 교훈』: 주제

이 책은 주제문을 구성하는 두 부분을 어떻게 전개하는지 공부하기에 더없이 적합한 책이다.

1. 연속된 사건의 결과는 무엇인가?
2. 사건은 어떤 의미와 감정을 전달하고 주인공에게 어떤 영향을 주는가?

그랜트 위긴스는 제퍼슨을 방문해 살인이라는 죄목으로 억울하게 사형을 선고받은 젊은 청년이 '품위를 지키며' 죽을 수 있도록 만들라고 설득당한다. 그랜트는 겁먹고, 화가 난 아주 어린 소년이 그의 운명을 받아들이도록 해야 하는 말도 안 되는 목적을 가지고 있다. 이 소설은 두 개의 플롯이 또렷하게 드러난다. 그랜트와 제퍼슨의 교감이 첫 번째 플롯이고, 삶의 쓰라림과 믿음의 부족으로 깊은 관계를 갖지 못하고 자신의 일과 가치에 의미도 부여하지 못하는 그랜트 자신의 삶이 두 번째 플롯이다. 두 플롯을 각각 정의해보고, 한 사람이 다른 이에게 어떻게 영향을 미치는지 살펴보자. 이 소설은 아주 훌륭하다. 한 소년이 용감한 남자로 자라고, 상처받은 우울한 남자가 자신의 삶에서 의미를 찾을 수 있으리라는 희망을 가진 사람으로 변하는 과정을 그리는 소설이다.

켄트 하루프의 『축복』: 29장

이 샘플에는 장면의 전환을 나타내고자 단원마다 빈 줄이 삽입되어 있다. 편하게 요약하려고 번호를 붙였지만 실제 글에는 번호가 없다.먼저 각 장의 첫 문장을 인용하고, 이어지는 사건을 요약할 것이다.

장 태그라인: 로레인, 베르타 메이, 이웃 소녀 앨리스는 존슨의 집에 가서 오후에 소풍과 수영을 즐긴다.
이 장에서 무슨 일이 일어나는가: 어린 앨리스가 여자들만의 우정이 무엇인지 깨닫는다.

1. "한 주의 이른 어느 날 정오 조금 전, 로레인은 옆 집 베르타 메이의 집에 찾아가 앨리스를 데리고 미국 34번 고속도로를 타고 동쪽으로 가다가 남쪽 자갈길을 따라 존슨의 집으로 향한다."

→ 존슨 부인과 윌리아, 앨렌이 두 손님을 반갑게 안아준다.

2. "그들은 집 북쪽 느릅나무 아래 마당에서 점심을 먹는다."

→ 어린 앨리스를 위해 특별히 기도를 드리고 난 후 점심을 먹는다.

3. "접시를 돌려가며 음식을 먹었다."

→ 앨리스가 집 안으로 들어가 몇 가지를 확인한 후, 그들은 낮잠을 자기로 한다. 앨리스는 바닥에 깔 것을 찾으러 다시 안으로 들어간다.

4. "그들은 파리를 쫓으려고 저녁 식사용 냅킨을 얼굴에 덮어쓰고 나무 그늘 바닥에 드러누웠다."

→ 음악에 대해 얘기한다. 윌리아는 어릴 때 음악 연습을 하지 않았다는 이야기를 하다가 잠이 든다. 앨리스도 잠든다.

5. "'수영이 빠지면 안 돼.' 로레인이 말했다. 작은 냇가가 있었으면 좋겠다고 내가 얘기한다."

→ 세 여인과 소녀는 챙겨온 물건을 치웠다. 그리고 초원으로 걸어나가 깨끗하고 차가운 물이 담긴 탱크로 향한다. 곧 모두 다 옷을 벗고 안으로 들어갔지만, (나이 많은) 윌리아는 설득이 좀 필요했다. 그들은 수영을 못하는 앨리스가 물 위에 떠있을 수 있도록 도와줬다.

6. "시간이 지나고 탱크에서 나와 잔디 의자에 앉아 태양을 즐겼다."

→ 소가 목장으로 들어와 물을 마시고 무슨 일이 있는 듯 바라보았다. 그들은 소에 대해서 얘기하다가 젖소가 되면 어떨지도 상상하고, 여자라서 삶이 어떤지에 대해서도 농담을 나눴다. 다시 탱크로 들어가 물에 떠 있다가 일어서기도 하고, 햇빛을 쬐며 수영을 즐겼다. 그리고 모두 다 챙겨서 다시 집으로 돌아온다.

『척박한 땅의 오팔』 요약 노트

본문에서도 얘기했지만, 실제로 글을 적기 전에 나는 장이나 단원 수준에서 요약을 해두는 편이다. 소설 가운데 부분에 해당하는, 내가 적은 노트를 일부 가져왔다. 따로 편집하지 않고 특별히 꾸미지도 않은, 그냥 있는 그대로의 날것이다. 이렇게 이야기의 줄거리를 적어놓으면 글을 쓰면서 지어내야 할 내용이 줄어든다.

클랜시는 애인인 트라비스를 은행에서 만났다. 그는 면을 생산하는 농부이자 은행의 우량 고객이다. 서른한 살이나 됐지만 철도 안 들고 여자만 밝히는 멍청이다. 트라비스는 클랜시를 화나게 하고 정신없게 만든다. 평온을 좋아하는 클랜시에게 트라비스는 그녀를 무섭게 하고 혼란스럽게 한다.
하루는 일을 마치고 클랜시가 동료와 함께 병원에 갔다가 신생아실에서 조산된 아기에게 홀딱 반하고, 스스로 간호사라고 생각하며 다시 학교로 돌아갈 생각에 빠져든다. 그녀는 어머니에게 그 얘기를 했고, 오팔은 클랜시의 열정을 잠재울 정보를 얻으러 여기저기 뛰어다닌다.

반면 조이는 제대로 된 직장을 아직 찾지 못했다. 벼룩 시장에서 아이스크림을 팔고, 대학논문을 타이핑하면서 돈을 번다. 술집에서 만난 남자와 데이트를 하고, 어느 날 아침에는 두 눈이 멍든 채로 깨기도 한다. 바로 그 날 아침 딸 헤더가 아마릴로Amarillo에서 전화해 제발 자기를 데리러 오라고 사정한다. 헤더는 계모와 갓난아이가 있는 아버지의 집에서 비참하게 산다. 결국 조이는 헤더를 데리러 갔고, 돌아오는 길에 자신의 어린 시절 이야기를 자세히 들려주면서 왜 남자들에게 화가 나는지 설명한다.

오팔의 남편 러셀은 뉴 멕시코에서 파이프라인 공사를 한다. 오팔이 쓰러져가는 트레일러에 러셀을 만나러 갔을 때 러셀은 일거리가 있는 곳을 찾아다니며 같이 살자고 오팔을 설득한다. 오팔은 좁은 트레일러에 같이 살 수 없다고 말은 하지만, 사실 둘은 오팔이 러셀과 함께 살지 않으려는 이유가 클랜시를 두고 떠날 수 없기 때문임을 잘 안다. 의붓딸과 한 집에서 산다고 신경 쓰기는커녕 오히려 모두 데려와서 사는 것이 러셀의 계획이다. 러셀은 오팔이 자신을 믿고 선택할 수 있도록 설득하고, 멋진 새 트레일러를 장만한다. 그래서 오팔은 러셀과 함께 러셀의 다음 직장으로 함께 가기로 한다.

조금 후, 러셀은 모두를 데리고 서부 댄스 클럽으로 데이트를 간다. 러셀과 조이만 재미있게 놀고 클랜시는 몸이 좋지 않다고 한다. 오팔은 클랜시를 집으로 데려온다. 클랜시의 임신이 드러나고, 오팔은 러셀에게 함께 미네랄웰스Mineral Wells까지 갈 수 없다고 전한다. 러셀은 폭발해 "알았어, 여기서 클랜시와 애나 낳고 살아! 난 아프리카로 갈 거야!" 라고 말한다.

『언제 이집트에 가보겠어』 수정 계획

소설을 수정하려 할 때 내가 '아웃라인'을 어떻게 해석했는지 보면 재미있을 것이다. 실제로 글을 쓰기 전에 이야기를 준비하는 데만 여러 달이 걸렸다(그 와중에 아픈 가족을 돌보기도 했다). 그래서 그런지 초고를 쓰면서 내 의도와 이야기를 더 잘 녹여낼 수 있었다. 나는 연극에서 맡은 역할을 '묵묵히' 수행하는 주인공이 등장하는 유럽 동화 같은 소설을 쓰고 싶었다. 행복한 이야기를 쓰고 싶었다. 그러느라 몇 달이나 고민했고, 스스로 (또 세상 사람들이) 행복할 수 있다는 사실을 잊지 않으려고 상당히 신중하게 쓰려 했다. 그래서 이야기가 무겁지 않고 선이 이긴다는 결말이 들어 있다. 동화 같다고도 할 수 있다. 동시에 현실적인 문제가 담겨 있고, 주인공은 어려움을 겪으면서 변화한다.

단순히 요약하거나 경과를 정리하는 대신 '아웃라인'을 큰 종이 위에 적어서 벽에 걸어 두고 원고를 다시 타이핑했다. 아래에 그 아웃라인을 소개한다.

- 언제 이집트에 가 보겠어

주요 플롯

슬픔에 빠진 릴리는 신혼여행을 갔던 도시에 다시 찾아간다. 그곳에서 미국인 작가 샬롯과 친해진 릴리는 새로운 도전을 한다. 크지 않은 발걸음이지만, 그 자신의 수줍음을 이겨낸다.

릴리는 크루즈라는 여성과 그녀의 딸 디비나를 만나고, 그들이 가진 미스터리와 힘, 미모, 집안에 끌린다. 그러다 우정이 평범함을 벗어나고 휴가 중인 다른 미국인들의 화를 돋운다.

릴리는 크루즈가 사는 마을로 찾아가 엄마인 크루즈와 사귀려 하지만 오히려 그 딸 디비나가 릴리를 유혹한다. 열정에 불이 붙지만, 릴리는 의구심으로 괴로워하며 자신이 누구를 사랑하는지 스스로 부정한다. 릴리는 어머니 쪽에 프러포즈하지만 결국 거절당한다.

축제에서 그는 크루즈와 춤추지만 감춰둔 사랑이 겉으로 드러나 결국 그녀의 딸에게 춤을 신청하러 간다. 둘은 키스하고, 밖으로 달아난다.

릴리는 예배당에서 신부(버널 신부)와 밤을 새우고 아침이 돼서야 정신을 차리고 밖으로 나온다.

샬롯이 릴리를 디비나가 일하는 곳으로 데려간다. 릴리는 모든 사람 앞에서 디비나를 사랑한다고 밝힌다.

마을 사람 모두가 참석한 결혼식에서 둘은 결혼한다.

서커스가 나타난다. 아직 웨딩드레스를 입은 채로 둘은 코끼리를 탄다.

하위 플롯

샬롯. 이 미국 여성은 자기 삶 앞에 당당하지 않다. 밤에만 글을 쓰고, 흑백으로만 그림을 그린다! 밤에 듣는 크루즈의 이야기, 디비나가 꿈꾸는 하얀 집, 퇴직자의 지난날 같은 다른 사람의 이야기에 자신을 허비한다. 그녀는 싱글이며, 유일한 친구는 신부님다. 샬롯은 자신이 릴리에게 말한 "느끼는 것이 힘이다"라는 말을 몸소 느낀다. 릴리의 슬픔이 끝을 맺자, 샬롯은 죽은 아이와 그만둔 예술에 대한 자신의 슬픔을 끌어안는다.

버널 신부. 이 신부는 자신의 부끄러운 고통을 이겨내려고 한다 (그는 남몰래 마음속으로만 샬롯을 사랑한다).

크루즈. 자부심 세고 독립심이 강한 여성으로 아들 베르토가 결혼식에 맞춰 집으로 돌아오고 딸이 결혼식을 잘 치르기를 기도한다. 크루즈는 자기 삶의 가치를 확인받고자 한다. 자신이 저지른 잘못을 저지르게 하지 않겠다는 생각에 딸에게 "릴리 씨와 디비나의 이야기를 해줄게"라며 이야기를 시작한다. 크루즈는 홀아비 돈 제로나의 오랫동안 숨겨둔 애인이었다. 제로나는 오래된 대농장주의 후계자이자 장사꾼이다. 마지막에 제로나는 비밀을 깨고 결혼식에 참석해 디비나와 함께 결혼식장을 걷는다.

디비나. 예쁘고, 자부심 강하고, 꿈이 있다. 릴리가 그의 삶을 이끌어 줄 반려자로서 그녀를 맞이했듯이 디비나도 릴리를 우러러본다. 디비나는 릴리의 경험과 여행 이야기를 부러워하고, 반려동물샵을 열자는 릴리의 생각에 기뻐한다! 또한 디비나는 릴리의 빨간 머리가 멋지다고 생각한다. 신부도 릴리가 좋은 남자라고 얘기한다.

에우제비오는 디비나와 떠나고 싶어 한다. 하지만 자신이 디비나와 절대 결혼할 수 없음을 깨닫고 서커스가 왔을 때 그저 현재를 즐긴다.

이젤다는 마을을 사랑해서 떠나고 싶어 하지 않지만, 살수차를 타고 떠난 레이몬드를 그리워한다. 서커스와 함께 나타난 레이몬드는 마을에 머무르기로 한다.

릴리의 동생 마가렛은 릴리가 여행을 떠난 도시에 더 머무른다고 하자 머리 끝까지 화를 내고 아들을 보내 릴리를 데려오려고 한다. 그 아들은 도착해서 릴리의 결혼식에 참석한다.

잡화상 돈 제로나는 릴리가 크루즈와 결혼하는 줄 알고 걱정한다. 그리고 그 걱정에 못 이겨 숨겨둔 비밀을 깨고 자신의 정체를 밝힌다.

등장인물들이 릴리에게 전하는 바는,

· 에바(릴리의 죽은 아내): 믿음을 얻으려면 모든 것을 걸어야 한다.
· 콘솔라타: 마음이 따뜻해지는 이야기는 우리 그림자 뒤에 숨어 있
　　　　　 다.
· 샬롯: 느낌은 강하다.
· 버널 신부: 마음은 열수록 가득 찬다.

릴리는 자신의 영혼을 감싸안는 남자다. 그는 여성의 힘과 아름다
움을 사랑한다.

아래는 수정 계획 초기 단계의 일부다.

· 주제: 소심하고 외로운 남자가 사랑과 용기를 찾는다.
· 테마: 믿음과 영광, 모두에게 성찬이 되는 사랑
· 전제: 마음은 열수록 가득 찬다.
· 어둠을 가로지르면 빛에 다다른다.

주요 인물

톰 릴리는 슬픔과 외로움에서 벗어나고 싶어 하며, 함께할 가족을
원한다. 하지만 다시 사랑할 용기가 있을지 확신하지 못한다. 이 수
수께끼에 두 손을 들고 말 것인가?

디비나는 꽃피울 기회가 주어지지 않은 신데렐라 같은 인물이다.
디비나는 성을 가지고 싶어 하며, 사실은 텍사스에 있는 집의 가정부
가 되는 것이 꿈이다. 아버지가 없는 디비나는 릴리에게 끌린다. 릴리

는 부모 뻘이라고 할 만큼 나이가 많지는 않다. 그녀는 릴리가 자신의 짝이자 함께 꿈을 이룰 열쇠를 쥔 사람임을 너무 늦지 않게 알아챘다. 디비나가 릴리를 차지할 수 있을까? 그것이 올바른 일일까?

크루즈는 디비나가 자신보다 더 나은 삶을 살길 원하며 손주를 가지고 싶어 한다. 그리고 자신이 이은 인디언의 혈통이 유지되기를 바란다.

보조 인물

마가렛(릴리의 동생)은 세상이 움직이지 않기를 바란다.

샬롯은(미국인 작가) 그녀 스스로 자신을 한 여성이자 예술가라고 높여 생각하지만, 사실은 평범한 재능의 일반인임을 직시해야 한다.

신부는 신비로운 경험을 원한다.

호텔에 온 손님은 <릴리, 해 보는 거야!>와 <늙은 멍청이는 되지 마!>라는 두 노래를 합창한다.

나는 이렇게 정리한 메모를 가지고 인물 간의 관계도도 만들고 장면을 대표할 짧은 문구를 쓸 때도 활용했다. 그리고 나서 인덱스카드에 장면 시퀀스를 적고 순서를 이리저리 조정했다. 디비나의 긴 생머리, 코끼리 위에 앉은 릴리, 이젤 앞에 앉은 샬롯처럼 인물의 이미지를 만드는 데 시간을 많이 쏟았다. 멕시코에 몇 주 정도 머무를 기회가 있어 새장 안의 새, 불에 굽는 음식, 광장의 작은 밴드 등 아주 세세한 사항까지 글로 잘 쓸 수 있도록 사진을 수십 장 찍어 놓았다. 그리고 소설을 쓸 때 벽에 멕시코에서 찍은 사진과 인덱스카드를 줄지어 붙여 놓았다.

스토리보드 만들기

우리가 가장 먼저 할 일은 모델로 삼아 공부할 소설 고르기다. 잘 알고, 좋아하고, 너무 길거나 복잡하지 않은 소설이면 된다. 레베카 라스무센의 『에버그린』은 공부하기 쉬운 구조의 소설이다. 에반 S. 콘넬Evan S. Connell 의 『브릿지 부인』도 다양한 운율의 소품문집이므로 좋은 선택이다. 내면 묘사가 많은 소설을 쓰고 있다면 폴 하딩Paul Harding 의 『팅커스』를 공부해보자. 앤 타일러의 『종이 시계』도 딱 알맞는 책이다. 앤 타일러의 작품은 어느 소설이라도 괜찮다. 케이 기본스Kaye Gibbons 의 전 작품, 크리스티나 슈바르츠Christina Schwarz 의 『루스의 기억』, 엘리자베스 버그Elizabeth Berg 의 모든 작품도 추천한다.

주제를 강조한 작품이라면 에드위지 당티카Edwidge Danticat 의 『숨, 눈, 기억』, 안드레 듀버스 3세의 『모래와 안개의 집』, J. M. 쿳시의 『추락』, 베른하르트 슐링크^{Bernhard Schlink}의『책 읽어주는 남자』, 어니스트 J. 게인스의『죽음 앞의 교훈』을 꼽겠다. 재미있을 만한 책이라면 어느 것이든 좋으니, 크게 부담스럽지 않은 책으로 시작해보자.

특정 장르에 관심이 있다면, 과학소설, 미스터리 소설, 성장소설, 대하소설 등 해당 장르만의 특색을 보여주는 소설로 공부하고 싶을 것이다. 먼저 책의 전체 구조를 이해해보자. 마음에 드는 장을 골라 구조를 분석하는 일은 나중에도 할 수 있다. 또 다른 책을 골라 도입부나 이야기의 깊숙한 부분까지 들어가 분석하는 일을 계속할 수도 있다. 공부하면서 어떻게 이야기의 모양이 잡혀가는지 체득해야 한다.

공부를 할 때는 두 가지 색의 인덱스카드와 포스트잇이 필요하다.

1. 장마다 태그라인을 적자.
각 장마다 인덱스카드를 만들고 태그라인을 적어놓는다.
벽이나 바닥, 게시판, 큰 종이 위에다 카드를 가로로 쭉 펼쳐놓고 이 밑으로 더 많은 카드를 붙여나가자.

2. 각 장에서 장면이 나오는 부분을 찾고, 그 장이 몇 장인지 적어두자.
주요 플롯에 해당하는 장면은 인덱스카드에 그 장면의 사건을 한 줄로 요약하고 배경, 등장인물을 적자. 만약 그 장면에서 아주 중요한 문제가 나타난다면 카드 아래에 드러난 문제를 적자.
회상이나 설명, 서술적 요약이 어느 정도 모였다면 카드에 그 종류에 따라 FB(회상), EX(설명), NS(서술적 요약)를 적고 제목까지 붙여보자. 예를 들어 '홍수에 대한 기억', '병원에서의 일주일', '아빠가 어디에 있었고 왜 돌아왔는지에 대한 설명' 등으로 제목을 붙일 수 있다.
이 장면 카드를 장 카드 밑에 배치하자.

다른 하위 플롯도 동일하게 분석해 '다른 색 카드'에 적자. 각 하위 플롯마다 색을 달리하거나 카드 위쪽에 두꺼운 색연필로 표시해 둘 수도 있다.

3. 스토리보드 카드를 묶어서 사용하는 작가도 있지만, 모든 카드가 잘 보이도록 둬야 생각이 떠오를 때마다 추가해 적기도 편하고, 메모를 붙이기도 좋다. 이야기가 장을 넘어 연결되는 것을 볼 수 있도록 펜으로 장면끼리 연결하기도 쉽다.

4. 장면 카드를 보면서 어떻게 이것을 장면 시퀀스로 '뭉칠' 수 있을지 생각해야 한다. 장면 카드끼리 가까이 붙이거나 다음 장면 시퀀스로 이동하기 전에 카드 놓을 공간을 확보해둔 후 나중에 카드를 중간에 끼워넣는 방식으로 이를 나타낼 수 있다. 가끔은 장면 시퀀스가 다음 장까지 '넘어가기도' 할 것이다.

5. 어떤 장면이 가장 중요한지, 어떤 장면이 가장 중요한 사건인지 결정했다면 펠트펜으로 카드에 별표나 테두리를 그려놓자. 떠오르는 생각을 따라 소설의 각종 요소를 스토리보드에서 찾을 수 있어야 한다.
"이것은 주요 사건의 흐름이야."
"동생의 이혼에 대한 하위 플롯이 있네."
설정, 이야기가 던지는 질문, 비하인드 스토리, 외로움 같은 모티프, 폭력 등 소설이 가지고 있는 모든 것을 찾아보자.
자신만의 장면 시퀀스를 만들 때 구조를 파악하는 데 쓸 수 있는 시각적 보조자료를 만드는 것이다.

　소설을 낱낱이 분석해 볼수록 소설이 어떻게 만들어졌는지 더 잘 이해할 수 있다. 조각들이 모여 작은 덩어리가 되고, 덩어리가 모여 큰 부분이 되고, 결국 전체 이야기가 되는 과정을 스스로 찾아보는 것이다. 즉 소설을 해부하는 것이다.

소설을 쓸 때 이 연습을 잘 활용하면 글의 구조를 눈앞에 그릴 수 있다. 카드에 적어놓으면 옮기고, 바꾸고, 지우기가 수월하기 때문에 이야기에 더 깊숙이 들어가 일어날 일이나 변경할 점에 유연하게 대응할 수 있다. 하루 종일 '컴퓨터 앞에 죽치고 앉아 있기'에서 벗어나 색다르게 일할 수 있는 좋은 방법이라고 생각한다. 이야기의 모양이 자리 잡는 과정을 보는 것도 재미있고, 소설의 뼈대를 잡는 데도 유용하다.

스토리보드를 처음 만든다면 서술적 요약이 많은 소설보다 장면이 풍부한 소설로 연습하는 것이 좋다. 단편소설도 좋다. 미스터리 소설도 좋다. 하지만 역사 소설이나 플롯라인이 여러 개인 소설로 공부할 생각이라면 내 소설의 스토리보드를 만들듯이 스토리보드를 만들어야 한다. 쉽지 않은 작업이다. 다양한 요소를 드러낼 수 있도록 자신만의 방안을 찾아가면서 만들어야 한다. 이미 완성된 소설로 스토리보드를 만들 수 있다면, 자신의 소설로 스토리보드 만들기는 아주 식은 죽 먹기일 것이다.

스토리보드 만드는 과정

최근 나는 『포도구균』이라는 제목의 소설을 쓰기 시작했다. 6주 사이에 사춘기를 겪고 있는 두 자매의 부모가 모두 죽는다. 한 명은 포도구균 감염 때문에 죽었고, 다른 한 명은 심근염(심장내벽 감염) 때문에 죽었다. 부모를 잃은 이후 미아(14세)와 아니카(13세)는 어떻게 사느지 베일에 가려진 채 학교에 가지 않는 날이 대부분이었다(이야기는 3월부터 시작한다). 아이들은 그나마 낫지만, 소설을 보면 부모가 마리화나를 상습적으로 피우고 딸들을 필요 이상으로 가까이 두며 수상하게 살았다는 사실을 알 수 있다.

대가족이 죽음이라는 충격과 슬픔을 어떻게 이겨내고, 자매가 긍정적이고 제대로 된 환경에서 자랄 수 있도록 하는지에 관한 소설이다. 회복, 성장, 가족의 사랑, 그리고 젊은 소녀가 어떻게 청년으로 꽃피는지를 볼 수 있다.

여기까지는 모두가 예상하는 그대로다. 자매는 각자의 침대도 생기고, 새 옷을 마련하고, 친할머니가 사는 마을의 학교에 들어가고, 외할머니와도 시간을 보낸다. 고모와 사촌도 할머니댁에 살고 있지만, 곧 고모 앨리슨은 재혼할 계획이다.

이 소설의 진짜 주인공은 자매다. 자매는 쌍둥이처럼 컸고, 지금껏 떨어진 적이 없다. 하지만 환경이 바뀌면서 자신만의 모습을 찾아가고, 부모님 없이 어떻게 살아갈지 각자 다른 결정을 한다. 동생 애니카는 수학 선생과 육상 감독을 멘토로 두고 이민자 가족과 각별하게 지낸다. 반면 언니 미아는 세상 밖으로 뛰쳐나가려 한다. 이때 미아와 급격하게 가까워진 단짝 친구가 하필이면 고모 남자 친구의 문제투성이 아들이다. 그녀는 학교에 그다지 관심이 없고 친구들만 신경쓰며, 더 이상 어린애 취급을 받고 싶어 하지 않는다.

애니카 말고는 미아가 학교에 적응을 못하고 친구들과 비뚤어지고 있음을 모른다. 애니카는 미아의 나쁜 행동을 저지하느라 자신이 잡은 행운을 놓쳐버리고 싶지 않다. 게다가 언니를 어떻게 바로잡아야 할지도 모르고, 자기 일이라고 생각하지도 않는다.

그러다 미아는 몇몇 친구들과 도를 지나치는 행동을 하는데, 이 재미있자고 한 일이 위험해지고 만다. 그리고 저마다의 사정이 있는 어른들은 아이들에게 관심을 쏟고 새로운 마음으로 돌보아야만 한다.

나는 온갖 인물과 그들의 욕망, 약점을 가지고 논다. 그것이 바로 소설이니까. 내 소설에는 많은 이야깃거리와 꽤 분명한 짜임이 있다. 이 소설의 스토리보드를 만드는 일은 소설을 한 쪽 한 쪽 넘기며 어떤 게 필요할지, 어디를 덜어낼지, 다시 쓸 부분은 없는지 확인할 좋은 기회다.

소설은 기승전결의 네 부분으로 나눠진다. 장면의 흐름을 좇을 수 있도록 첫 부분을 모두 가져왔다. 그 안에 네 장면 시퀀스를 넣고, 각 장면마다 의견을 달았다. 이 의견을 인덱스카드에 써놓았기 때문에 종이 위에 적은 글을 읽을 수도 있고, 쌓아놓거나 의견을 더하는 등 여러 작업을 수월하게 할 수 있다. 종이 위에 장면 시퀀스를 보여 주기는 쉽지 않지만, 다음에서 내가 어떻게 40쪽에 해당하는 원고의 중요사항을 꼽아냈는지 볼 수 있을 것이다.

포도구균: 소설

책은 기승전결의 네 '부분'으로 나뉘고, 그 안에 장면이나 장면 시퀀스가 모여있다. 나는 각 장면 시퀀스에 제목을 달고 번호를 매겼다. 빈 줄은 장면의 전환을 보여준다. 참고로 실제 소설에는 장 번호가 없다.

첫 움직임: 브릿^Britte 은 병에 걸리고 끝내 죽어 땅에 묻힌다.

1. 엄마가 병이 든 날과 다음 날 아침:
브릿은 포도구균에 감염돼 앓는다.

오레곤 주 포틀랜드 부근

엄마와 시간을 보내는 자매: TV 보기, 홈쇼핑에서 산 보석 가지
고 놀기
엄마(브릿)가 잠자리에 들고, 병이 난다.
자매(미아 14세, 아니카 13세)도 잠자리에 든다.
새벽에 엄마가 울부짖는다.
아버지(닉)가 집으로 돌아와 119에 연락하고 앰뷸런스를 부른다.
엄마에게 무슨 일이 생긴 걸까?

자매는 보석과 신용카드를 가지고 장난친다.
아빠가 돌아와 아무 말도 않고 잔다.
아이들은 보석으로 장난을 치고, 누워서 천사가 날개를 펴듯 팔
을 뻗는다.
엄마가 죽은 걸까?

설명하기: 허름한 아파트에서의 삶은 어떤가?

다음날 아침: 닉은 나가고 없다. 아이들은 맥도날드로 간다.
집으로 돌아와 차고 벽에다 배구공으로 벽치기를 한다. 왜 학교
에 가지 않느냐고 참견하는 아주머니를 만난다.
다시 돌아와 잠이 든 닉이 일어나지 않으려 한다.
닉을 찾는 전화가 온다. 무슨 일인지 얘기하지 않지만 엄마에 대
한 것 같다.
아이들은 닉이 깨워도 일어나지 않자 할머니 윌로우에게 전화한

다.

엄마가 죽은 걸까?

비하인드 스토리: 닉과 브릿은 어떻게 만났나

닉은 브릿의 고향 프로스트에서 약사로 일했다. 둘은 약국에서 같이 일한 동료였다.
(장면) 브릿이 닉을 찾아와 불면증을 호소하고 도움을 청한다.
닉은 브릿에게 밥을 같이 먹자고 하고, 대마초 피우는 법을 알려준다. 운명 같은 만남이었다.

2. 할머니가 나타나 가족을 데리고 아파트를 떠난다.

남부 오레곤과 포틀랜드

윌로우(닉의 어머니)는 요하나(브릿의 어머니)에게 브릿이 죽었다고 얘기해야 한다. 요하나는 너무 놀라서 윌로우를 때리고 만다.
그들은 커피를 마시면서 어떻게 할지 이야기한다. 요하나는 가족 묘지에 브릿을 묻겠다고 하고, 윌로우는 장의사를 부른다.

할머니는 포틀랜드로 차를 타고 가는 동안 조용하기만 하다.
비하인드 스토리: 요하나는 브릿이 작년 가을에 야구방망이로 맞았던 기억을 떠올린다.

할머니들이 아파트에 도착한다. 아파트는 지저분하고 악취가 심한 쓰레기장 같았다. 닉은 침대에 누워있고, 아이들은 소파에 앉아있다. 요하나가 무릎을 꿇는다. 윌로우도 그 옆에 무릎 꿇는다. 아이들이 일어서서 궁금한 듯 두 할머니를 쳐다본다.

윌로우가 정적을 깨고 일어서서 닉을 깨운다: 아이들에게 엄마의 죽음을 알려야 한다고 일러주고, 찬물을 준비한다.

아이들은 요하나 옆에 앉아있다.

닉이 밖으로 나와 브릿이 죽었씀을 설명하려 한다.

윌로우가 이어받아 앞으로 어떻게 할지 설명한다. 닉은 요하나와 함께 장례식 준비를 위해 밖으로 나간다. 윌로우는 음식을 챙긴다. 그리고 닉만 집에 남겨두고 모두 모텔에 가서 밤을 보낸다.

윌로우는 아이들이 필요한 옷가지를 챙길 수 있도록 하지만, 대부분 그대로 둔다. 아이들은 어머니의 보석을 챙긴다.

모텔에서 아이들은 요하나와 함께 잔다. 윌로우는 아이들을 안심시키려 한다: "모두 윌로우의 집으로 갈 거야. 미아와 아니카는 떨어지지 않을 거야."

가족에게 무슨 일이 생기는 걸까?

아파트에서 잠든 닉은 꿈을 꾼다.

비하인드 스토리: 해변에서 그들은 꼼짝할 수 없고 상상 속의 외계인이 다가온다.

닉과 윌로우는 아파트를 비우고, 매니저에게 쓰레기 처리 비용을 치른다. 닉은 가족과 관계가 있는 중요한 문서가 든 신발 박스를 발견한다.

3. 윌로우와 고모 앨리슨은 브릿의 장례식에 가는 중에 앨리슨의 딸을 전 남편에게 맡긴다.

닉은 요하나의 집에 가려고 일찍 나선다(무덤은 선더슨 구역에 있

다). 아이들은 이미 할머니와 있다.

윌로우와 앨리슨은 아침을 먹으면서 브릿도 없이 닉이 어떻게 할지 걱정한다. 윌로우는 손님에 비해 집이 좁지 않을까 걱정한다. 앨리슨은 긍정적이고 현실적이다. 일이 잘 풀릴 것이다.

앨리슨의 딸 피오나(6살)가 나타난다.

설명: 피오나의 아버지 벤은 의사고 옆 마을에 산다. 앨리슨과 벤은 그럭저럭 지내왔다. 전 남편의 아내가 지나치게 종교적이고 가족들이 '아기 예수'에 대해 얘기해도 신경 쓰지 않는다. 윌로우는 아들이 야망이 없다며 슬퍼한다.

벤의 집에서 벤은 엘리슨이 게으르고 아버지로서의 자기를 무시한다며 그녀와 말다툼한다. 앨리슨은 놀라며 지금 우리는 장례식에 가는 중임을 상기시킨다. 하지만 앨리슨은 걱정이 된다.

벤은 얘기한다. "닉은 부검을 요청했어야 했어."

벤과 앨리슨은 문제를 일으키고 있는 것일까?

4. 장례식과 그 후

간단한 절차의 장례식이었다. 요하나, 그녀의 남동생과 그녀의 시누이, 닉과 아이들, 윌로우와 앨리슨, 이웃, 브릿의 고등학교 친구가 다였다. 루터 교회 목사도 간단히 말했다.

요하나의 집에서 그녀의 남동생이 브릿이 어릴 적 사귄 남자 친구 이야기를 한다. 간단한 음식이 있었다. 사람들이 떠난다. 미아가 쓰러지며 바닥에 부딪친다.

닉은 윌로우와 앨리슨을 집으로 보내고 요하나의 집에 머무른다.

닉은 아이들을 근처 마을의 미니골프장에 데려가 함께 게임을 한

다. 공원에 가서 농구도 한다.

그들은 프로스트로 돌아와 선더슨 구역 근처 작은 공원에 멈춘다. 아이들은 아주 피곤했는지 모두 잠이 든다. 해질 무렵, 닉은 깨어나 아이들을 요하나에게 데려다준다.

그들은 브릿의 죽음을 어떻게 이겨낼까? 서로 의지하고 기댈 수 있을까?

장면 묘사 템플릿

I. 기본적인 질문의 답부터 먼저 찾아보자.

1. 장면에서 드러나는 사건은 무엇이고 어떤 감정이 느껴지는가? 장면 묘사가 필요한 사건인가, 아니면 요약으로 대체할 수 있나?

2. 이야기에서 그 장면이 필요한 이유는 무엇인가? 장면은 그 목적을 달성했는가? 노출, 대치, 결정, 정보, 인식, 촉매, 회상, 전환, 항목, 결론 중 장면의 목적을 골라보자.

3. 장면의 시작과 끝이 분명한가?

4. 장면을 이끄는 동력은 무엇이고 사건을 주도하기에 충분한가? 장면이 흥미로운가?

장면에 문제가 있긴 있는데 무엇이 문제인지 모르겠다면, 다음 질문을 더 곱씹어보자.

II.

1. 사건이 분명한가? 무엇에 대한 내용인지 범위를 한정해보고, 장면이 극적일 수 있는 이유를 찾아보자.

2. 사건의 조각들이 이야기하는 바가 분명한가? 하나씩 적어보고, 중언부언 반복되지 않는지 확인해보자.

3. 주인공의 의도가 분명하고 사건을 주도하는가?

4. 장면에 긴장감이 빠져있지는 않은가? 어쩌면 너무 빨리 모든 것을 드러냈을 수도 있다. 장면의 첫 부분에는 질문이 있어야 하고, 답은 그 이후에 나와야 한다.

5. 이야기의 배경이 충분히 묘사돼 있는가? 주인공은 어디에 있고, 주변은 어떤가? 설명과 사건 어느 한쪽을 치우쳐 강조하지 말고 합쳐보자.

6. 대화는 어떤가? 희극처럼 사건이나 묘사 없이 인물의 목소리가 도드라지도록 쓰자. 인물 간의 차이를 '들을 수' 있어야 한다. 어떤 인물이 다른 인물보다 더 강하지는 않은가?

7. 장면에 강력한 초점이 맞춰진 부분이 있는가? 그때가 바로 장면에 의미가 더해지는 순간이다. 소설에 장면이 더해졌을 때, 시작 시점에서의 상황과 마지막 상황은 달라져야 한다.

장면이 뚜렷한 글을 쓰려고 할수록 소설 쓰는 근육은 더욱 단단해진다. 장면 묘사도 더 쉬워질 것이다.

감사의 말

먼저 여러 해 동안 아이오와 여름 글쓰기 페스티벌Iowa Summer Writing Festivals 과 시애틀 퍼시픽 대학 MFA 과정Seattle Pacific University MFA residencies, 파인 마노 컬리지 솔스티스 MFA 프로그램Pine Manor College Solstice MFA Program의 내 수업과 워크숍에 참석한 학생이자 작가들의 글쓰기에 대한 열정, 선의, 서로에 대한 너그러움과 인내, 믿음에 감사한다. 덕분에 다른 작가들을 가르치면서 더 배우게 됐고, 그 즐거움으로 삶이 풍부해졌다. 또한 내가 수업을 할 수 있도록 해준 페기 휴스튼Peggy Houston, 애미 마골리스Amy Margolis, 메그 커니Meg Kearney 총장들에게도 감사한다.

내 에이전트이자 친구인 엠마 스위니Emma Sweeney는 나를 항상 독려하고 이 작업을 해낼 수 있도록 도와줬다. 내 남편 빌 퍼거슨Bill Ferguson은 내가 쏟아내는 말의 홍수 속에서 수개월을 견뎌내줬다. 또한 캐롤 데산티Carole DeSanti와 크리스토퍼 러셀Christopher Russel을 비롯해 내 원고를 출판해 준 바이킹 펭귄Viking Penguin의 여러 마술사(편집자)와 일하는 것은 아주 즐거웠다.